如梦令

武丽 著

陕西新华出版

太白文艺出版社·西安

图书在版编目（CIP）数据

如梦令 / 武丽著. -- 西安：太白文艺出版社，
2022.12

ISBN 978-7-5513-2280-5

Ⅰ．①如… Ⅱ．①武… Ⅲ．①长篇历史小说－中国－
当代 Ⅳ．①I247.5

中国版本图书馆CIP数据核字(2022)第216831号

如梦令
RUMENGLING

作　　者	武　丽
责任编辑	蒋成龙　姚亚丽
封面设计	王　洋
版式设计	建明文化
出版发行	太白文艺出版社
经　　销	新华书店
印　　刷	西安市建明工贸有限责任公司
开　　本	787mm × 1092mm 1/32
字　　数	200 千字
印　　张	9.375
版　　次	2022 年 12 月第 1 版
印　　次	2022 年 12 月第 1 次印刷
书　　号	ISBN 978-7-5513-2280-5
定　　价	68.00 元

目 录
CONTENTS

一　无定河边固金汤

"昨夜急报，派遣的将士无一生还。"殿堂之上的大夏王神色冷峻。这是他说过的最为沉重的一句话。这句话隐去了疑惑，含有不可捉摸的意味。皇甫唯一听到这句话，顿感好似一阵来自地层深处的冷风，在偌大的君临殿堂里飘散，似乎还原了金戈铁马的悲壮，重演沙场的惨烈。

霎时间，朝堂内外，色白如霜，夹杂着削铁如泥的锋利。这锋利划过君临殿的雕梁画栋，转瞬，雕画失色；划过大夏王的脸庞，带走了他眉目之间的英豪霸气；划过群臣的朝衣，文武将相衣衫簌簌作响。

殿堂下一片唏嘘。白色被模糊的真相扭着，提着，好似将军的征衣，被不明之物唰唰剥落，撕碎，掷向天际，然后，化作白雪，飘落下来。

统万京城，白雪笼罩。

如雪的悲怆在朝堂飘洒。

"八万将士，全部阵亡。"当皇甫唯一写下这八个字时，脑海突然浮现出无数鲜活的面孔，被不知名的冰刀霜剑刺伤，人仰马翻，一阵风，一瞬间，掠走了鲜活的生命。血染黄沙，尸骨成山，他们变作了黄沙，从此与妻子儿女阴阳两隔……

"滴答！"有水珠落在手背，皇甫唯一一惊，抬眼望去，眼前的朝堂一片迷茫，每个人的面孔模糊不清。皇甫唯一匆忙用手擦了擦眼睛。眼前豁然明亮，人物清晰可辨。低头看时，自己的手上沾着水迹，桌上的白锦黑字，变形潮湿，洇染成团。

皇甫唯一熟知记录的规矩——字迹规整，字面洁净。今天，悲怜生命的泪水破坏了这项规定，铁钉穿过手掌恐惧跃上心间，皇甫唯一不寒而栗。

怎样弥补？不难。只要大夏王没有看见，皇甫唯一可以弥补。那就是马上重新誊写一遍，收起字迹不清的这一张。

皇甫唯一飞快地抬起眼帘，偷偷一瞥，只见大夏王正用漆黑的双眼冷冷地扫过皇甫唯一面前的锦面。计划作废，皇甫唯一感觉到脸颊一片灼烧，她收回眼神。大夏王不动声色，皇甫唯一直直盯着洇染变形的字迹，感觉到一场风雪欲来的寒意从大夏王的王冠上飘出，在字迹的面前旋转。

皇甫唯一打了个冷战，心里骤然冰凉。

"惩罚是躲不过了。"皇甫唯一只是担心自己受不住体罚，万一晕死过去，被发现了身份，那是欺君之罪啊。

皇甫唯一无声地叹息，眼中的泪水瞬间凝固，自上而下，退回胸中。

下朝之后，大夏王照旧是大踏步前进，皇甫唯一跟在田公公身后，怀着惴惴不安的心情，等待着九死一生的惩戒。

转眼到了凤翔殿，大夏王落座后，犀利的目光威风凛凛地扫过田公公呈着的记录，微微颔首。田公公会意，在那张泪水斑斑的记录上面盖上了王的印记。

"八、万、精、兵、强、将，寡人、一定、要、查出、残害、你们的、内奸，要你们、含笑九泉！"大夏王神情肃穆，落地有声，金口玉言，凤翔殿内砖木动容。

皇甫唯一又一次泪水盈目，为大夏王沉重的诺言，也为不曾降临到自己身上的厄运。

退出凤翔殿时，皇甫唯一问田公公："八万人被害，是有人在外勾结？"

田公公严肃地看着皇甫唯一："这个谜团肯定能揭开，自先王以军事突击四方，新立大夏国以来，还没有这样的惨事。回想先王那时，雄姿勃勃，如雄鹰翱翔在草原的天空……"他一边说，一边摇着头，大步走开。

年前的一天，皇甫唯一成为大夏国朝阳宫里的一名书录员。

史说大夏王认为自己是夏启的后代，故国号大夏。他认定，出其不意攻其不备是轩辕氏的智慧，迁居无常的游牧民族要继承这种战争策略。在他的谋划下，秦岭以北的大片土地归属大夏国，坚固的王城建立在无定河边。

每每遥望"统万"二字时，皇甫唯一懂得"统一天下，君临万邦"的寓意，也明白"蒸土筑城"的方式，已被天下惊知。史说大夏王要建一座永世长存的王宫，要比石头还长久，要比灵魂还尊贵。找来找去，最终确定蒸过的糯米土符合建造王宫要求。

在这白如雪、坚固似铁的城池里，皇甫唯一只喜欢"朝阳"二字，这两个字会让皇甫唯一想起"膏沐为谁施，其雨怨朝阳"。想归想，朝阳宫虽有亭台楼榭，虽有雕梁画栋，但与闲情逸致无关。

在此之前，皇甫唯一白天坐在母亲身边写字，凌晨跟着爷爷练武。因为皇甫唯一是家中唯一的孩子，所以起的名字很简单，就是唯一。

皇甫唯一没有辜负长辈的教诲，楷体写得无与伦比，飞檐而上如履平地。但是，母亲总是在亲吻过皇甫唯一的额头后，叹息一下，从来不变。皇甫唯一心想，肯定是自己做得还不够完美，与母亲的愿望有差距。所以，皇甫唯一还是精益求精，希望自己能够让母亲满意。

皇甫唯一端坐木桌前写着字，眉目凝重地看着蘸满墨汁的笔尖缓缓地落下，黑色的汉字一个个地从心里走出，站在自己的面前，柔弱的、刚硬的、深色的、浅色的，豪放的、悲伤的……传达着心里的感觉，让自己欣慰。

"大夏王亲政，招录书房官员，但凡官宦家有能书写规整者，一律察录。"

这个告示使皇甫唯一神使鬼差地成了书录员。母亲并未表现出欣喜或者忧愁的表情。皇甫唯一却兴高采烈，因为书录员不但可以看到从未看过的书籍资料，还能在夜晚继续睡在母亲身边。闻说因皇甫唯一年纪尚小，大夏王准许如此。那时皇甫唯一未满十岁。

史馆静寂，书如烟海。皇甫唯一哗哗翻开的书卷犹如白色的小鸽子，顺风起飞。年少的皇甫唯一意气风发，读读写写，废寝忘食。

"你就是皇甫唯一？"

两年后，朝阳宫的神秘人物田公公突然对着皇甫唯一问话。

"是，我是皇甫唯一。"皇甫唯一回答的语气坚定无疑。

"哦，怎么长得这么清秀，像个姑娘。"田公公伸出一只胖得像蒸馍的手，刮了一下皇甫唯一突然冒汗的鼻子，说，"今天，大夏王说起，看见皇甫唯一的字，犹如清风拂面。王虽是无意说起，但我是谨记在心，记住了你的名字，也查看了你的字。"

就这样，皇甫唯一汗淋淋地站在了大夏王的面前，只见他微微颔首，说："这孩子面呈吉祥，准予。"此后，皇甫唯一与李鹏程、牛万里、常荣风等十个年轻男子成了大夏王朝的书录员。

朝堂之上，皇甫唯一坐在帷幔之后，看不见百官，只能看见大夏王。因为他们主要记录大夏王做出的决定和现场言语；其次，才是大夏王的诏旨云云。

皇甫唯一不明白，在一片高高低低的声音中，讨论银两经费的多少有什么意义；为什么把治国安邦的计划与策略，落实在稀疏或周详的竹简上。皇甫唯一总是听到一些针锋相对的观点，整合在一个不容置疑的声音里。那是大夏王的声音。

一些人员的生死荣衰，由一些只看利益瓜葛的人群来决定。一些看似轻描淡写的言论，却可以决定一个人红袍加身或者命归黄泉。这些诧异的事情使皇甫唯一不能理解，也通通与皇甫唯一无关，却要她在朝堂之上装模作样地记录下来。

解释不了，也理解不了，皱着眉头看着丹青锦绣的宫顶的皇甫唯一忘记了一个书录员的身份与职责，更忘记了自己处在大夏王的眼皮底下。

因此，在大夏王使了一个眼神后，皇甫唯一就不明不白地被架到了刑房。自天而降的木板一次次地落下，犹如豺狼啃噬着后背，血肉粘衣，皇甫唯一被送回家里。母亲为其脱衣上药时，泪水湿透了一块手绢。

皇甫唯一央求母亲，不要再去朝阳宫，也不要做什么书房的小官员。母亲含着泪，点头答应。

二　白于山，梨花白

春天是从寒冬的记忆里羽化出来的。轻盈的鸟儿在云舒云卷的天空里，飞了一圈又一圈。然后，歇息在柔软的枝头，快乐地歌唱，转着头，跳来跳去，新奇地看着一切，为春天补充了一幅美景。

爷爷带着皇甫唯一来到城郊，登上白于山。各色的花花草草装饰着田野，白的、红的、黄的、紫的、蓝的，大片的、小簇的，俨然一幅万紫千红的写意画。

一座座青山横在脚下，苍翠欲滴的草木如画家的彩墨，勾勒出大山黛青色的轮廓。微微的风从山头上吹过来，带着清新的气息。皇甫唯一闭住眼睛，深深地吸了一口气，恍若听见有玉石作响的声音在山间环绕，睁开眼睛，看到的是青山缀满雾的花朵，高大的树梢上刚刚掠过云的裙子。白云在山上翩然漫步，飘忽左右。

爷爷稳稳地站着，指给皇甫唯一看这眼前的一切，说："山河如画，尽在大夏国眼底。这如画的山河，尽在白于之山，黄帝居白于之山的姬原，黄帝的儿子很多，有十二个姓氏，有姬、酉、祁、己、滕、任、荀、僖等，位列第一位的姓姬。黄帝崩逝后，天下共主之位传至黄帝长子白帝姬已挚，之后传黄帝之孙玄帝姬颛顼，再传黄帝之曾孙帝喾姬夋，再传黄帝之玄孙帝挚，直至黄帝的八世孙。再传大禹，姒姓，夏后氏，系黄帝玄孙、颛顼孙子。之后便传至启，夏朝建立。"

"黄帝者，少典之子姓公孙，名曰轩辕。"

爷爷点着头说："上古时期的任何一个姓氏都代表着一个贵族。"

皇甫唯一背诵："姓者，统其祖考之所自出；氏者，别其子孙之所自分。"

爷爷接着说："黄帝儿子们共十二个姓，分封在各地为诸侯，都是华夏部。"

皇甫唯一说："这些华夏历史，都藏于大夏王胸中。"

皇甫唯一记得《山海经》著曰："西二百五十里曰白于之山。上多松、柏，下多栎、檀。其兽多㸲牛、羬羊，其鸟多鸮。洛水出其阳，而东流注于渭；夹水出其阴，东流注于生水。"大夏王认定无定河发源地有黄帝的足迹，他就定都于无定河边，守护华夏的魂魄，国号夏，与上古夏启一脉相承。关于定都朔方，是从雄霸四方的军事角度考虑后的决定。大夏国东北环绕着政权稳定的北魏，南接秦岭，西邻凉国，为了大夏骑兵在征战中左突右冲，来去如风，选择了居高临下的无定河边。

柔和温润的风缓缓而来，带着余香，也带着鸟鸣。鸟鸣悠扬，好像蘸着山间水墨的丹青，正在勾勒大自然响亮的音符。皇甫唯一跟着音符一路奔跑，看到一条明亮的小溪唱着"叮咚叮咚"的歌儿，穿山而过，从皇甫唯一的眼前潺潺流过，流向山下碧波暗暗涌动的湖泊。一群鸟儿在空中飞翔，宛若春风的化身。

左山上密布着桃树，怒放的花朵好像要把自己的热情绽开在所有的枝头上。花枝喧闹，层林尽染。

右山上有着洁白的梨花。清风迷离，花朵飘摇，一片片滑落，落地的花瓣娴静而悲壮。薄薄的花瓣，犹如白白的云絮，带着天生丽质的娇柔；干净而飘逸的花蕊，如梦似幻，似淡淡流散的雨露。

一树树的白色由一枝枝的白色组成。皇甫唯一看到梨花在一朵一朵地睁开柔柔的眼睛，似在说着告别的话儿，眼里便噙着热泪；看着梨花素净的颜色，一种别样的滋味涌上了皇甫唯一的心头。梨花告别的话儿好似母亲在神前祈祷的声音，幽远、缥缈。皇甫唯一不忍看见告别的眼泪，抬头仰望着天空。苍穹无边无际。

皇甫唯一平生第一次感到世间是那么辽阔。自己的感觉可以与苍穹连接在一起。

爷爷说："这梨儿吃起来清脆香甜。就是这梨花白得太素洁，总是让人看着看着，不由得神色凝重。"

"也是……"皇甫唯一点着头，心中感慨万千，口中却续不上下一句。

爷爷指着东南方向说："从梨花树下向东南方向走，就可以走到秦已故太子扶苏驻地上郡。"

皇甫唯一说："我听过秦的传说，扶苏生前和大将蒙恬在上郡驻守，秦始皇嬴政崩逝，宦官赵高串通丞相李斯篡改圣旨，杀害扶苏、蒙恬，立胡亥为帝，此后赵高把持朝政，秦朝溃崩，走向灭亡。"

爷爷说："李斯为臣不忠，笔下改一字，就改变了华夏的历史。"

皇甫唯一说："春秋战国，名人荟萃，相传战国名将吴起曾在白于之山驻兵戍边。"

"从这片梨花树向西南方向走，可以走到名将吴起的驻地。吴起是文武双全的人才，他是可以与孙武并称的兵学家，也是可与商鞅并称的政治家。"

"可惜他也是被车裂，同商鞅一样。"皇甫唯一叹息。

"名人用自己的眼泪和鲜血推动历史前进！"爷爷的话音在群山中穿行。跟着这个话音出现了另一种隐约的"呃——哦，嗯——唉——"的声音，在山涧中升起又坠落。

皇甫唯一的耳朵循着声源，眼光紧随其后。山岭绵延，草木葱郁，山涧时光静美，那个坠落的声音好像是一种宁静的幻觉。

"爷爷，这里太安静了，静得使我好像幻听到一种声音。"

"是有一种声音，隐藏在这个山涧，我们找找看。"

山涧的草木因为接近溪水，长势明显优于山坡。春阳洒在溪水上，点点透亮，像无数水晶点缀在水面。"嗯——唉——"的声音又在哗哗的溪流边升起来，向皇甫唯一的耳边飘来。她加快脚步，走在爷爷的前面，向声音发出的地方看去。溪流还是小声地哗哗响，那个奇怪的声音消失了。"轻轻地走，不要出声。"爷爷一边拽着树枝，一边仔细搜索。

"在那儿"，顺着爷爷的手指方向，皇甫唯一看到溪水边一棵大树下有一只黑白相间的小动物。吸气用功的皇甫唯一腿脚离地，飘飘然就来到了大树旁。"嗯——哦——"焦急的叫声响起来，只有小狗一样大小的小动物在挣扎。它的后脚被夹子夹着，它一挣扎，骨肉就被撕扯。殷红的血染红了夹子下边的绳索。"先不要靠近它，小心惊吓了它，这是只小花熊。"爷爷慢悠悠地说。皇甫唯一立即停下脚步，无奈地看着小花熊。小花熊也盯着皇甫唯一，激烈地挣扎，嘴里发出急切的叫声。爷爷悄悄摘了几片刺头菜的叶子，揉碎递给了她，然后爷爷脱下马褂，蹑手蹑脚地靠近小花熊，迅速包住了它的头部。皇甫唯一明白爷爷的意思，立马跳过去打开了夹子。爷爷顺势抱起小花熊，皇甫唯一把碎叶抹在小花熊的伤口上，又用丝绵手绢缠住了小花熊的腿。疼痛减轻了，小花熊感觉到这两人对它很友好，再加上疲劳和饥饿，它不再挣扎了，睁着两只呆萌的黑眼睛缩在爷爷的怀抱中，瘦弱的身体轻轻地颤抖。

　　"这只小花熊可能是在这条溪流下游的森林里被猎人安放的夹子所伤，它挣扎着一路逆流而上，来到了这儿，再也走不动了。"

　　"它一定是筋疲力尽了，它的伤也不轻，以后还能走路吗？"

　　"它还小，需要照顾，你想要照顾它吗？"

　　"见死不救是不对的，我会照顾它的，但愿它也会喜欢我。"

　　抱着小花熊的爷爷施展轻功，徐徐飞上半山坡。皇甫唯一也运气起飞，跟着飞到半山坡。忽见天空上几只鸟驮着白云徐徐归来，它们越过山头，越过溪水，落在高大的树冠上。它们有着洁白的羽毛、鲜红的头冠，一边梳理羽毛，一边"嘎嘎""嘎嘎"地叫着，好像在互相轻语。是娇嗔，还是警示？皇甫唯一听不懂，求助的眼神投向爷爷。

爷爷说："这是仙鸟，会给我们送来吉祥。"

"它们在说话呢。"

"是，它们在说，皇甫家的娃娃会吉祥如意。"爷爷这样回答。

皇甫唯一立即低头合掌，向仙鸟祈祷："保佑我们全家吉祥如意。"闭目合掌的皇甫唯一突然发现自己内心一片澄明，可以听见鸟鸣声，与母亲哄年幼的自己入眠的声音有几分相似。温馨伴着甜蜜的感觉直达心间，让皇甫唯一感到丝丝愉悦。

皇甫唯一看到几只鸟伫立在溪水边，姿态沉静，好似沉思中的姑娘。

"这些鸟是自由的，这只小花熊失去了自由，你以后有重要的任务了。"爷爷抚摸着龇牙咧嘴的小花熊说。

"我还是先把刺头菜的叶子多摘一些，这几天每天都得给它止血疗伤。"

"还得给它喂食，牛奶、羊奶、山果、竹叶、肉，都是需要的。"

"这小花熊好像是我的主子，我咋就这么多事呢？"皇甫唯一指点着小花熊说。

"可不是嘛，这是只神兽。"

"它，神？它能知道八万精兵阵亡的原因吗？"

"'兵者，诡道也。'都是人为原因。神兽是上古神话里面的动物。"

"《史记》载，轩辕黄帝与炎帝作战，'教熊罴貔貅貙虎，以与炎帝战于阪泉之野，三战，然后得其志。'人们认为这里面的貔貅就是小花熊，它可是黄帝驯养的上古神兽之一。"

"貔貅是用于辟邪的图腾，与这只小花熊有联系吗？"

"《山海经》载，貊似熊而黑白驳。这一记载中的描述与这只小花熊的毛色是最接近的。你看它是不是像熊？"

"比熊多了白色，熊全身都是黑色。"皇甫唯一说，"真能辟邪的话，天朝应该多养一些小花熊，每次出征时，也带着小花熊，学轩辕黄帝的阵式，也能获胜。"

夏天的雨水漂洗尘土，雨后的彩虹挂在天空，燕子飞过山冈，落在屋檐下。

小花熊的腿已经好了，睁着一双黑溜溜的眼睛，看着在屋檐下飞走又飞回的小燕子，伸出垂涎的小舌头舔着鼻子。它扑腾着想要抓燕子，皇甫唯一看着它那萌蠢的样子，忍不住地笑起来。

嫩嫩的竹叶是小花熊的最爱。它长出了白白的牙齿。白白的牙齿在小叶子上发出"咯啵、咯啵"的响声。皇甫唯一爱听小花熊吃竹叶的声音，这声音比小溪从山岩上流下来的声音好听，比小河上冰块消融的声音好听，比燕子在屋檐下呢喃的声音好听。

皇甫唯一更爱看它吃过青竹后的模样：一身黑白相间的毛色泛着柔亮的光泽，胖乎乎的短尾巴时卷时舒。圆圆的脑瓜上，缀着毛茸茸的黑耳朵。潭水一般的眼睛，映出美丽的景致；黑眼圈更衬得眼睛深邃，短腿柔软，爪牙锋利。在风里蹦蹦跳跳扑向皇甫唯一的怀抱时，竖起黑色的耳朵，让皇甫唯一似乎看到一面魔性十足的小旗帜。

皇甫唯一亲吻小花熊吃竹叶的嘴巴，亲吻它自带的黑眼圈，亲吻它天然的黑耳朵，也亲吻它的黑白两色的高冷外套。

这样的日子过得充实，皇甫唯一忘记了任书录员时的那些与自己无关的事情。她很快乐。

杏子熟了，爷爷攀上树枝，摇一摇，金黄色的杏子自枝头纷纷坠落。

皇甫唯一在树下弯腰伸手，捡起熟透的杏子，用力一捏，杏子裂成两半，鲜嫩的杏肉汁水饱满，放进嘴里，酸酸甜甜的清香缠绕在舌尖，让人陶醉。一个又一个，皇甫唯一无拘无束，直到舌尖倦怠。然后，捡满篮子提回家，给母亲尝尝新鲜的杏子。

皇甫唯一的快乐延续到秋天。高粱红了脸，谷子弯下了腰，豆株全身挂着宝刀一样的豆角，皇甫唯一看到了丰收，这是成熟季节的魅力。

皇甫唯一发现母亲的眼泪是那样多，滴湿了她心中的快乐。

"唯一，我的宝贝，八万精兵阵亡，朝野震惊，田公公传唤你回去。因为两名书录员职位晋升，记录缺人，田公公询问你为何至今缺失。娘能否据实相告？"母亲长长的叹息让皇甫唯一明白，她在以退为进地否决了自己的其他想法。

"将士牺牲，大夏王亲自调查，可是与我并无关系。您是打算据实相告我的身份？"皇甫唯一望着愁云满面的母亲说道。

"你不回去就是抗命，与发现身份是一样的罪责。"母亲抱住皇甫唯一的头，声音哽咽。

皇甫唯一的情绪立即像雨前的云层，湿答答，沉重而哀怨，无法飞扬。皇甫唯一没有选择的余地。

皇甫唯一顺从地走进了书房馆，坐在千万遍书写过的书桌前，洗砚磨墨，紧握竹管，重复熟悉的书写。

皇甫唯一感觉，手中笔，黑色墨，正在随风而逝，留下一段段无关是非的文字。麦子绿了又黄，太阳直了又斜，皇甫唯一的书写，日复一日，从不停歇。

一次朝会后，田公公破例地发问："皇甫唯一，生与死的笔画一样吗？"

"不一样。"皇甫唯一感觉到田公公的声音里少了温度。

"摆言和百叶一样吗？"皇甫唯一看到他脸上没有了温和，脸色正在变冷。

"不一样。"皇甫唯一琢磨这个回答到底会怎样。

"那好。王在殿上命令大军会合在幽州摆言县，你写下的是幽州百叶县。王怒了。"

摆言，有什么事，摆什么言语？多难听的名字。百叶，多好，几百种绿叶聚集在一起，就是一幅画。

皇甫唯一在心里反驳的时候，就被拉进了刑堂。皇甫唯一的挣扎使结果雪上加霜。

铁钉从皇甫唯一的左手背钻进，不费吹灰之力，又从皇甫唯一的左手心钻出。

"娘啊！"皇甫唯一竭力地喊了一声。所有的尘埃被皇甫唯一的喊声惊扰，纷飞起来挤满了皇甫唯一所在的空间的角落。看不到窗口，皇甫唯一只能看到刑房里的所有物件被灰暗覆盖。

日夜奔流在血管的液体似乎凝固了，蜷缩在皇甫唯一胸腔的某一个凹点。还有，覆盖自己肌肤表面的每一簇神经末梢都停止运动，匍匐在地。

皇甫唯一恍惚觉得自己的头颅立即垂了下来，像秋天的向日葵，把脑袋挂在胸前。皇甫唯一没有呼喊"救命"，因为她知道，别人救不了自己。

时间怎样漫长，疼痛怎样入髓。皇甫唯一不想铭记，只要遗忘。

皇甫唯一慢慢地把头颅抬起，恍惚看见大夏王优雅地坐在殿上，仪表堂堂，尤其是刮过胡须的下巴处，透出一种肃杀的铁青。那是让人窒息的颜色，与"性辩慧，美风仪"实有天壤之别。

皇甫唯一紧紧地把牙关咬住，一声不出。

也许是皇甫唯一把疼痛表现得单调乏味，既不丰满，也无层次，更无特别之处。大夏王随即命令结束了那场惩罚。

铁钉随即就从皇甫唯一的手掌撤离，温热的血液喷涌而出。皇甫唯一没来得及看大夏王迈着怎样铿锵的步伐离开，就毫无知觉地昏死过去，然后又在残阳如血的光线里，幽幽地苏醒过来。

皇甫唯一没有因为受刑而绝食反抗，也没有抱着汩汩冒血的手掌龇牙咧嘴，这严酷的刑罚对她而言是一种考验，不能抱怨。

这样的坚强让自己惊讶。记得四岁时，皇甫唯一手指扎进了一根尖刺，母亲想要用针挑出，被自己惊天地泣鬼神的哭声打断几次，并且母亲也或因感同身受而泪水模糊了双眼。

皇甫唯一给母亲捎信说，自己要忙碌一段时间，不能回家了。因为她不想把一份伤痛变成两份或者更多份的伤痛。

半月后，那块曾经血涌如泉的地方，盖上了一块暗红色的血痂。

那是伤疤，皇甫唯一想抹去它，她不想要自己的手背留下这样突兀的奇形怪状。但是，血痂揭掉又流血，过几天，它又盘踞在皇甫唯一的手背。

这样反复几次，皇甫唯一拗不过它的顽强。它就大摇大摆地占据了皇甫唯一的手心手背，很有占山为王的势头。皇甫唯一看着它，如鲠在喉，又无可奈何。

此后，只要写字时，就能看见它，一股寒气就在皇甫唯一的后背飕飕地窜动，似在竭力提醒皇甫唯一，要聚精会神地倾听，全神贯注地书写，不能有一字之差。

三 书房馆的后院

"皇甫唯一，今晚我们去吃酒吧！"牛万里对皇甫唯一说。他衣着焕然一新，身边的李鹏程、常荣风神采飞扬。

"好啊，查到了精兵被害的原因了？"皇甫唯一应道，抬眼看见他眉宇间隐隐约约透着英气。

"那是国事，咱们不是兵部，轮不到咱们查。"

杨柳摇曳，晚风轻盈，酒色菜肴之前，皇甫唯一说："那是什么可喜可贺的事，让你们眉开眼笑？"

"李鹏程晋升为朔州刺史，常荣风晋升为榆河太守……"牛万里的话没说完，李鹏程抢过说："牛万里拟任京郊中将。"

"我这事还是镜中花，不要说了。"牛万里扭着李鹏程的胳膊笑着说。

"什么镜中花水中月？不存在这样的说法。全是真实可靠的，你就静候佳音吧！"李鹏程揶揄地说，"尚书安英君大人是你的推荐人吧？谁又不是不知道他推荐的人照单全用！"

"那确实应该庆贺。好事怎么都落在你们头上了？"皇甫唯一听出自己的言语之间掩饰不住一种酸溜溜的味道。

"皇甫唯一，这种事从来都是有渠道的。"言语像风，皇甫唯一听到了风呼啸而来的声音。

"哦，渠道？"皇甫唯一应了一声，突然觉得自己吞吐温柔的唇齿，转眼就有了风化成石的坚硬。

"水到渠成，听过没有？"言语像水，皇甫唯一听到了水的无言。

"我不想探讨什么水，渠水吗？渠，义渠，渠孔，渠伯纠，还是郑国渠？"皇甫唯一只是一杯一杯地喝酒，逐渐迷醉。

在酩酊大醉中，皇甫唯一看见城阙寂寥，星光下的楼阁透出紫色的光晕。夜色很美，在一次次醉眼蒙眬中，他们一个个激情燃烧地走马上任了，无牵无挂地离开了书房馆。就这样，当初的那十个人，如今就剩皇甫唯一还坐在书房馆里白底黑字地书写。

除此之外，皇甫唯一还要在书房馆里收集整理所有的轶事传说。

皇甫唯一看见所有的史料，一卷卷，以默然静立的形式，承载着所有如烟似梦的传说。安静的氛围里，留下的只有宛如纸张一般薄厚的荣辱。规范的句式，狭窄的字距，代替了波澜壮阔的思维。片言只语，没有回肠荡气的吟诵，只有肯定与否定，以及升迁与降免。皇甫唯一能够收集的只是这样一些貌合神离的字迹。

在白色的空间里，卷卷史册，杀戮与军事跃然其上。皇甫唯一不能区别黄沙与沙场的不同，亦不能想象"二十四桥明月夜"的意境。

书房馆又补充进来一些小男孩，快乐地玩闹。接着，在几年之间，他们像李鹏程他们一样，明修栈道，暗度陈仓，然后直上青云。

光阴流逝，月落霜白，只有皇甫唯一一个人在孤独地散步。

皇甫唯一站在偏僻的书房馆后院，把过期的卷册投进熊熊燃烧的烈火中。一摞闲置的文档，过了一定的期限，就需要被销毁。看着它们在火中变成黑色的碎片，缓缓地在气流里飘浮，仿佛火焰里破茧而出的飞蝶，褪去了一切消沉的负荷。皇甫唯一双手合十，闭着眼睛，默默祈祷它们能够回归花木繁茂的地方，重获新生。

海棠花落的时候，没有声音。夕阳西下，皇甫唯一在苍茫的暮色中沉默无声。

远处的影子小心翼翼地移动着。

一扇苍老的木板，一块白色的布料，出现在不确定的光线下。布料下遮盖的是什么，皇甫唯一看不见。几个宫人抬着，走过皇甫唯一的身边。皇甫唯一看见的是没有遮住的乌发，像黑色的瀑布一样顺滑倾泻。

海棠花静静地落着，黄昏更兼细雨。

"不关我的事，是你伺候不周，王才杀了你。你不要怨恨，也不要变鬼缠着我。"几个宫人一边走一边念念有词。

"莫怕，人死了哪里会变鬼，是活着的人心里有鬼。"皇甫唯一走过去对他们说。

"冤孽深重啊，自精兵失踪，大夏王心生戾气，有时误杀嫔妃，我要把她们的冤魂请出去啊！"其中的一人无奈地直摇头。

"哦？王还杀人？"海棠花无言地飞落，淅淅沥沥的雨水打湿了皇甫唯一的问话。

"'普天之下，莫非王土；率土之滨，莫非王臣。'王手握每个臣民的生杀大权。他不但文韬武略，才能非凡，而且一身功夫，万人难敌。倘若他动了杀机，谁能躲过？"他继续摇着头，"这些女子，哪个不是青春貌美，只要王有一点不满意，就对她们狠下杀手，然后把她们埋在王城外面的沙漠里……"

他们远去的背影消失在纷纷落下的海棠花中。生死无常，人皆悲之。

"女子，女子……"皇甫唯一反复地念叨着这两个字，读过千书百经的唇舌，突然念不出一句表达自己想法的语句。

从夏商到西周，从春秋到秦晋，就算面容美得君王带笑看，也只能是华丽的附属。东汉有倒悬之危，借用貂蝉；越国要洗刷耻辱，进贡西施。西楚霸王兵败，先别虞姬。海枯石烂的悲剧莫过于此。

皇甫唯一突然渴望能有那么一天，自己步履放达，走出宫门，用匆匆脚步踏平女子心中隆起的如山悲愤——从沙漠到大海，从平原到山峡，用陌生和浩瀚，淹没女子与生俱有的悲哀。

皇甫唯一的表情一片漠然，如冬天里的落叶树。

目睹女子被杀事件后，皇甫唯一木然的眼神里，忘记了"窈窕淑女，君子好逑"的诗词，也没有"悠悠苍天，此何人哉"的感叹，大脑一片空白。

匆匆春天又秋天，花开也罢，果熟也罢，皇甫唯一无言地做一树绿叶，按部就班地忙碌，默默无闻。红花、果实，都被采摘。只有皇甫唯一，以叶的坚韧，在风瑟瑟雨潇潇的季节，随着渐渐肃杀的万物，渐渐憔悴。

但皇甫唯一的心没有冰凉，难道还存有一丝幻想？

西风飕飕地吹过来，湿润的南风与南飞的大雁消失得无影无踪。

维持着没有温度的热情，在白底黑字间放逐青春。在殿堂的帷幔之间，皇甫唯一手中的墨汁无声落下，如深秋的雨珠。

皇甫唯一很想打探八万将士全部阵亡的追查进展，可是宫中上下全都闭口不谈，好像那次朝会是一场旧梦。

四　随军记录

按兵不动，几日后，大夏王亲自率领军士二十万，浩荡南征，并令皇甫唯一做随军记录。

先锋官名叫拓跋临风。一对剑眉豪情万丈，一双眼睛里透着璀璨的星光。他手提一对寒光闪烁的鹰头剑，背着一张精美的弓，斜挎着几支雕羽箭。

"威武的先锋，你好！"皇甫唯一用低沉的嗓音说道，"这鹰头剑是神级冷兵器。"

"皇甫体弱面瘦，却对兵器感兴趣。"拓跋临风兴致勃勃地说，"这鹰头剑，是有点神奇，传说是上古时期的一个王族的复仇神器。"

"有点王权的象征。"皇甫唯一轻声说。

"那个鹰头人身，头戴王冠，腰围金丝短裙，手持神祇的手杖，亲自刺杀了杀父仇人，成为一代鹰王。"拓跋临风眼神炯炯地看着自己的剑说。

"你背上的弓看起来很神气。"皇甫唯一尽量表现出对兵器的兴趣。

"凡为弓，冬析干而春液角，夏治筋，秋合三材。"拓跋临风侃侃而谈，"也就是说，冬天剖析弓干，春天浸制牛角，夏天铺筋，秋天合拢诸材——这是制弓术。"拓跋临风扭头看着背上的弓。

"你的雕羽箭像雕鹰。"皇甫唯一搜肠刮肚地赞美着。

拓跋临风给她讲述了弓箭制作的流程："看来，记录官也是个兵器行家。这是用春季砍伐的六道木的木材，经过反复打磨，刮得光滑而笔直，才能做箭杆；箭羽用黄雕翎做的。总的来说，雕羽箭比较轻便，飞行距离非常远。如果臂力超强的人发出，可以直接穿透对方身体，令其当场身亡！"

"这样的箭是不是叫作鸣镝？"皇甫唯一蹙着眉头问。

"鸣镝，你是说冒顿制作的那个鸣镝吗？"拓跋临风的眼睛直直地看着她。

"单于有太子名冒顿，后有所爱阏氏，生少子。而单于欲废冒顿而立少子，乃使冒顿质于月氏。冒顿既质于月氏，而头曼急击月氏。月氏欲杀冒顿，冒顿盗其善马骑之，亡归。"皇甫唯一随口低诵。

拓跋临风的嘴角向上一扬，朗声而曰："头曼以为壮，令将万骑。冒顿乃作为鸣镝，习勒其骑射。令曰：'鸣镝所射，而不悉射者斩之。'行猎鸟兽，有不射鸣镝所射者辄斩之。已而，冒顿以鸣镝自射其善马，左右或不敢射者，冒顿立斩不射善马者。……居顷之，冒顿出猎，以鸣镝射单于善马，左右皆射之。于是，冒顿知其左右皆可用。从其父单于头曼猎，以鸣镝射头曼，其左右亦皆随鸣镝而射杀单于头曼。"

"先锋官博闻强记，佩服！"皇甫唯一惊讶地说。

"博闻强记，不如随机应变，"拓跋临风淡淡地说，"譬如，吕光战龟兹。"

"是前秦大将吕光的事迹。"皇甫唯一大声说。

"吕光横扫大半个西域，只有龟兹国不降，纠集约二十万援军对抗吕光。西域军士善骑马射箭，作战能力极强。吕光针对这一情形，随机调整战术，用勾锁之法，每五里设一营，挖战壕、筑高垒，另派精骑为游军，机动补缺。两军交战，援军随即溃散。吕光回头进攻龟兹城，一战而胜。"

"吕光凯旋，可惜苻融败了，败给了谢玄。"皇甫唯一低声说。

"前秦这一战，遗憾！"拓跋临风咬着牙齿说，"前秦天王苻坚励精图治，国富民强，于是召集二十多万兵马南下，意图灭晋，一统天下。苻坚认为'八王之乱'后，晋国不堪一击，并未把全部兵力放在攻打晋国上，而是在南征的同时，他还派出吕光统领数万大军西征龟兹。"

皇甫唯一接着说："晋宰相谢安派遣谢玄带领两万多人做先头部队，两军在淝水对峙。前秦先头部队人马众多，前面的已经到了岸边，后面的正在陆续赶来。谢玄见此情形，果断渡河，冒险出击，要打前秦先头部队一个措手不及。"

"错在这里。"拓跋临风说，"前秦先行部队指挥苻融看见北府兵渡河，就想先把滩头让出来，趁北府兵渡河在水之时，发起进攻，一举歼灭。于是，他指挥撤军半里。可是，就是这一举措，动摇了军心。前军一撤，后面的队伍以为前军战败了，纷纷逃跑。十余万大军就这样不战而溃。晋兵趁势追杀，前秦损兵十万，国力锐减。遗憾啊！"

皇甫唯一仔细地看着拓跋临风，只见他穿甲戴盔，英姿勃勃，胯下一匹枣红色的宝马格外引人瞩目。

拓跋临风感觉到皇甫唯一漆黑的眼眸盯着他，不由得指着一匹黑色的骏马，磁性的语调低沉有力，缓慢地说道："你的战骑是马厩里最上眼的，名叫'黑曜石'。真正的黑曜石，是一种常见的黑色宝石，又称'龙晶''十胜石'，传说是火山喷发出来，遇冷后形成的石头，通常呈黑色。"

"在地下燃烧的石头，喷薄出来，变成了更高一个级别的石头。"皇甫唯一笑着接应话茬。

"哦，这个比喻有趣。这样说吧，黑曜石可能是战功卓著，直接从地下晋升到地上了，加了官衔，还加了黑色的锦衣。"

"惊喜，我很喜欢黑曜石。谢谢你给我配备这么高级的战骑。"

"记住它的名字，黑曜石，是我专门去马厩里给你挑选的。和它好好相处，关键时刻，它就是你的救命战神。"

皇甫唯一慢慢地走过去，站在它身边，轻轻地呼唤："黑曜石，黑曜石。"那匹骏马点了一下头，用明净的大眼睛看着皇甫唯一，好像在说，您好，我就是黑曜石。

皇甫唯一用一只手抓紧缰绳，另一只手摩挲着黑曜石那光滑如黑玉的鬃毛，它回头用鼻子嗅嗅皇甫唯一，好像在确认主人。在它清澈的眼睛里，皇甫唯一看到了自己的身影，有欢快、雀跃，还有暗暗的激动。踩着一只马镫翻身坐上马鞍，另一只脚伸进另一只马镫后，皇甫唯一提了提红色的缰绳，骏马黑曜石就迈开步伐，转眼健步如飞。

拓跋临风引一干人马，星夜奔驰。到了南凉国界时，东方天际微红，朝阳喷薄欲出。皇甫唯一正要感叹晴空无云的好景象时，听见前面战马嘶鸣。南凉国士兵在战鼓声和呐喊声中，从左边的森林里冲出来。战鼓喧天，战旗飘扬，数不清的士兵在旗帜的掩护下，手握长剑和长矛，勇往直前。

"稳住队形！"拓跋临风高喊。他骑着枣红马跃出阵前，凭借一对寒光闪烁的鹰头剑将敌兵化作一道道红雾。敌兵的竹箭蝗虫一般飞过来，皇甫唯一身边的许多士兵被射中，鲜血从盔甲中流出，染红了战场。屠杀和流血充斥在战争中。皇甫唯一相信微红的天际是菩萨的眼睛，为丢失了性命的人们在惋惜。

"点烟火，举盾牌！"拓跋临风下了命令。只听得箭头撞在盾牌上叮当作响之声，又看见敌军方升起滚滚浓烟。"全军急进！"他带领全军冲出包围圈，顺利杀入南凉国界，并如浪潮似的涌入了防守空虚的木钵城中。第一次随军的皇甫唯一，眼见破阵入城犹如探囊取物，自是万分诧异，对先锋官更是钦佩不已。

拓跋临风并不喜欢攻城略地的感觉，但是兵家的胜利却使他的心花在暗中怒放，他忍不住摆酒宴庆。

不料想，黄昏时分，木钵城外风起云涌，大军合围。原来是南凉国元帅焦喜冠率兵救援，来势汹汹。

拓跋临风所带领的军队突遇合围，惊慌之中自然无法抵挡敌军的攻击。拓跋临风高举鹰剑，带领士兵冲出东门，钻进山间小道急速撤退。奔至第二天黄昏，看见山脉蜿蜒，峰高树密，草木丰茂。

拓跋临风命大家下马歇息。

夕阳的余晖给草木披上了一层薄纱，一阵花香飘过来，奇异的香味让人精神振奋。皇甫唯一下马后，忍不住向着芳香飘来的地方走去。

"注意安全，不要远离部队。"拓跋临风用低沉的声音对皇甫唯一说道。

"你闻到了吗，一种奇特的香味。"皇甫唯一放慢了脚步，吸着鼻子说，"我从来没有闻到过这么浓烈又飘逸的香味。"

"世间什么花最香？"拓跋临风跟在她身后，背上的弓箭依然那么神气。

"蔷薇，七里香。"皇甫唯一看到紫色的蔷薇花在盛开。

"不是。"拓跋临风淡然地看着漫山遍野的花儿，眼里却藏不住疲惫。

"百里香。"看着生机勃勃的树木，再看看姹紫嫣红的花朵，皇甫唯一不假思索地说。

"也不是。"拓跋临风脚下有花瓣飘零，他眼里的星光好像也在飘零。

"千里香。"皇甫唯一眼睛在丛林深处搜索着，轻快地回答。

花朵和少年，唯美的画面在拓跋临风的眼前闪现，他强打精神说："毫无疑问是瑞香，别名'花贼'。"

"这个别名太含混，不能表达我对花香的喜欢。"皇甫唯一说。

"万物有灵，不在乎俗世的别名。据说此花窃取了百花之香，集于自身。"拓跋临风似乎在说一个熟悉的伙伴一样，"这样说，主要是突出瑞香花的特点——花香袭人，香飘千里。"

"这么奇异的花，我要亲眼看看它的模样。"皇甫唯一循着花香慢慢前进，拓跋临风不紧不慢地跟着。大约前行了两里路，皇甫唯一看到了瑞香花，有洁白和紫红两种，掩映在绿叶之中，花瓣肥厚，团团簇簇长于枝头顶端，倾城的美貌与芳容惊艳世间。

拓跋临风低语道："瑞香是奇异之花，而且和佛寺有渊源，被看作花中祥瑞。它原本生长在庐山锦绣谷的深山草莽中，被僧侣发现后，移植到寺庙精心培育，从寺庙流入民间。"

皇甫唯一静静地站在瑞香花面前，沉浸在沁人心脾的花香里。不知不觉中，月光洒在草木上。

月光笼罩的丛林中散发着奇香，一阵风拂过，一只小花熊奔出来了，它的后面跟着四只像野狗一样的动物，皇甫唯一喊道："小花熊。"拓跋临风压低嗓门说："豺在猎杀小花熊。"

"太像我家的小花熊了。"皇甫唯一说，"我想我家的小花熊了。我要救它……"

月光好像也看到了这一切，它用柔和的光芒抚慰着小花熊身上几处殷殷血痕。小花熊累坏了，吐着舌头，喘息声穿过月光和花香，直奔皇甫唯一。

"你不要轻举妄动，否则会害了它。"拓跋临风说，他放下了手中的鹰头剑。

皇甫唯一看到它两只耳朵是黑茸茸的，两个眼圈是黑色的，四条腿也是黑色的，其余都是白色的。这白色与黑色好像在互相呼应，好像与满山的草木互相致意。它很憨厚，眼睛却炯炯有神。皇甫唯一感到自己从它的眼睛里看到了珍贵的水色，是山泉、小溪？还是高山流水、湖光山色？她自己也不能在瞬间确定。

"可怜的小花熊，看来已经被豺狼追击好久了。"拓跋临风柔声说道。

皇甫唯一第一次听到他声音里的柔软。瞬间觉得眼前的整座大山都化作柔美的集合。

"我要救它。"他说，"小花熊是森林里面的小精灵，它美，它善，它圆嘟嘟的四肢走过丘陵，丘陵就长出小草；走过高山，高山就有白云飘过；走进丛林，丛林就有百鸟争鸣。"听着这些话，皇甫唯一感觉到拓跋临风那柔软的声音摄人心魄，比瑞香更香，比月光更美。

拓跋临风说着话，眼眸忽然变得异常明亮。他极力放低身形，隐入丛林，迎向豺。皇甫唯一看着越来越近的豺，紧张地望着小花熊。

拓跋临风不知用了什么手段，一只豺呜咽一声，倒地而亡。它的同伴疑惑地回头查看，拓跋临风一个箭步，手里拎着两只豺的后脑瓜，撞击一下，扔了出去。剩下的一只见势不妙，扭头仓皇逃窜了。

小花熊庄重地走向拓跋临风，深情地望着他，灵动的眼眸有泪光闪烁，好像在说："谢谢救命大恩！"驻足片刻，劫后余生的小花熊，走入丛林。

"我平生最见不得恃强凌弱，以多欺少。"拓跋临风坚定地说，"作为一个将士，我并非喜爱杀生，甚至愿意帮助一只蚂蚁躲过危险。"

"你刚才杀死豺，是因为小花熊顽强的毅力感动了你吗？"

"有这样的因素，但是最主要的是我憎恨凶残。豺的凶残程度超过狼，也超过了虎豹。虎豹攻击猎物时大都讲求的是一击必杀，或锁喉或袭颈。这样虽然猎物被杀死了，但过程非常的快。而狼虽然与虎豹的捕猎方式不同，但是它们最多以追逐让猎物的体力耗尽，最后再咬死猎物，过程虽然较长，但是对于猎物来说，被撕咬的过程较短。但是豺就不同了，它们捕猎时，方式残忍，令人发指。几只豺将猎物团团围住后，有的掏肛，有的抓爆眼睛，有的撕咬脖子，也有的撕咬腿部。因此，被豺捕猎的动物，死得很凄惨，不但遍体鳞伤，而且连肠子都被拖出体外。"拓跋临风停了一下，加重了语气，"让活生生的东西在漫长的痛苦中，失去了生命，也失去了尊严。万物有灵，但我憎恨豺！"

"嗯嗯，万物有灵，人心向善。"皇甫唯一感慨道。

几个士兵听到了异样，走过来，拎起死去的豺。大家纷纷堆积枯枝烂叶，点燃后，烧烤生肉。

夜风吹过，柴火燃烧得更加旺盛，明亮的火舌吞噬着肉块。拓跋临风走进草丛，摘下一些成熟的孜然芹的小果实，撒在肉上。被炙烤的孜然芹释放出浓烈的芳香，皇甫唯一闻着这样的气味，突然感觉很饿。拓跋临风看了她一眼，说："孜然芹是调味品之王，主要用于肉类烧烤，有时也作为香料使用。"

皇甫唯一坐在拓跋临风的身边。不一会儿，肉块被烤得焦黄油亮。特殊的肉香味被风送进皇甫唯一的鼻腔，别样的感觉迅速布满周身。拓跋临风割了一块肉递给皇甫唯一。

皇甫唯一咬一口，感觉肉质鲜嫩，唇齿留香。味道特别的烤肉让皇甫唯一大饱口福，在此之前，她从来没有吃过用孜然芹调味的烤肉。

夜色深重，风声鹤唳，皇甫唯一有了草木皆兵的错觉，跟在拓跋临风身后左右不离。他仿佛看出了皇甫唯一的心思，说："山间瞬息变化，记录官体弱面瘦，请随我休憩，以防危险。"一种生死相依的感觉弥漫在皇甫唯一心中。

劳累与困倦难挨，拓跋临风安顿好一切后，不自觉地睡着了。皇甫唯一躺在他的身边，闭着眼睛，也进入梦乡：她绕着一棵树在欢乐地跳舞，闻到了奇异的芳香，抬头看见树上没有绿叶，只有嫩白的花朵。花香在树梢上绕一圈后，一缕缕地钻进了鼻腔。然后又看到那些花朵变成一群鸽子，展翅离开了树。梦中的皇甫唯一大喊："花朵变鸽子了，花朵变鸽子了。"

皇甫唯一喊醒了自己，睁开眼睛看见明亮的月轮在高处俯视着一切。花朵是没有的，只有说不清的香味在拓跋临风的四周萦绕。听着他均匀的呼吸声，一种冲动突然迅速占领了皇甫唯一的头脑和四肢。

今日，初升的月轮和往日迥然不同，皎洁的月光水波般覆盖了皇甫唯一。皇甫唯一仿佛看到了幸福的光华。

四处松林郁郁，暗香浮动，好似醇酒入喉。在这样美好的瞬间，曾经的磨难、悲伤、寂寥消失俱尽。皇甫唯一的心间只剩下洁白的欢喜。

皇甫唯一伸出手掌，在拓跋临风宽阔的胸膛上，轻轻摩挲。拓跋临风的心突突地跳动，强有力的回音混合着好似青青芳草的香气，让人陶醉。拓跋临风没有动，他一定陷在深沉的睡眠之中了，皇甫唯一想。

皇甫唯一细长的手指轻轻地抚摸着拓跋临风棱角分明的脸庞，拓跋临风均匀的呼吸传递着时光的静好，增添了她的迷乱。缓慢地，缓慢地，时间缓缓流动，像冰层下的暖流。激情、灼热、情不自禁，共同出现在这个夜晚。

皇甫唯一的心跳加速，积攒的热度使其双眼迷离，正要把滚烫的唇贴在拓跋临风宽厚的唇时，拓跋临风的手如一只木夹一样钳住皇甫唯一的手。手指上握剑的硬茧让皇甫唯一感到生生地痛。

拓跋临风一个鲤鱼打挺站了起来，拔剑在手，鹰头的眼里发散出冷冷的光芒。皇甫唯一内心的热情骤然僵冷，眼睛的余光扫过拓跋临风四处查看的身影。皇甫唯一盯着大河对岸一棵大树，大树是孤独的。孤独的树杈分出两棵树的样子。两棵树，没有了孤独，一棵树的影子还可以拥抱另一棵树的影子。远处山峦的轮廓逐渐模糊，皇甫唯一的眼皮沉沉，一下跌进了睡梦里，梦里有歌谣在飘：山有木兮木有枝，心悦君兮君不知。

十天后，皇甫唯一他们与大夏王的大军会合。然后，双方大战正式开始。

万马奔腾的沙场平铺在眼前。无边无际，适合弯刀与弯刀猛烈地对撞，适合白马、黑马、红马在这里咴咴长鸣，在这里恣意旋转，马鬃在疾驰中随风飞扬，马尾叱咤而飞，比风中的旗帜飞得更快，更飘逸。

拓跋临风在风的旋涡中，举着剑，骑着枣红马，紧追着相互交错的风。皇甫唯一跟在他后面，好像跟在风的身后，只能抓紧马缰，贴着马背，跟着呼啸前进的风奔驰。

凛冽的风，变了颜色，那是血液飞溅的颜色。浓烈的腥味扑鼻而来。皇甫唯一看见拓跋临风所过之处，敌军兵将纷纷倒下，战马鲜红的血液汹涌喷出，倾洒在深度干旱的漠漠沙场里。

毫无预兆，跟着拓跋临风奋勇向前的道路被截断。

皇甫唯一看见敌军先锋慕容鲜卑高扬弯形大刀，跨着一匹白色骏马。白马膘肥体壮，神采飞扬，所到之处，高处的大刀顺势往下一拉，从白马身边经过的将士的头颅就立即挂在了胸前，然后，滚落在马蹄下。顺势喷出的红血，溅在白色的马上。

白马身上朵朵红花盛开。一条血路在白马的身后快速铺开。

眼泪模糊了皇甫唯一的眼睛，只听咣当一声，大刀从皇甫唯一的左臂滑过。针扎过胳膊的感觉立即传遍全身，皇甫唯一痛得失声惊叫。

"唯一，快躲开！"拓跋临风的声音里满是焦急。

皇甫唯一闻言，提缰一纵，回头看见拓跋临风的剑架着那锋利的大刀。皇甫唯一想：如果那大刀砍在自己的脖颈上，那么现在人头落地这个词就是给自己用的。

"死里逃生啊！这是拓跋临风在鬼门关口救了自己。"皇甫唯一心里感慨。

慕容鲜卑与拓跋临风势均力敌，双方僵持在沙场上。皇甫唯一勒马回缰，在那匹白马的后腿上，狠狠扎了一刀。白马向前一窜，带走了慕容鲜卑。

"皇甫唯一，快回营部！"拓跋临风向皇甫唯一大喊，眼里含着威严。

出军前，他曾反复叮嘱皇甫唯一："你的职责不是奋勇杀敌，懂不？"皇甫唯一也反复点头称是。

皇甫唯一的左臂隐隐发痛，殷殷红血从甲胄中渗出。她凝视着挥剑陷阵的拓跋临风，突然两眼落泪。"如果当年在战场上有人这样救下父亲，那该多好啊，我就不用过着这样惆怅的日子。"泪眼蒙眬之间，皇甫唯一一边想一边骑着马，匆匆撤回营部。

拓跋临风队伍挡不住慕容鲜卑的冲杀，他不得不鸣金收兵。慕容鲜卑举着大刀，紧追过来，拓跋临风弯弓搭箭。正在风一样冲锋的慕容鲜卑被一箭中喉，仰面倒在马背上。

敌军主帅焦喜冠闪出阵营，左手向前方一挥，右手持刀一扬。那刀有七尺长，一尺宽，泛着清冷的光。北风在刀背上霍霍生寒，刀刃在北风中寒光闪闪。

大夏王站在沙丘高处，冷眼观望。看到这些，他跨上黑色战马，把他的大刀向长空一挥。皇甫唯一看见天空中飘着白白的雪花，这雪花与平日里公众看到的雪花不同。哪儿不同？仔细端详，才明白，这不计其数的雪花，每一瓣，每一朵，都传递着惊人的肃穆和凄恻的悲情。

接着他的刀尖抵向大地，刀尖刚一点地，皇甫唯一看见刀尖叩响了生命的门环。

那雪白的刀刃在雪花铺盖的大地上，源源不断地发射出夺人心魄的白光。这强大的白光为大地涂上了悲凉的底色，永远雪白的底色。然后，大夏王一提马缰，马蹄疾驰，径直奔向敌军主帅焦喜冠。

拓跋临风目不转睛地观看着这一切，双腿轻轻地踩着马镫，幽幽地给皇甫唯一讲述道："天王的弯形粗柄大刀上，住着黑白无常，只要他施展刀法，黑白出动，就有性命被领走。"

皇甫唯一说："我也听过这把刀的传奇，这把刀曾是先王的，先王用这把刀硬生生在群雄逐鹿的山河间开辟出一个游牧民族的盛世。"

拓跋临风望着远处，好像看到了历史往事："大夏王的大刀，汇集了天上的能量，重过三国枭雄吕布的兵器方天画戟，由玄铁紧密铸成。天下刀器分九品六级，唯有天王的大刀是一品一级的兵器。这兵器的材料来源于从天而降的陨石。当年，部将暴乱，天王家族被杀，年仅十岁的天王乘乱逃出，追杀如影随形，身后的刀箭犹如群狼追逐着他，越来越近，已经进入弓箭的射程。就在他即将被乱箭射杀时，突然，天空中出现一片火光，那火光红而怪异，散发着夺目的光芒。那无尽的光芒旋转着。许多追兵的眼睛被一束束强而有力的光芒击中，两目出血，从马背上倒下……天王得以逃脱。此后，他的梦里，几次出现那块在红光漫天中坠落的石头，但他并未在意。直到上河湾战役中，他的兵器因杀人太多而刀刃卷曲，他抚摸着刀背睡着后，做了一个梦，梦见一个须发皆白的老者指着陨石对他说，你的宝刀在这里，他才有所领悟。梦醒后，他四处打探，终于请来白云山上的白道士，点燃阴阳蓝火，冶炼陨石，又请来兵器行家，用九九八十一天的时间，锻造出一柄大刀。"

皇甫唯一补充道："据说，当年天王第一次把大刀从刀鞘里拔出时，晴朗的天空中，突然有风在悲鸣，满枝繁花转眼纷纷凋零，汹涌大河顿失滔滔。在战场上，只要他的大刀指向长空，就有飞沙走石，金戈铁马的沙场就变成了死亡的苦海。天王病逝前，就把这柄神刀传给了大夏王。"

拓跋临风点点头，缓缓地说："刀，刀剑的灵魂。这把刀的刀鞘请名匠量身定做，选金丝木外包海龟皮，用神奇的淬火工艺锻造出变幻莫测的花纹，镶嵌着能量小星星，传说那几颗小星星是与天宇联系的秘密暗号。"

"确实是传得神乎其神，听说这把宝刀的护手部做了凤尾纹镂空，所用的材质和纹饰都是为了衬托主人的身份、地位、喜好。"

"'国之大事，唯祀与戎。'精良的刀剑是历代帝王将相不可缺少的兵器，是象征权力和地位的载体，表明一个国家的国力和尊严！"

"大王人高马大，扬手就可以抓下天空一层皮。如果再举起剑，可不就能把天空擎起来！"

"是啊，天空给了大夏国最大的未知数！"

此时，只见大夏王奔向敌军，一路砍杀，杀出一条血路，无数尖叫声在风沙中扬起，又缓缓落下。

敌军主帅焦喜冠与大夏王对峙。大夏王穿着银狐上衣，霸气十足地立在风中。

大夏王眼睛直视着焦喜冠。雪花争着飞向那极致的银狐，像极了飞蛾扑火。皇甫唯一看见那些精灵一样的雪花，转眼葬身在高贵而冷酷的皮毛里。

焦喜冠身上的熊皮闪耀着黑色的光华。他身体前倾，手握竖起的大刀，霍霍生风。

大夏王一提缰绳，黑马前蹄离地，向天空长嘶一声，接着他双腿一夹，黑马全力奔向焦喜冠。沙场的冷漠令人心悸。两个奋力奔腾的点交会在一起。战场的中心迅速形成，沙场的圆点凸显。在这个圆点里施展的每一个招式，都让整个沙场在微微颤抖，每一粒沙子仿佛都在高声嘶喊或者恐惧哭泣。

一层雪落在大地上。大夏王的刀锋掠过之处，许多敌军将士身首分离。他们来不及呼救，来不及惊恐，更来不及对亲人说声珍重，就用一腔鲜红的血液，染红雪花铺就的沙场。地上血液的颜色愈来愈深，深及土层，深得由红变紫，由紫变黑。

雪白的战场上，一条黑血道路在他的身后如蛇蜿蜒。

战场北边矗立着一棵红柳树，华丽的红叶贴着枝干悄悄睡着。随着大夏王的大刀一挥一扬，那些枯叶从树上飞起。雪花缠绕着红叶，好像那些阵亡的将士的灵魂在飞舞，升华，且得到了悼念与超度。

千军万马的战场上，几条血路铺在皇甫唯一的面前。血腥味四散漫开，沙的冷漠、雪的清凉、血的浓腥，齐力把这场战争的面目呈现在皇甫唯一的眼前。

阳光穿不过厚重的云层，天色阴暗。大夏王的大刀鬼火一样燃烧在焦喜冠的四边。两刀相击的火花，一明一灭地映照着两军。风雪冷峻。几个回合过去，大夏王与焦喜冠攻击的招式，出现了越来越多的重复。两匹马，铁蹄扬起的飞沙，越来越少。

皇甫唯一和将士们清晰地看到，焦喜冠的刀锋越来越吞吞吐吐，仿佛忘记了词句的演讲，越来越缓慢，那些流利的表达、流畅的句式，被冷冷的风雪冻僵了。

大夏王像一个老到的工匠，凭着功夫，挥着胳膊，一刀一刀地雕刻着他想要的工艺品。旁观者清，皇甫唯一们看出了他的目标。他那刀法，分明奔着焦喜冠的左膀右臂去的。果然，三个回合未完，焦喜冠的左臂飞了起来，像凌空的翅膀一样。然后，飞不出白雪重重的包围，重重落下……

两军将士一片哗然。敌军惊讶，我军欣喜。两种声音相互较劲，互不相让，在风雪中呼呼盘绕。

大夏王再提缰，掉转马头，顺势一刀，刀锋扑向焦喜冠的颈部。两军将士齐声呼喊，焦喜冠连忙躲避，呼声没有落下时，大夏王举起的刀锋已经落下。焦喜冠的手臂缩了回来，刀锋划过他的黑毛领，纤细的绒毛四散纷飞，与白雪形成鲜明的对比。

白雪中，一片红，自天而降，飞向大夏王。

一片红的前面，是无数闪闪的飞针。红色与银色，前后相随，飞向大夏王的咽喉。大夏王回刀护住了咽喉。焦喜冠拍马离去。大夏王提马紧追。一片红色挡住了他的去路。

红色的扇子，红色的衣裙，构成了一片红。红色的扇子在一个年轻的女子手上翻飞如鹓，银色的飞针从扇背上悄无声息地飞出。

"这是敌军元帅焦喜冠的女儿焦燕燕。红扇与银针，天下无敌。"拓跋临风为皇甫唯一解说，"不过，她不是大夏王的对手。"

焦燕燕手中的红扇上下飞舞，划着优美的弧形。弧形转弯处，银亮的针芒舞蹈一般潇洒自如地向大夏王的胸怀飘去。有投怀送抱的倾向。但是焦燕燕的眼睛没有似水柔情，她看着大夏王。皇甫唯一分明看到她冷冷的面色，冷冷地与面前高大魁梧的天王对峙。不畏缩，也不惧怕。

她的冷，来自全身的血液。她把生死置之度外，冷冷地凝视着傲视苍生的大夏王。

大夏王被她的气势牵制了，他犀利的刀法挥舞得有些牵强，好似几个成语被张冠李戴。

雄鹰从天上飞过，有几根羽毛落下，一定是源于对举世无双的冷艳的诧异。

这就是焦燕燕冷艳的魅力。她的冷艳不是源于一双黑白分明的大眼睛，也不是源于弯如钩月的黛眉，更不是小巧精致的脸庞，而是她手中的武器。这冷艳的武器杀得大夏王手忙脚乱，几次都险些被飞针刺穿喉咙。

焦燕燕手中的红扇一扬一转，好像一团火焰在冰雪中飞舞，让所有的人都产生了温暖的幻觉。在这幻觉中，人们都忘记了焦元帅回到了帅部。焦元帅下达了撤军的命令，锣声急急响起，与焦喜冠爱护女儿的心情一样。

焦燕燕连忙勒转马头，向来的方向奔去。几名大将挥刀将她团团包围。红扇翻飞，好似在马背上妩媚而舞。她四周的将士纷纷中针，掩喉而倒。

大夏王冷着脸，大喊："拿下她！本王要活的！"

许多将士追了过去，大都被伤，能贴近她的人，没有一个。大夏王骑马追逐。迎着刺骨的风雪，迎着飞向自己的暗器，他追逐着飞舞如蝶的红裙子。

"不好，大夏王中针了。"拓跋临风说，"一定是毒针，你看大夏王的脸色发紫了。"

皇甫唯一看见大夏王两眼露出黑漆漆的光芒，大刀一挥："追！"

军旗向前飘，皇甫唯一跟在大军身后，一路奔驰。不一会，就到了黄河大峡谷。冰河茫茫，骏马踏冰前行。焦喜冠隐藏在河口，命令军士锤落冰面。正在急促挺进的大夏军队，随着陷落的冰面，落入黄河，伤亡不计其数。惨烈的局面，不亚于三国赤壁之战。

眼见焦燕燕在黄河那边拊掌欢笑，大夏王亲自打马，在冰河中穿行。那黑色的战马，像一条乌龙，在刺骨的河水里，驮着他，奋勇向前。拓跋临风紧跟在大夏王的身边。许多将士也打马渡河。皇甫唯一不停地感叹，龙马精神，果然不同凡响。

高冷的美人突然不笑了，她来不及换暗器，更不知道哪里能躲过大夏王的大刀。她累得汗湿衣裙也没有躲开他的手掌，她被他提上了马，然后，又被他扔在他的马下。眼尖手快的侍卫兵马上绑了她。

大夏王冷笑着说："本王暂不杀你！先留你为本王生养一

个俊美聪慧的王子！"

他的朗朗话语刚刚落下，身后的队形已经大乱。原来是南凉王率领的援军来到。大夏王中了毒针，擒了美女，无心再战，随即下令撤军。

撤兵，无非是朝着来的方向奔跑。拓跋临风对皇甫唯一说："皇甫唯一，你跟着大夏王撤离，我去断后，尽力减少伤亡。"

皇甫唯一更加佩服他。皇甫唯一心中的英雄就是这样，危难关头，挺身而出。他就是皇甫唯一眼前的英雄。

拓跋临风亲自布置，兵分三路，左右掩护，帅部先撤。他带着一队人马，在夜郎城使了一着回马枪。南凉王退守大漠关孤烟城。

五　虎虎生威的大衣

橘黄色的太阳隐入西天的云层后，寒冷的风伸出手，手里攥着看不见的刺刀。皇甫唯一的手指被它的刺刀穿过，膝盖中插满了刺刀，牙齿跟着来回穿梭的寒风，上下左右地颤动。

夕阳西下，暮色渐起。不久，夜幕也就降临了。风停了，寒气代替了风的冷酷。看不见的针尖反复点刺着身上的每一寸肌肤。皇甫唯一想，如果能有一个小火炉提在手中，寒冷也许会离自己远一点。这也只能想想而已。但是，雪花却真实地出现在皇甫唯一的眼前。蝴蝶一样蹁跹，翅膀洁白，身躯轻盈。这破茧成蝶的白雪，一会儿工夫，就铺满了大地。

越来越冷的空气在凝聚，天地之间被冷空气凝聚成一个大冰窖。寒冷在冰窖里滋长蔓延，恣意妄为，随意地吞噬着地面上仅有的一丝温和。皇甫唯一在这个大冰窖里，口里呼出的热气僵冷在唇边，冻在睫毛上。白色的冷气一针一线似的缝合着皇甫唯一的眼皮。皇甫唯一觉得自己活不过今夜了⋯⋯

寒冷消融成灰，柴灰余热滚滚，皇甫唯一的眼前一片火红。被封冻的眼睛睁开了，薄冰化作细水在皇甫唯一的眼角流淌。

"你怕冷。我看你被冻僵了！"

依然是眼波如水。皇甫唯一看见拓跋临风坐在身边，怔怔地望着自己。如果夜色不深，他一定看见绚丽的红霞在皇甫唯一的脸庞上稍纵即逝。

"我不太习惯野外的寒风，过几天就不会这样了。"皇甫唯一发现原来自己躺在暖和的麦秆席上，不由得立即坐起来，一堆柴火正在自己的身边燃烧。火花在自己周围盛开，皇甫唯一被温暖包裹着。

拓跋临风从马背上拿下了马奶酒，递给皇甫唯一。醇香的奶味立即飘进皇甫唯一的鼻腔，食物在此刻显得珍贵。又冷又饿的她喝了几口，感觉到异常香甜，还有一种飘飘欲仙的感觉渐渐从她的身体里升腾。

拓跋临风又从皮囊里拿出一块风干牛肉，放在火边烤了烤，递给皇甫唯一。这块风干牛肉与以往吃过的牛肉不同，皇甫唯一咬了一口，尝到非同一般的香味。咀嚼了一会儿，鲜美的香味中带着一点点青草的芳香，让她忍不住感叹风干牛肉的香味独特，让人回味无穷。

"好吃吗？"拓跋临风问，"你是第一次出军，应该从来没吃过军队的补给。"

"好喝，好吃！"皇甫唯一舔着嘴唇，意犹未尽的样子。

"我第一次吃牛肉干，喝马奶酒，也是感觉妙不可言。那时我还年少，就跟着大军日夜奔袭。"拓跋临风在回忆时，眼睛里的星星蒙着一层忧郁，"当然，我们之所以经常打胜仗，就是因为我们的军队补给有马奶酒、牛肉干。"

"马奶酒、牛肉干就这么神奇？"

"马奶酒、牛肉干，本身就是非同寻常的美食。不过……"
拓跋临风一边烤着火，搓着自己的双手，还给手背上哈着热气，
"有点冷，这样的冷天气，不好对付。"

皇甫唯一看到了一件虎皮的大衣披在自己身上。黄白相间
的虎纹，无限温顺地缠绕在自己的身上，一股暗流缓缓流进她的
心扉。皇甫唯一情不自禁地低了头。

"总觉得你不像个随军出征的人。"拓跋临风看了看皇甫
唯一说，"我们经常能打胜仗，主要胜在速度上。"

"速度、马奶酒、牛肉干，这三者有直接联系吗？"皇
甫唯一疑惑地问道，然后，不知不觉中，用手掌摩挲着光滑的
虎皮。

"问得好。有关系。你想想，敌军行走一天，肯定得找个
地方埋锅造饭吧。这样一来，是不是花费了一些时辰？"

"哦，你们不用下马烧饭，直接坐在马背上，拎起马奶
酒，抓出牛肉干，一顿饭就有了。"不易觉察的暖气从皮毛间
传递到皇甫唯一的指尖，又从指尖传递到心间。就是这样的温
暖，让皇甫唯一冻僵的肌肤一点点地苏醒，让她的全身恢复了
知觉。

"嗯，就是这样，千里奔袭，敌军还在赶路的途中，我们
忽然出现在他们的面前，在他们措手不及的时候，杀得他们溃不
成军。"

"也许他们还以为是天降神兵呢！"皇甫唯一抚摸着这件

虎虎生威的大衣。

昨天，这件虎皮大衣披在拓跋临风的身上，威风凛凛，神气十足，尊贵而卓然。在寒气袭人的夜晚，拓跋临风热血沸腾地骑在马上，让皇甫唯一的心骤然生出拥抱温暖的渴望。

此时，皇甫唯一清晰地感知到，虎毛细处，有拓跋临风的体温。特别是他的味道，男人的味道，让人忘却了天空中不断涌来的寒风。皇甫唯一低着头，悄悄摩挲着虎毛，暗暗开心。这气味不同于皇甫唯一嗅过的花香，更不同于食物菜肴的香味。

不知道那气味是什么神奇的符咒，让皇甫唯一僵硬的身体，如冰雪一层层地化开，一层层柔软下来，一层层如水荡漾，然后，皇甫唯一感觉自己脸上像被火烤过，热辣辣的感觉挥之不去。最后，变成晕晕乎乎的感觉，攀上了头顶。

"你的虎皮大衣真暖……"皇甫唯一拥着拓跋临风的大衣，喃喃而语，细细低低的语调带着火焰的温度。

拓跋临风立即把怔怔的目光收回，他的脸膛冷静如常："这件虎皮大衣是大夏王赏赐给我的，虽自小杀杀打打，但是心中向善，绝不随意夺走一条性命。一只蚂蚁是一条命，一只老虎是一条命，一个人也是一条命。于我来说，没有区别。"

"你心中有大爱。"皇甫唯一静静地坐在篝火前。

一点点微笑浮上拓跋临风的眼角。

回来的路上，一个名叫华池的小地方，锣鼓声喧天，转过山头，看见一块开阔的洼地中，围着许多人，一人高的土台上有两个穿戴华丽的伶人。原来在唱戏，唱的是秦腔。

皇甫唯一对拓跋临风说："这弦乐好似一股在怪石突兀的高山中奔走的山泉，激越高昂，如秦军兵出函谷关，我要听一会儿。"拓跋临风淡然地看了皇甫唯一一眼，说："我也喜欢。你看台上的艺人，他们那一招一式都有讲究，都是在模拟我们远去的祖先。不言而喻，我们需要强大的精神力量，在辽阔的大地上做保家卫国的好男儿……"

台上先是打打闹闹，叮叮当当的响声不绝于耳；然后，一切消失在幕布后面。继而一个女子，蹙着悲戚的眉眼，哀婉的声音从红唇中飞出。唱到高处，犹如瀑布倾泻万丈，卷起千堆雪，观众跟着给予掌声；然后，声音一寸一寸地低落下来，如潺潺的水流从深谷里平缓地流出来，激动的倾诉转为忧伤的细语，台上的唱腔逐渐哽咽。她的眼睛里有幽暗的泉眼，清亮的水流在眸里流转。台下的女观众跟着她泪眼蒙眬。

一个老者为身边的小女孩讲解剧情：一条小白蛇，为了报答一个牧童的救命之恩，在峨眉山上修道千年，化成人形，且美貌无双。怀着感恩的心，凭着无边的法力，她嫁给了救命恩人，过着恩爱幸福的日子。可是，一个道行高深的僧人看透了她的原形。她与恩人被生生分开。所以，她的哀怨无药可解。她怨不得天，也恨不得地，只能用眼泪冲洗无可奈何的命运桎梏。

皇甫唯一听完，再看看那蛾眉宛转的神态，忍不住跟着那女子落下了泪。

拓跋临风递给皇甫唯一一块手帕，疑惑地说："一个爷们儿，怎么儿女情长了？"皇甫唯一立即擦去眼边的泪水，小心翼翼地抓着丝绸手帕，然后又折叠了一下，攥在手心里，似乎攥住了自己加速跳动的心。

"不是儿女情长……好像是沙子被风吹进眼里了。"皇甫唯一知道自己的掩饰逃不过他的细致观察，却又真的喜欢他的注视。

"听秦腔时就会发现那些历史故事、传统文化、信仰理念，藏在河流一样的声音里，藏在马尾丝做成的胡弦里。若不用心去听，是不能发现这些的。其实，台上打打闹闹，咿咿呀呀，长袖拭泪，非是一般寻常。"拓跋临风看着戏台说。

台上的秦腔还在继续，每一句唱词好像行走在云端。那声音从地面发出，根扎在深厚的土层下，茎伸上云端。然后，在云端里大气磅礴地生长、发芽、开花、结果，种子又从云端落下，落在观众心中，也落在皇甫唯一的心中。

"先锋官所言甚是精辟。我看这伶人服装褪色，眉眼凄楚，但是演唱的故事是清晰的，犹如真善美的根芽，只要一点适宜的环境，它们就长大、开花，芳香迷人。唱词是看不见的，但是台下的每个人都在听。听到的唱词，是温润的、古朴的，玉石一样，历史的长影在这里显现。"皇甫唯一一边说，一边感觉这些秦腔唱词正撒向自己的心田。

"我有自己的唱词。"拓跋临风说着，就唱了起来，"大风吹着黄土地，要把黄土吹到哪里去，哥哥想着妹妹你，可知心儿飞到哪里去？"

皇甫唯一听着，高亢的声音竟然有着幽咽的回环。

"想和妹妹在一起，甚时才能拜天地？盼着咱二人能做夫妻，生生世世在一起……"

一曲唱完，皇甫唯一呆呆地看着他，慢慢地说："如果不是你在我面前，我怎么也不相信一个征战沙场的将士能唱出这样柔肠寸断的歌声。"

华池，一个名叫华池的地方。这是皇甫唯一寂静的深冬里挥别的城池，这是皇甫唯一深冬里挥别的季节。

他们驱马而回，很快进入军营道路。松柏等树木掩映的泥土路，朗朗晴空，阳光投下微小的光斑。道路坚实、平展，空气清新怡人。在这样的氛围中，皇甫唯一忘记了过去亲身经历的一切，全身心地感受着自然舒适，享受着一切美好与惬意。远方山峦重叠，天高云淡；近处屋舍俨然，鸡犬相闻。在疆土连绵不断的画卷里。拓跋临风随意的一个微笑，皇甫唯一都会感到无限柔光洒在自己的身上。

拓跋临风转头对皇甫唯一说："这条路是秦王嬴政在位时修筑的驰道。秦公子扶苏与蒙恬为了达到秦王的要求，更为了巩固秦国，堑山堙谷，修了几条秦驰道，这只是其中的一条。"

皇甫唯一看着平坦的道路说："秦王还修了东过黄河的临晋道，东出函谷关的东方道。"

拓跋临风点头说："秦王嬴政统一六国后，便谋划大秦千秋万代，长治久安。为了排除外患，迅速打击外敌冒犯，他下令修了几条驰道。"

皇甫唯一转头看了看拓跋临风，说："先锋官竟然读书识文，我也是从史料里看到一点对驰道的记述。驰道是秦朝快速出击的长矛，若邻国有侵略野心，秦国的大军就顺着驰道一日千里，出其不意地出现在敌国前，给予敌军重重一击。"

拓跋临风说："《孙子兵法》谋攻篇里写着'知彼知己，百战不殆；不知彼而知己，一胜一负；不知彼不知己，每战必殆'。作为一个将官，我难道不读兵法吗？那岂不是把将士的性命当作了草木？"

"佩服！"皇甫唯一双手合握，含笑向拓跋临风作了一个揖，"将军仁义，爱兵如子，胜利定属于你。"

拓跋临风看了一看皇甫唯一后，一本正经地说："秦王嬴政统一六国以后，认为自己德高三皇，功过五帝，于是将皇和帝并称为'皇帝'。他称自己为始皇帝，寓意从他开始，大秦国的王均称皇帝，依次为二世、三世，以至千秋万世。"

皇甫唯一的笑颜不见了，换上严肃的表情，说："秦始皇统一度量衡，实行书同文、车同轨，他的功德值得传颂。"

拓跋临风沉思了一下，缓慢地说："他修筑驰道，修筑灵渠，修筑长城，北击侵兵，南征百越，为一个王朝的强大，打好了基础。可是，秦国湮灭了，带着令人匪夷所思的结局湮灭了。"

皇甫唯一背诵了一句："前车已覆，后未知更，何觉时？不觉悟，不知苦，迷惑失指易上下。"

拓跋临风点了点头，算作回应。

"你是明媚的蓝天，我是洁白的云朵；你是苍翠的松柏，我是清纯的泉水。我要用青春的绚烂，无所顾忌地爱你……"这是皇甫唯一想要唱的歌。

骏马向前快行，路两边的风景像长幅的卷轴徐徐展开在眼前，一簇簇沙柳，一株株白杨，出现在他们的视野中。马儿继续前进，一座白色的庞然大物出现在眼前，稳稳地矗立在前方，雄踞大漠，巧夺天工。

这种稳固的形象与周围在风中摇曳的萋萋荒草形成鲜明的对比。城墙高十仞，基厚二十步，上宽十步，东西长倍于南北，周长约十八里；崇台霄峙，秀阙云亭；千榭连隅，万阁接屏；温室嵯峨，层城参差；楹雕虹兽，节镂龙螭；莹以宝璞，饰以珍奇……这就是统万城。

皇甫唯一跳下马，抚摸着脚下的白土，内心感慨万千，似乎她就是亲手夯筑城墙的民夫。坚硬的城墙，锥扎不入。棱角分明的白土塑成四个城门，分别命名为"招魏""平朔""朝宋""服凉"。

拓跋临风稳坐马上，正色说道："你看，我大夏威猛无极，只要看一眼，就会被这壮丽辉煌的气概，惊艳永生。还有，这宏伟坚固的宫城，一定可以历经千年风霜，而屹立不倒。"

"我们是从服凉门出来，又从这服凉门回去。"皇甫唯一望着"服凉门"三个大字说道。

拓跋临风也望着那三个大字说道："那是当然，出去是为了服凉，当然要走服凉门。回来呢，已经服凉了，肯定还是要进服凉门嘛！"

"这门外还有一个小城！"

"这西门服凉门呢，你看，是瓮城形的，就是在主城门外再建一小城，因其小似瓮中捉鳖的瓮，所以也名曰瓮城。"拓跋临风从一名将士化身一名师者，侃侃而谈。

"西门瓮城城门的做法是在砌筑夯土墙时，预留城门门道的宽度。等城墙夯筑完毕，再在门道位置建造木结构城门和城楼。西门城门和城楼门道两侧为排叉柱，柱子上架梁柱支撑上部建筑。城楼坐落在排叉柱上，城墙平面为西向凹字形。城门两侧的城墙，宽于西侧的城墙。"

"没看出来，先锋官对建造宫坊也很熟悉。"皇甫唯一不可思议地说。

"我知道一点儿。你看，位于门道东侧的是南北上城马道。城门上北侧城楼为二层木结构的楼阁建筑，面阔五间，进深两间，骑跨在门道上部。除城墙较宽外，瓮城其余南北和西墙均较窄，应仅供行走巡查之用。瓮城在南墙靠近西城墙处开有掖门。"

皇甫唯一心里的佩服化为感叹："你真是学富五车，难得的有趣。"又不由得补充道："东门招魏门，南门朝宋门，西门服凉门，北门平朔门，从四个城门的命名可以看出大夏国的梦想。"

"是，大夏王的梦想，就是城池坚固，可以保大夏人的江山万世永固。"拓跋临风用燃烧的激情在说话，"大夏国永在，让四方来降，八方纳贡。"

书房馆的窗前，有一棵妩媚的柳树，它的枝叶在和煦的春风中显得娇柔迷人。皇甫唯一放下手中的笔，走出门，望着随风轻舞的柳条，恍然感到自己是一棵树，在春风里舒展枝条。自从别过拓跋临风，即使每日撰再多的文字，也不能消减内心的苦闷。

柳絮飘飞，飘到了回忆里。皇甫唯一惊讶地发现自己竟然留恋着随军记录的日子。这些日子里，有一个人一直在她的身边。这个人是拓跋临风。

"拓跋临风，临风……"皇甫唯一默念着这个名字，心里有一种甜蜜在扩散。那次随军行，看见的生死搏杀的场面都被忽略，只有拓跋临风越来越清晰，越来越高大——他从刀下救人，他温暖的大衣，他轻描淡写的话语至纯至理……这些美好的回忆消解了皇甫唯一心中的苦闷。

花圃里的春霜已经消融，青青草叶碰触着春风特有的温柔。春天的气息唤醒了每一个生命。

"春日迟迟，卉木萋萋。"皇甫唯一低声吟诵。

"仓庚喈喈，采蘩祁祁。"一个声音接住了上一句，念出了下一句。这个声音很熟悉，皇甫唯一左右扫视一遍，没有看见人影，却看见书房馆外墙一枝桃花，鲜艳似火，随口诵出："桃之夭夭，灼灼其华。"

"之子于归，宜其家室。"那个声音又接住了诗句，"哪位姑娘要出嫁？"

"啊，这是拓跋临风的声音。"皇甫唯一惊讶地说。

"是我，我听见你的声音，好像变了一个人似的。"拓跋临风轻飘飘地落在院子里。

皇甫唯一望着眼前的拓跋临风，迟疑地问道："你怎么会在这里，是真的吗？"

"真的是我，你怎么像个姑娘一样？"他撇着嘴，看着皇甫唯一说，"我路过这里，听到一个声音，想起我的随军记录官。"他不确定地问，"刚才是你的声音吗？"

"是吗？"皇甫唯一做出顾左右而言他的神态。拓跋临风笑着说："一个人写疯了，开始模仿姑娘了。"他沉思了一下又说："用这样的方式排遣单调的日子，也算是一件有趣的事。"

"怎么是单调的日子，不是还有李鹏程、牛万里、常荣风，他们也和我一样嘛！"

"不一样，他们这会儿在一起操练骑马术。"拓跋临风望着皇甫唯一，认真地说。

"我在寻找《诗经》里的春天。"皇甫唯一蹙着新月眉，尽力想展现出庄严的神态。

"没有一片叶子不是被春风吹醒的，也没有一朵春花不是被春风带来的。"拓跋临风抬头望着浩渺的天空说，"春天给人间希望。"

皇甫唯一似乎想起来什么，沉默地看着眼前的树。

树上挂着绿意融融的春讯，几只歌鸲在啼鸣，它们的声音如晓风涛声，又蕴含着一丝丝雨落秋荷的清幽之情，听来格外动人心弦。皇甫唯一望着歌鸲淡蓝色的翅膀，眼睛里呈现出蓝色的忧郁。

拓跋临风也捕捉到了皇甫唯一这种微妙的情绪变化，他只是不明所以，低声说"告辞"，便挥了挥手，消失在歌鸲伤感的歌声中。

皇甫唯一踱着步，迟缓地绕着柳树转着圈。一圈，两圈，几圈下来，歌鸲的声音乘着淡蓝色的翅膀飞走了，两只家燕在屋檐下流连，好像要把家安在这里。

柳叶荡漾在西斜的阳光中，被染成了橘红色，皇甫唯一的思绪布满黄昏的天宇。柳叶间每一个透亮的孔隙都是皇甫唯一执着的祈盼。皇甫唯一多么祈盼能够再看拓跋临风一眼啊！

两只小鸟飞过，皇甫唯一感觉到思念的天空被划破。望着小鸟渐渐消失的身影，皇甫唯一的回忆逐条断裂，再不能续补。

月华覆盖了柳树，一团朦胧的景象使皇甫唯一感动，皇甫唯一不曾奢望拓跋临风是自己窗前的树，因为他的心永远都在疆场流浪。

皇甫唯一渴望自己是一只小鸟，在微风里，飞在蔚蓝的天上，飞在夕阳之下，围绕着他英勇的心，飞回巢穴。

夏天过去了，秋天来了。八万精兵全部被害的事件依然压在大夏王的心上，昨夜梦中，竟然又梦见阵亡的魂魄，追着他。他跑啊跑，总是跑不过魂魄的身影。在他被魂魄吞噬之际，一只白凤出现了，它身披五彩祥云，款款飞来，那些阴魂随即飘散。他连忙对着白凤说："寡人需要你，寡人要把你尊养在王宫，封你为鸟神。"可是白凤好像没有听懂他的话，头也不回地飞向远处。他又急又恼，拔箭就射，一箭射出，白凤落地，他慌忙跑过去，却发现白凤变成一个曼妙的身影，随风飘散……

忙完一天的朝政后，郁闷未减，他宫内踱步。田公公低眉顺眼地跟在他身后，一直陪着他。如果一直走下去能找到谜底，大夏王愿意一直走下去。走啊走，走到城楼上。晚风吹过来，荡涤着大夏王心中的郁闷。月色溶溶，星光迷离，大夏王心中的郁闷被一点点地剥离出去。他忽然感到月色与星光把地面点化得像水一样，柔情四溢。极目望去，宫苑湖泊边上的芦苇，一丛丛，质朴无华，引人垂怜。无数的芦苇，扬着绿绿的胳膊，在星月的辉映下凌波起舞。

"湖水因为芦苇而碧绿，小鸟因为芦苇而鸣奏天籁之音。"大夏王终于开口说话了。田公公这才松了一口气，连忙应声："婀娜芦苇，迎风摇曳，姿态美如一个个少女。"

"哦，少女！有的少女不及芦苇。"

田公公猜想，大夏王是在说焦燕燕，桀骜不驯，像一只难以驯服的老虎，带给大夏王的不是开心快乐，而是烦恼。

"寡人在昨夜的梦中，见到一只白凤……"大夏王欲言又止。

"恭喜大王，心心念念，必有回应！"

"寡人愧对八万精兵，他们的魂魄出现在我的梦中。"大夏王的脸色铁青。

"白凤出现，吉祥降临。"

"梦中，好像白凤在寡人的眼前消失了。"铁青的脸上有一丝惆怅。

"那好办，再找回来。普天之下，莫非王土；率土之滨，莫非王臣。"田公公坚定地说。

月色朦胧，湖面上零星的荷花显得婀娜曼妙，一种飘逸之美令人心动。

大夏王神色怔怔。田公公顺着大夏王的目光看去，芦苇丛边，一个由直线和曲线构成的人的侧影若隐若现，每一条线都调集了柔美和英俊。在动静之间，那人儿眼睛里闪烁的光芒如璀璨星月。

"爽快！那不起眼的芦苇，带着未知的清香，在苍穹下打开寡人心中郁结的苦闷。痛快！"大夏王看着那人影在芦苇丛中若隐若现的画面，醉酒般地说道。

田公公好像看见阳光似鳞片在水里闪亮，他呼吸着芦苇丛里飘来的清香，极力辨认那人儿的容貌。他看到芦苇丛中的人影投到湖心，芦苇丛成了人影的配景。

"回大王，那画中的人儿是宫中的人，一定能找到！"

"好，这就回殿。"大夏王朗声答道。

田公公一边跟着大夏王往回走，一边回想刚才的芦苇。这水中生出的高大禾草，怎么就有令人惊奇的气韵呢？它们开着纤细的花，却拥有最离奇的格调。最好能把今天的芦苇之美描绘成画，挂在大夏王每天经过的回廊中，用以宽解心怀。自从精兵被害，大夏王把八万人的死亡看作上苍对他的惩戒。每每在琉璃门内，田公公听到大夏王在梦里说着含糊不清的梦话，就想这神秘的精兵被害事件，会不会引起一串惊悚的变化？无论怎样，他要尽职尽责，收揽其身后蕴藏的无限的力量，为大夏王分忧解难，破解谜团。

"那个缥缈的人儿是谁呢，"田公公边走边思忖着，"不会是皇甫唯一吧，长得像个姑娘。"

"皇甫唯一，是谁？"大夏王梦醒般地问。

"书房馆的一名记录员。"

"还有这样一个人？"

"长着一对新月眉，像个姑娘。"

"哦，对，新月眉，是寡人亲自安排的那个随军记录官。"

"这次安排皇甫唯一画画吧，画出芦苇的美——在春风里发芽，开花时的素雅要体现出来。芦苇在秋风里构成的景致，要重点突出。"

"这些花花草草，什么都可以省略，唯独要把美给寡人留下。"大夏王若有所思地说，"芦苇柔化了寡人的思路。"

深宫人不知，明月来相照。寂静的文字是自己思想的森林。皇甫唯一思想的森林里，飞翔着青春的小鸟，生长着茂密的绿叶，盛开着绚丽的花朵。

窗外的小鸟飞走了。皇甫唯一在这样的环境里，无欲无求，只是会想起黑曜石。昨天，她去央求田公公，去马厩牵出她曾经的战骑黑曜石，摸摸抱抱亲亲一番后，偷偷拴在书房馆后面，想要多留几天。今天忙完书写，去湖边拔了一些青草，回来后给马儿吃。

皇甫唯一回到书房馆。书房馆的门窗内，一片寂静，皇甫唯一听见自己心跳的声音，扑通扑通。窗外的天空一片蔚蓝，没有一朵白云停留。皇甫唯一放下书写的笔，走出馆外。

不知何时，书房馆的窗户透进一丝丝月光。月光照在书桌的史册上，在无声的史册中，沉默的史实休憩于寂静的文字里。

写字，是孤独人赶走孤独的一种方式。能够听见字落下来的声音。是从天边远远地落下，还是从高山上自由下落？皇甫唯一自问。

没有答案，那就起身找一找。四周似乎有了歌唱的声音，歌声犹如山涧流淌的小溪。

皇甫唯一左瞅右看，猛然省悟耳中听到的小溪淙淙流淌的声音源于书房馆的寂静。

这里比寂静还寂静的寂静该怎样形容？这里的寂静，为什么让自己找不到适宜的文字描述。皇甫唯一亦不知道什么时候能离开这寂静的书房馆。

"汉阳柳，拂不去烟尘，系不住愁。我人在阳春，心在那深秋。你可知孤独的寂静，它怎样在我脸上留。我人在书房，心在那别后……"

书房馆里的光阴，缺失温暖，孱弱而消瘦，行走缓慢，让人总有度日如年的幻觉。皇甫唯一哼唱着宫女传唱的歌曲，排遣独自面对的寂静。

"皇甫唯一的歌声动听婉转，不像男儿声。"

大夏王突然站在皇甫唯一的面前，还带着漫天冰雹袭击无助禾苗的气势。

那是皇甫唯一暗恋拓跋临风的吟唱。魂牵梦萦的爱恋啊，暗恋是种折磨人的东西，这两个字就像是咒语，说出来立即枯萎。

皇甫唯一沉默不语。恨不得把儿女情长的心思，立即能换成老僧入定的姿态。

"我的判断无误，你并非男子，而是女儿身。"大夏王闪现在眼里的丝丝寒光，让皇甫唯一看到了魔兽出笼的险象。

皇甫唯一打了一个激灵，后退几步，垂下眼帘，嗅到了战骑黑曜石的味道。

"满朝文武，只有你为死去的将士落泪，我确信你异于众卿。"他踱着方步，侃侃而谈，好像皇甫唯一是他的智囊幕府一样。

"哪里不同呢，我首先猜想你是奸细，我派遣你随军就是一次考验。"他背向皇甫唯一而站立，像传说中魔影重重之王，神秘而诡异。

"你回来了，骑在马上，跟在拓跋临风身边，眼波如水，我确信你不是奸细。"他咬牙切齿，白森森的牙齿让皇甫唯一不由自主地往后退缩。

"剩下你是女子的推论了，加上你的歌声，证明了你的性别。"

这正是皇甫唯一竭尽所能想要隐瞒的秘密。

"为什么女扮男装，欺骗君王？"他转身发问，目光咄咄逼人。

皇甫唯一再次回想自己的身世，也明白母亲的叹息就是因为父亲战死疆场，留下皇甫唯一一个女孩，不足以立门耀户。母亲无奈，遂以男孩身份抚养长大。不料宫中遂以男孩补录，母亲不便更改，只能一瞒再瞒。

"我不是……"皇甫唯一的解释还未开始。大夏王的手指突然指向她的胸脯。

皇甫唯一大惊失色，飞身而起。趁着大夏王一怔的时刻，穿窗而出，落马策缰，从后宫小门连夜出逃。

六　统万城之外

皇甫唯一慌不择路。暗淡的星月在惊慌中隐退，一轮红日冉冉升起，照耀着安静的山野，没有追兵，也没有风。时至中午，艳阳炙烤，皇甫唯一口渴腹饥，骏马黑曜石也是唉唉长鸣。一路上，皇甫唯一想念的人只有拓跋临风。皇甫唯一想，如果有他，也许自己不必星夜奔驰，也不会迷途不知，又饥又渴……

正在念想之时，峰回路转，一片桃园出现在眼前，粉红的桃子缀满枝条，诱人的香味扑鼻而来，使她感觉到肚子里空空的。她只想飞身上树摘桃吃，转眼一看，桃园旁边坐落着一处院落。院内干净整洁，一个小童蹲着，他的面前有一只趴着的小狗，肉墩墩的样子，憨态十足。悠扬的马头琴声正从屋内悠悠传出。

皇甫唯一跳下马，走到院门口。"蛟豆，你吃啊！"小童稚气的口吻在央求那只小狗，那神态仿佛是央求别人给他一块蜜糕吃。小狗看了一下面前的饭食，慢慢地抬头看一眼小童，低下头，虚弱地摇摇短小的尾巴，却不张口吃食。

"蛟豆，你乖，吃吧。"小童继续央求。阳光照着他稚嫩的脸庞。小狗又摇摇小尾巴，仿佛耗尽了全身的力气，趴下了。它依然不吃。

"娘，蛟豆不吃啊。"小童向屋里喊道，求救的样子十分明显。

一村妇自屋内走出，看见了皇甫唯一，眼里现出一丝丝惊异，脸上浮现一片红晕。

"大姐，我口渴了……"皇甫唯一连忙低头，抱拳作揖。村妇转身进屋，端出一盆清水放在了黑曜石前面。黑色的陶瓷盆里闪烁着清凉的水的光亮。

"哦，喝水。"她递给皇甫唯一一只陶碗后，又转身进了屋内，提出一篮子桃子。脸上的红晕渐渐褪下。

在皇甫唯一和马儿黑曜石咕咚咕咚地猛喝之后，她洗出许多桃子，摆放在院子中央的石桌上。清香又甜蜜的桃子解渴又解饿。皇甫唯一狼吞虎咽的样子并未引起她的注意。

"我家的小狗病了。"她眼睛里掠过一丝酸涩。

皇甫唯一回头看时，那只趴着的小狗正在挣扎着，然后摇摇晃晃地站了起来。看样子是要离开这儿。

"蛟豆，蛟豆……"小童怜惜地嚷着，抱住小狗。小狗用前爪碰了一下他的鼻子，眼泪从他的眼角流下来。

"蛟豆，蛟豆……"小狗奋力挣开小童的怀抱，睁开眼睛，看着小主人，眼神无限留恋。它分明在说：我最爱的小主人，我真的想要活下来。可是，你看，我真的病了，一口食物也吃不了了。接着，小狗跌跌撞撞地走出了院门。

"蛟豆，蛟豆……"小童挡在它前面，想要拦住它。小狗艰难地抬起头，仿佛在说：宝贝主人，我真的不行了。你不要难过，我要和你永别了……

小狗绕过小童。小童哭了，依然追上去要拦。村妇几步上前抱住了小童。小狗蹒跚行向远处的草木之中。一步一回头，留恋的眼神似乎诉说着"再见，再见，我的小主人……"。

"宝贝，小狗知道它要死了，它知道死亡会让你伤心。所以，它选择离开，到你看不见的地方去了……"

小童哭的声音更大了，皇甫唯一看见，泪水在村妇的眼里打转。

小狗最后一次回头看了一眼，消失在草木深处。看不见小狗的小童放开嗓子哭嚷，哭得上气不接下气，晶莹的泪珠滑过脸庞，滴落在胸前。

看着这生死离别的场面，皇甫唯一的鼻子一酸，泪水下落。

"宝贝，别哭了，到爹爹这里来啊。"小童循着屋里传出的男中音，一边抹眼泪，一边走进屋里。

"别看它不会说话，可是它什么都懂。"村妇怜惜地向皇甫唯一说，"你说它一只小狗，怎么就死心塌地爱护着它的主人呢？"

皇甫唯一也想着这个问题。

她停顿了一下，又说："你说，这是谁教给它的呢？是它妈妈还是它自己？我捉它回家时，它还是一只吃奶的小狗，它妈妈该怎样教它？"她也许看见了皇甫唯一张口结舌，就自问自答："是上苍。上苍造它时，就给它设定了这些。"村妇自圆其说后，心里有了平衡后的坦然。

"是天性，也是天意。"皇甫唯一的眼泪滴落。

"公子心软啊。"村妇看着皇甫唯一说。

"我，我……"皇甫唯一擦去眼边恣意纵横的泪水。

"公子心软，心软的人总是忍受着委屈，心中有难言之隐。"村妇并不要皇甫唯一这个初来乍到的人回答问题。"我家掌柜的也是心软之人。"她捏着衣襟说。

"哦？"西南风吹醒了皇甫唯一心中的疑惑，"他在屋里弹琴？"

"他受伤后，不能行走，就要自己了断。亲戚朋友劝说无效，孩子看见后，扑在他的脚下，哭得悲天恸地，他才回心转意。此后，每每听得悲苦事，他总是泪洒衣襟啊！"

村妇说着，就轻轻地叹息着，细细的声音犹如墙角的葡萄细藤，缠缠绕绕。

"梅花，让客人进屋来！"男子在屋里说。小孩高低起伏的哭声不知何时被抚平了。

"来了！"村妇梅花礼让着皇甫唯一进屋子。

幽香的中草药味弥漫在屋里。一个浓眉大眼的男子倚靠着被子，坐在床上，一件镶着玉石的马头琴挂在床头。小童趴在旁边的桌上执笔写字。

"前天梅花带我去看腿病，没有回家。谁料夜里突下大雨，小狗被淋了一夜，着凉了，生病了，家里没有药可治，眼睁睁看它死去，心里真难过。"男子的表情显得十分遗憾难过，"你看，我这个样子，不能做什么了。"屋里陈设着简单的生活用具，一个擦拭得透着光泽的水缸旁边放着一捆中草药。

"在说什么呢！没有你，我和儿子就成了孤儿寡母，我们怎么过下去？"梅花嗔怨地看着她丈夫说。

"你可以再嫁。"男子看着马头琴说。

"孩子呢？孩子可以再有亲爹吗？"梅花凝视着她的丈夫坚定地说，"不要胡思乱想了。你是孩子唯一的爹，我是孩子唯一的娘，孩子是我们唯一的宝贝。我们三个缺一不可！"

梅花转向皇甫唯一："公子不知，当初看到上山采药的丈夫被压埋在乱石之中，我以为他死了，只觉得脑袋一沉，就什么也不知道了。当我醒来，丈夫已被救出。那种死里逃生的感觉让我倍加珍惜现在的生活。"

"活着就好，活着就有希望。我以前的希望是采摘草药换来衣裳和食物，现在我的希望是自己能像以前那样行走自如。"梅花的丈夫指着碗里的汤药说，"我现在指望这些草药拯救我的身体。"

"草药种类很多，灵丹妙药应该是来自草药的。"皇甫唯一希望草药就是灵丹妙药，让梅花的丈夫能自由行走。

"活着就好，活着就有幸福。可怜的小狗它活不了了。"梅花的声音低了又低。

"救活一命，胜造七级浮屠。"皇甫唯一说，"试着救一下小狗，不能让娃娃失去小伙伴，咱们也不能眼睁睁地看着小狗死去。它有求生的意愿，它还有喜爱它的小主人，它应该快乐地活着。"

"说得好，我也是病久了，心都朽了。梅花，我记得在院外草丛中种植了金银花、黄连、连翘，它们兴许可以治疗小狗的风寒。"

梅花快步走向草丛。皇甫唯一紧跟着她，找到小狗瘫卧的地方，把毛茸茸的小狗抱在自己的怀里，给它温暖。梅花在草木丛中挖出金银花、黄连、连翘三种中药材，拿回家，生火烧锅，熬成了汤药，掰开小狗的嘴，灌了下去。黄昏时分，小狗从皇甫唯一的怀里站了起来，还舔了舔小童抚摸它的小手。小童欣喜地手舞足蹈。

梅花的丈夫感激地看着皇甫唯一说："公子果然好人。"梅花说："我做饭了，一块儿吃吧。"皇甫唯一本想推辞，转眼一想，日近黄昏，前路艰险，不如就在她家吃饱歇息。饭菜的香气与家里温馨的气氛让皇甫唯一十分愉快。梅花给皇甫唯一的骏马盛了一碗白豌豆，说："这马毛光滑，骨骼奇异，应该是名贵的好马。"

那天夜里，皇甫唯一睡在马房的柴草堆里，望着满天星辰，低声祈祷：这样善良的人家，温馨地生活在宁静的山村。但愿宁静的村庄围绕着他们，无时无刻地保佑着他们。

马儿黑曜石在皇甫唯一的身边嚼着豌豆，咯嘣，咯嘣，一会儿又有马儿吃青草的声音传来。皇甫唯一迷迷糊糊似睡未睡，直到鸡鸣三遍，听见远处传来马蹄声响，心想：是不是大夏王派来的杀手？千万不可连累梅花一家人。

来不及告别梅花一家人，她立即跨上黑曜石的马背，披着星光，匆匆踏上山路。上到山头，东方发白，回身瞭望，身后看不见追上来的人马，只看见梅花家的小茅屋依偎在半山腰。

晨曦中，皇甫唯一默默向梅花家的小茅屋挥挥手，转身踏上秦直道。宽阔的秦直道劈岭凿石建成，隐在森然绿植中。过了天赐湾，草木萋萋，遮云蔽日，皇甫唯一看着马蹄踩着路面上的斑驳光点，忽然觉得自己走进了昏暗的时空，走向未知的路途。

密林挡不住无孔不入的风。风穿过繁密的树木，从青冈树翠绿的表皮上滑过，摇着枫杨的叶子，叶子如铃影舞蹈。风在斜射的光亮中捕捉历史的声音，飒飒的声响好像是士兵冲锋陷阵的回声。皇甫唯一不由得感慨：秦王嬴政主修秦直道，以此为矛，击倒强敌。却不知最大的强敌是他的心腹，他的帝国不是被他所忧心的匈奴所灭，而是被他所信任的赵高和李斯祸害。

感慨之际，看到一些菩提树，树冠巨大，树皮灰色，枝叶扶疏，浓荫覆地。深绿色的心形叶子，泛着碧玉似的光泽，不沾一丁点灰尘。菩提树是圣树，皇甫唯一在诗画里看到过。菩提树最大的特点是可以在早上看见水珠从树叶里溢出，一滴一滴从叶尖滴下。这时，她看到菩提树的叶尖在滴水，好像一位慈悲的菩萨看到人间的悲苦而忍不住落泪。皇甫唯一双手合十，对着菩提树连拜三次，祈祷菩提树保佑自己。

不一会儿，她来到了一处小山村。山路边的花草迷人，皇甫唯一看到藿香花吹开了紫色的喇叭，闻到黄色的野百合芳香四溢，淡蓝色的燕子草花朵似展翅欲飞。还有许多野樱桃树，枝头零星地挂着几个殷红的果子，鲜美诱人，为那些飞翔的鸟儿提供食物来源。她心想：远离尘嚣的小山村有出水芙蓉的气质，还有生灵共处的环境。

村里人烟稀疏，收割的、耕地的、放牛的，加起来也就十来个人，他们都有一种世外之人的散淡性情，看见皇甫唯一时没有露出惊讶的表情，也没有在眼里闪烁出隐藏的欲望。

皇甫唯一的身心也随之放松下来。她骑着马儿继续向村中行走。梧桐树的绿叶形成绿的世界，银杏树、合欢树、海棠树在清晨的阳光下芳香沁人心脾。马儿黑曜石也被这样的自然美景感染了，它的步子迈得轻盈，悠闲。

小山里的房子藏在森林深处。山中的大树把枝丫高高举起，绿叶在高处踮着脚，向光而生。一些雪松在浓墨般的绿色中，穿针走线，穿过时间与风雨，无声地落在土地上，缝合时空割裂的伤口，把曾经的烽烟、厮杀整合在另一个隐秘的地方。森林前后，绿叶遮蔽处，隐约看到小巧的木屋，东一家，西一户，散落在大树群落下。炊烟袅袅升起，渐渐弥散，绿树与烟火气构成了仙境般的景象。

"若是能在这里住上三年五载，此生足矣。"皇甫唯一跳下马，向迎面走来的一位老叟施礼。

"随心久留，村东头有客居房，专门留给走进大森林村的客人的。"老叟指了一下方向。

皇甫唯一欣喜不已，拉着马儿黑曜石，顺着小路缓步前行，碎瓦砾、小青砖和厚实的地砖铺成的一条小道在树林里蜿蜒穿过，道路两边是清一色的银杏树，散发出的草木香弥漫在小道上，银杏树上悦耳的鸟鸣此起彼伏。不一会儿，她看到了小木屋前的"客居"两字，忍不住伸手抚摸了一下。

推开木门，一张木桌上摆着墨笔纸砚，还有一个木水杯，床摆放在屋角。让皇甫唯一高兴的是灶台上还有米。再隔窗远望，绿树浓荫，流水淙淙。

皇甫唯一对着马儿黑曜石说："我喜欢这里，你呢？"黑曜石温柔地看着眼前的绿色，好像在说：我也喜欢这里。

皇甫唯一说："世间有两种颜色，一种是五颜六色，一种是人间绝色。这里就是我眼里的人间绝色。"

她的话音刚落，几只毛色艳丽的猴子出现在她的面前。它们的眼睛像蓝宝石，毛发如金丝，唇厚，嘴圆，鼻朝天，脸颊淡蓝。它们围着皇甫唯一左看看右看看，然后一只金丝猴身手敏捷地跳进小屋并坐在木桌上，另一只则蹲在她面前唧唧地说话。

皇甫唯一一下子听懂了它的意思，小心翼翼地走进小屋，从灶台上找出一把瓜子，殷勤地递过去。金丝猴伸手接过去，吃得津津有味。另外几只也围过来，皇甫唯一分给它们瓜子，它们喜滋滋地吃完后，蹦蹦跳跳地上了树。它们在高大的树上，手脚并用，飞梢走枝，一跃几米，动作轻盈优美，行动迅速灵活，在树林中时隐时现，带走了皇甫唯一萧瑟的心情。

皇甫唯一以前在宫中，从来没有看到过这么可爱的小动物，现在竟然零距离给金丝猴喂瓜子，她忍不住感叹自己运气不错，有这些小精灵陪伴，她的日子就不会苦涩。

她准备自己开荒，种粮食种绿菜，心无旁骛地在这里住下去，哪儿也不去了，不管何年何月何时天晴云散。

初秋的河水淙淙。无定河上，夜生明月，明月亦斑驳；朝生青石，净水石上流。皇甫唯一脱下男儿装，换上女儿装，在清凌凌的水里洗衣服。水流潺潺，掠过岩石，顺流而下，下有织女渠。郁郁林荫在两岸遮天蔽日，不时有轻风小心碰撞枝叶声。清凉的感觉自手指蔓延至皇甫唯一的心间。

手指下的清凉，不仅来自潺潺溪流，也来自薄薄的棉纱。微凉的水流，在她的手心手背徘徊循环；水中穿梭的小鱼，悠然而过，带着精灵的气息。

她的面孔映在水面，鱼儿绕着她的影子跳跃。皇甫唯一觉得，自己不仅在浣洗着自己的衣服，更在浣洗着自己的心情。

河岸两旁，芳草萋萋，有的芳草尖儿上顶着指甲一般大小的花儿。还有零星的虞美人、飞燕草、佛甲草、月光花等，白色的、粉色的、黄色的、紫色的……花儿之上有枝繁叶茂的树。

皇甫唯一停下手中的活儿，嗅嗅花，然后抱着笔直的树干，仰头望着天空。

天空中飘着淡淡的薄云，阳光均匀地洒下来，皇甫唯一仰面承接阳光，身体向背后弯下去，弯下去，把脸庞呈现给浩渺的天空。高傲的大雁，渐渐收拢翅膀，低低滑翔。

秋天就这样，从天上走向了人间。

皇甫唯一正沉浸在秋日的美景中，一条毒蛇突然从树上爬下来，咬了她一口。她惊叫一声，逃开一丈远的距离，看到毒蛇爬行着钻进草丛。紧接着，随着咴咴的马鸣声，几匹白马奔腾而来，皇甫唯一来不及躲闪。一匹白马从皇甫唯一的身旁腾空而过，巨大的惯性把皇甫唯一带出，又甩落在地。

"天啊！"皇甫唯一闭住了眼睛，以为死神就此降临。

一定是死神在拉扯皇甫唯一的手臂，让她走出炎凉的人间，然后走入没有感觉的死亡。

一种感觉让皇甫唯一痛苦，一种情愫使皇甫唯一升腾，升腾……一种来自头部的疼痛让皇甫唯一在升腾中立即坠落。皇甫唯一想：可能死亡就是这样让人快乐。也许，可以睁开眼睛，看看死亡后到底在什么地方。

当她睁开眼睛时，发觉自己被一双有力的手臂抱着，她正偎依在一个男子宽厚的胸膛上。

"姑娘，你受伤了吗？"剑眉星目中传递出关切的神态，他是拓跋临风！他眼睛里的星星还是那么亮。他是皇甫唯一朝思暮想的人。

"姑娘，我见过你，可是，我却不知道在哪里见过你。"他的一双手，正在不停地摩挲着皇甫唯一的手心手背，带着怜悯和爱惜。那怜惜直达皇甫唯一的心底，让她分不清激动与颤抖的区别。

皇甫唯一知道：自己的手，红彤彤的，那是风餐露宿的印记；自己的手背微微肿着，那是被毒蛇咬过的症状。

"没有见过，没有受伤，我被蛇咬过……"皇甫唯一想慢慢说完。她希望时间能凝固，永远都不要流逝。

拓跋临风扶着皇甫唯一的手在渐渐发热，他颤声问道："姑娘，你见过我吗？"皇甫唯一不得不从他的怀抱里站起来，微声回答："没有……"她以为自己可以亭亭玉立，像水面的荷花。可是，她却重重地摔倒在地。

她觉得自己的头痛得厉害，像被青砖拍过似的。接着，她的眼前出现了日月星辰，在剧烈旋转，旋转。她在旋转的中央，看不清，摸不着，不知自己身处何方。然后，她的所思所想如一只张开双翼的青鸟，不断地拍打翅膀。不但飞不高，而且从高高的天空中，向下掉落，不住地掉落，掉落……

一根细细的银针，游走在皇甫唯一的意识里，不断地穿梭，穿梭，穿过地下的黑暗，穿过太空的黑暗，直到一束光芒出现，眼前一片光亮。皇甫唯一醒了。

"你不但中毒了，而且头部也受伤了，我在给你针灸，把毒封住，然后慢慢逼出来。"拓跋临风手里捻着细长的银针，银针颤颤。看着寒光闪烁的针尖，皇甫唯一亦颤颤。

"疼，疼，这是啥兵器？"皇甫唯一看着他，忍不住地撒娇，用微弱的声音。

"微疼。我就是用这银针，才把你从昏迷中救过来。"他从沸腾的开水中，迅速拿出银针，又要扎在皇甫唯一的头上。

"不要，不要。"皇甫唯一缩着身子，用手挡着。皇甫唯一宁愿忍着伤痛，也想要他在自己身边多陪一会儿。

"忍一忍就好了。"他看着她说。皇甫唯一感觉到他的目光透过她的眼睛，走进了她的心房。他亦在皇甫唯一的心房看到她内心的感情，又从她内心的这些场景看到很远的地方。

"你若不信，我先给你的虎口上扎一下。这是一个穴位。"他握住皇甫唯一的手，情不自禁。"要相信我。"他坚定地说，不容置疑。

她安静下来，闭住眼睛，接着手上的皮肤像被蚊子咬了一口，微微有点痛。

他说："这次有痛的感觉吗？"

皇甫唯一睁开眼睛，一根银针已经扎在她的手上，银光闪闪，却没有疼痛的感觉。

"相信我，不要紧张，我再给你头上的百会穴位扎一个，主治头疼、眩晕。"

她保持静止不动的状态，眼睛不看银针，转向四周。她发现四周站着许多兵马，这些兵马不断晃动着，使她头晕。

皇甫唯一立即闭住了眼睛。

"你暂时脱离了危险，但要想恢复，还需要继续治疗。"他坐在皇甫唯一的面前，捏着她的手腕，数着她的脉搏。皇甫唯一看到他的眼神流露着关心，更流露着丝丝疲惫。"你需要跟着我走，才能继续治疗。"他用沉重的声音强调他的提议，也掩饰着他的疲劳。

"像他们一样，跟着你走？"皇甫唯一指着那些士兵问。

"是，他们是我的兵马，我们在抵抗，也在佯装撤退。因为我们遇到了袭击，保家卫国是我的责任。我没有想到在自己的国家里会有大批敌军，可能是行军路线被敌军觉察到了。是我的疏忽大意，才把大家带到了山穷水尽的地步！"他黯然而语，剑眉下的眼睛里有星星在坠落。

皇甫唯一看到拓跋临风身穿两裆铠，长至膝上，前胸后背各挂大甲片，用带系束在肩部及身体两侧。胸前和背后有金属制成的圆护，打磨得极其光滑，颇似镜子。在太阳的照射下，圆护发出耀眼的明光。

"胜败乃兵家常事！"皇甫唯一安慰他。他怔怔地看着皇甫唯一半晌，说："姑娘，我好像在哪里见过你？"

皇甫唯一的心狠狠颤抖了一下："梦里，梦里你见过我。"她旋即笑着说。

"我不管什么梦里梦外、来生和前世，我只想管好我的今生。"他皱着眉头说。皇甫唯一暗自庆幸，多亏自己换了女装。

"我家住在一个小山村，就像这里一样，有青山秀水。"皇甫唯一的眼泪溢出眼眶，"但是，我已经不能回去了。"她低下头，捂住自己的脸。不是因为撒谎而惭愧落泪，而是因为皇甫唯一真的不能回家了。

"战争不停，百姓背井离乡，生死处于变数之中。只要能活命，就是幸运。姑娘美如天仙，上天一定会宠爱你。"他脸上的柔情被秋风吹走了。

"我是上天的弃儿。"皇甫唯一的眼泪洗不净自己的委屈。

"你的家乡被西凉国的敌人偷袭过？"他问。皇甫唯一不能回答，只能点点头。

"西凉王喜欢暴力征服一切，他是个野心勃勃的暴君。因为他，我大夏国的臣民生活在战乱中，他摆明了是在凌辱我大夏国的百姓！"他的剑眉倒立，眼睛里的星星冒着火焰。他的脸上残留着刀剑的碎末，那是玄铁的颜色。

看着他怒不可遏的样子，皇甫唯一轻声问："我跟你去哪儿？"

"去到没有刀剑杀伤的地方，休养生息，整顿军纪，然后再痛击敌军。"他坐在草地上，仰望着天空，看着天边洁白的云，给皇甫唯一细说这段兵连祸结的年代——

晋国司马家族内部互相倾轧，匈奴族刘渊借着给成都王司马颖帮忙的名义，一路打杀，占据了左国城，并在那里正式称帝，建立前赵。刘渊死后，刘渊手下大将石勒抢占了汉国东边的地盘，自立后赵。

北方、中原战争不断，氐族李特想逃到巴蜀躲避战乱。被官府逼得造反，李特战死，他的儿子李雄占领成都，建立了成汉。

西晋看到前赵和成汉竟然称王，先去攻打前赵。因为司马家族深陷互掐沼泽，没人精心部署战役，于是刘渊和他儿子刘聪横扫西晋大军，攻到洛阳，毒杀晋怀帝。西晋被灭后，晋朝的凉州刺史张轨的儿子以所在地凉州建立前凉。

后赵石勒死后，他的二儿子石虎的养孙冉闵，占据了后赵的大部分地盘，把老石家驱逐出去，成立自己的国家冉魏。

后赵石家请来远在辽宁的慕容皝家族一起打败冉魏。慕容皝的儿子趁势迁都蓟城，建立前燕。

就在各方势力都做着一统天下的美梦时，氐族人苻洪之子苻健趁后赵前赵打得一塌糊涂时，建立了前秦，想要和秦朝一样，一统天下。没料到，苻健的儿子苻生被堂弟苻坚杀害。然后，苻坚灭了前赵、后赵、成汉、前凉……北方的所有土地都归前秦所有。淝水之战之后，慕容垂在荥阳自称燕王，建立后燕。慕容泓也建立自己的燕国，因为靠西，称西燕。两个燕国又打了好多年。慕容德建了南燕。

西燕与后燕打了七年之后，被后燕收了。原西燕将领汉人冯跋拥立慕容氏在燕国原地盘新建一国，史称北燕。

拓跋珪趁着慕容家内乱、苻坚大势已去，占领了大同，建立了魏国。

氐族吕光，奉苻坚的命令讨伐西域后，抢了一部分前凉的地盘，建立了后凉。吕光没当几年皇帝，他的部下沮渠蒙逊起兵建立了北凉，敦煌太守李暠建了西凉，广武郡公秃发乌孤建立了南凉。

淝水之战后，苻坚让自己的儿子苻叡去收拾西燕的慕容泓，派自己的亲信羌族人姚苌去指导。没料到，苻叡战死，姚苌建立后秦，还勒死了苻坚，前秦灭亡。

陇西鲜卑族首领乞伏国仁原来被苻坚安排在陇西，他看到前秦被后秦灭了，就建立了西秦。

后秦对西秦开战，想要把西秦灭了。东晋收复失地，灭了后秦。趁着东晋攻打后秦，匈奴铁弗部的赫连勃勃夺取了长安，在灞上称帝建立夏国，夏国灭了西秦……

一周过去了，在拓跋临风的精心治疗下，皇甫唯一粉面含春，已经康复。

"战乱时期，找一份闲情逸致，很难。在我看来，一个女子，除了洗洗补补，还可以学学歌舞音律。"他坐在皇甫唯一的旁边，凝视着天边的白云，缓缓而语。

"我想我娘，我想回家……"有溪水流过皇甫唯一的心坎。皇甫唯一擦拭眼泪，她又哭了。在拓跋临风身边，原来哭泣竟然是愉快的，至少比欢笑更能表达皇甫唯一的感情。但皇甫唯一不能说自己是皇甫唯一，是跟随他上过战场，如今从宫中逃出来的人。

皇甫唯一掩面转身跑上山头，一直跑到一片果树林边。马眼大小的果子缀满枝头，芬芳的香味沁人心脾。皇甫唯一停止奔跑，静静地站在山头，眼前层叠的山峦如一幅画在皇甫唯一眼前徐徐展开。那一刻，大夏国的河山在皇甫唯一眼前突然不一样了。那收割过的高粱地，高粱地上边干净的天空，天空中飞过的黄雕，都充满希望，也富有灵性。

拓跋临风慢慢地走上山头，眺望着远方，目光沉沉地掠过山峦、庄稼和果树。顺着他的目光看过去，皇甫唯一突然看到了忧国忧民的赤子之心。他抬头仰望天空，好像要把天空装进自己的眼睛。

"大风吹着黄土地，要把黄土吹到哪里去？哥哥想着妹妹你，可知心儿飞到哪里去？"拓跋临风突然唱了起来。皇甫唯一惊奇地望着他，看到他眼睛里的星星落入大海。

"想和妹妹在一起，何时才能拜天地？盼着咱二人能做夫妻，生生世世在一起……"低沉的声音含着无以言说的忧伤。

一曲唱完，拓跋临风立即恢复他惯常的表情，冷静淡然，好像刚才唱歌的不是他。

他真诚地说："这不难，过段时间就回家见面。这段时间，你若愿意，就陪着我吧。"此时的皇甫唯一，珍视当下的每分每秒，愿一直陪在他的左右。

"好！"皇甫唯一满口答应。

"那就这样吧。琴棋书画，是闲情逸致的好寄托，姑娘可以学习。"他有点忧郁地说。

"你也可以琴棋书画。"皇甫唯一还沉浸在他的歌声中。

"我的任务是保家卫国。"他毫不犹豫地说。

"我可以分担吗？"

"实不相瞒，大夏国派出去刺杀西凉暴君的壮士至今杳无音信，我想凶多吉少。"

"那怎么办呢？"愁云浮上皇甫唯一的眉头。

"没有办法，只能再派一个壮士去。唉！壮士一去不复还啊！"他仰天叹息。

"大夏国的壮士很多吗？"

"你应该知道的，我大夏国的百姓个个都是马背上长大的壮士。"他站起来，"不说这些了，你的学习从明天开始。"

在乐师的指导下，皇甫唯一穿起霓裳。音乐响起，皇甫唯一款款而行，长袖舒展。拓跋临风偶尔过来击节助兴。在先生的教导下，皇甫唯一翻着淡黄的竹简，读着抑扬顿挫的文字。拓跋临风有时也点拨一下，让皇甫唯一有"听君一席话，胜读十年书"的感叹。

皇甫唯一喜欢看着他，看他骑马射箭，看他吟诗作画，看他开怀大笑，看他饮酒击缶……

一天，皇甫唯一看到他意气风发的样子，忍不住问："壮士成功了？"

"你是问刺杀是否成功的事吗？"他严肃地说道，"将军百战死，壮士十年归。不是壮士的问题，是时间的问题。"

"时间，何时才至？何不换一种想法，比如杀不了，就放弃，不杀也罢。"

"不，我一定要西凉王死。就是暂时死不了，也要他活在恐惧之中。"

"他会害怕？"

"我每一次派出的壮士，皆来自不同的地区。为的就是让西凉王感觉所有的国家都想灭他，他会以为西凉国有四面楚歌的困境。"

"他必须死亡吗？"

"是，他害我大夏国的精兵葬身沙海，他害我大夏国王挥泪朝堂。这是大夏国所有文武大臣的千古耻辱。难道他不懂得民心者才能得天下的道理吗？我要为大夏尽忠，查明案情，夺回疆土，一雪前耻。"

"还派壮士吗？"

"兵者，诡道也。我要换一种战略。"他微微扬起的嘴角现出一抹倔强的神态，"如果西凉王对待大夏百姓不是劳役，而是美酒，那结局肯定不是现在这样。"

"诡道？战略？"皇甫唯一带着疑惑的神情问道。

"参合陂之战，你听过吗？"

"没有听过。"

"后燕慕容宝率领十余万大兵，北上讨伐拓跋珪。拓跋珪只有两万骑兵，与身经百战的后燕大军相比，实力悬殊。他采用敌进我退的战术，诱敌深入，然后与后燕大军对峙于黄河两岸。随着天气变冷，不利后燕用兵，再加上担心慕容垂驾崩，慕容宝决定撤军。"

皇甫唯一看到一丝不易觉察的微笑浮上拓跋临风的脸庞。

拓跋临风加快语速说道："拓跋珪借黄河冰冻，率领骑兵渡河追至参合陂。以铁骑从山上向燕军俯冲，不费吹灰之力，便击败了燕军，部分燕军被赶下河溺亡，一万多人被斩杀，四万余人投降，精锐丧尽。"

皇甫唯一说："第一次听说这场战争。这么说来，参合陂之战是以少胜多的战争。你派了多少壮士？"

拓跋临风好像没有听到皇甫唯一的问话，总结道："拓跋珪借用地理优势，诱敌深入，耗尽其锐气，然后趁敌军撤退之时发起进攻，取得胜利。"

他派了多少壮士，皇甫唯一不知道具体数字。皇甫唯一只知道他一直在忙着，忙着那些皇甫唯一不知道的战略战术。但他总能腾出时间，教导她，鼓励她。

日子一晃十几天过去，皇甫唯一这个舞文弄墨的女子已逐渐通晓音律。

七　古老的森林

秋雨如珠，连着线地落，落在古木参天的森林里。侧柏上，细雨纷飞，好像在空中起舞；针叶细长的马尾松在雨中细语，绿绿的苔藓趁机在林地编织锦绣般的图案，形体高大的栎树上成群的鸟儿飞起又落下，如飞入了绿色的幻境。

"接到了大王命令，过几天，军队要作战，若带着一个姑娘，不利于战事。"

"我愿意跟着你们，出生入死！"

"知道你无家可归，你若信我，就先回我府中去吧，战争结束，我就回来陪着你，一生一世都陪着你，你觉得这样行吗？"他商量着做着决定。

"行的。"皇甫唯一微微地低了低头，密密的睫毛垂下来，覆盖着眼里的忧伤。"可是我怎能进你家呢？"皇甫唯一一问。仿佛看到自己与他再次错过缘分，一错就是一生。皇甫唯一多么希望此时此刻，他不是在安排彼此分离的事，而是站在她面前向她表达心意。

"你换上男装，便于行动。"他说着，打开一套衣服，递给皇甫唯一，"相信我，你穿上男装的样子，一定也很美。"

"我是小山村长大的女子，不向往荣华富贵，我只有'愿得一心人，相偕到白头'的愿望。"皇甫唯一不敢看他，她的眼睛望着绿荫如盖的小路，缓缓地说出这样的话。

他看着皇甫唯一双颊绯红的样子，叹息了一声："我有重任在肩，暂时只能这样安排，我相信我们很快就相见了。"他握住她的手，将一个小袋放在皇甫唯一的手上。

他说："这几粒金珠子，你路上备用。"皇甫唯一知道分别在即，无论自己心里是怎样的不舍，也不能改变他的决定。他接着说："兵荒马乱的时节，一个女子要有防范的意识，谁要是威胁你，你就用它保护自己。"他从衣袖里取出一把短剑，递给皇甫唯一。

一把短剑，不见寒光闪烁。剑鞘沉沉，剑刃薄薄，凝聚着冰寒之气，锋利而坚韧。

初看，是小巧玲珑的装饰之物，细细打量，谁都知道，它锋利无比，穿膛破肚，只需轻轻一挥啊！

告别拓跋临风后，皇甫唯一把藏在森林中的黑曜石牵出，她摸着马儿的头，喃喃低语："这些日子，委屈你啦，我不得不把你藏起来。如果拓跋临风看到你，肯定会认出我。"马儿温驯地看着她，好像在说"我明白"。皇甫唯一骑马走在他安排的护送士兵中间，离别的悲伤没有被路边的花香冲淡。皇甫唯一不知道自己将面临什么命运，她更不能告诉他们说自己的家院也在王城。但是皇甫唯一却不知南辕北辙的故事正发生在自己的身上。

队伍在山路上越走越快，越来越多的绿色平铺在路两边，郁郁葱葱的草木挨挨挤挤，啾啾鸟鸣在山林里回响。抬眼望去，一层层云雾绕着远山，倾世黛色的山反倒显得若有若无，缥缥缈缈。皇甫唯一莫名觉得山群神秘又诡异。马儿又走了一会儿，她看清了眼前的去路在两山夹峙之间，高低错落的大树绿森森地齐聚在山间。

飞鸟的惊叫声时不时地响起，映衬出整座山非同一般的寂静。皇甫唯一掏出手绢，拭一拭模糊的泪眼。她感到寂静正在慢慢浸入大山的每一个角落，让整个山群都沉浸在异样的寂静中。马儿黑曜石也感觉到了异样，它打一个响鼻，驱赶阴森森的空气。

突然，树上跃下一只大尾巴松鼠，受惊的马儿立即一跳，皇甫唯一差点从马背上跌落下来。身边的士兵一把扯住马笼头，稳住了黑曜石，她也立即拉紧了缰绳，温声嘱咐黑曜石不要紧张。再看时，松鼠茸茸的大尾巴已经没了影踪。

山路绕过山腰，道路两边有了茂密的银杏树，好像是说此山有过古老的传说，也藏着不为人知的沧桑。过了山腰，又往谷地走，越往深处走，看到的森森之色越幽深，一些神秘的气息在鼻尖扑闪。皇甫唯一身边的护送士兵用手扇着鼻子，悄声说："姑娘小心，我好像闻到了死亡的气息。"皇甫唯一吸了一口气，咬住嘴唇，一只手摸了一下小剑。

古老的气息越发浓厚，树叶随着古老的气息在晕乎中颤抖。古老的风在岁月深处跳舞，舞姿掠过树梢，卷走了时间。云杉和落叶松像古老的士兵，站成列兵方阵，守护着古老的气息。

它们在皇甫唯一的眼睛看不到的地下，建立起复杂的根脉体系，与大山结成了守护联盟。

天已经抹上黑色，路两边也看不清物什，只听见马蹄踩在山石上的"嘚嘚"声。夜风吹过来，皇甫唯一感觉到自己的脊背上凉飕飕。又一阵山风袭来，高处的草木发出低低的哀叹。山间的树林里影影绰绰，犹如传说中的鬼魅在出没。皇甫唯一轻轻地吐气，以这种方式控制恐惧钻进自己的内心。

在粗壮的树身后面，闪现敌军兵马的影子，一支箭随后插在斑驳的树皮上。"小心！"士兵推了一下皇甫唯一，她跃身跳下马。一行人不得不绕着大树，躲避敌人随时可能射出的箭。在一棵枯木后面，几个箭手埋伏着，待皇甫唯一一行人走近时，他们突然数箭连发。随行的两名士兵没有躲过，中箭倒地，躺在荒草中还不忘喊："姑娘快走，快走，快！"

皇甫唯一抓起厚厚的松针和落叶，连扬几把，转身跃上一棵大树。随行的另外几名士兵拉弓射箭，敌军伤亡两人后转身藏进密林中。

一路上，在丛林密布的高山上，拓跋临风派出的护送皇甫唯一的士兵不断地被秘密杀害。皇甫唯一看到一个飘忽的身影躲在密林中，用一种皇甫唯一看不清楚的暗器在袭击他们。当最后一名士兵倒在皇甫唯一面前时，皇甫唯一再次感觉到死神向自己伸出了黑手。她拍了拍黑曜石的脖颈，低声说道："我先离开你，你一定要躲过敌人，然后咱们再会合。"黑曜石听懂了似的点了点头。

皇甫唯一施展轻功，一个鹞子翻身，飞向山崖，那道黑影紧紧追随着皇甫唯一。皇甫唯一不停地变换方向，他发出的暗器打在她身后的树木上，树叶发出簌簌的声音。

"我就是死，也不能落入凶贼手中，更不让凶贼去邀功领赏。"皇甫唯一心里想着，越发用力地飞向山崖。

山崖下边白雾沉沉，皇甫唯一顾不上辨别白雾下边有什么，就一头扑了下去。

是谁的嘴唇亲吻着自己？皇甫唯一睁开眼睛。一双圆如葡萄的眼睛看着皇甫唯一，眼睛上面翘着几根长长的白眉毛，原来是一只小金丝猴。朝阳透过树木的缝隙，如一双温暖的手，抚摸着皇甫唯一的头。小金丝猴蹲在皇甫唯一身边，凑过冒着湿气的小鼻子，嗅着皇甫唯一的口鼻，好像在确认她的生死。

皇甫唯一摸了一把自己的腿，不痛，她慢慢动了动身子，发现自己的衣服挂在旁边树枝上。原来她扑下山崖后落在一棵百年的云杉树上。

皇甫唯一整理了衣衫，跟着小金丝猴跳跃的身影，走出树林，看见了一间木屋。小金丝猴欢快地钻进了木屋。

她的腿一软，跪倒在地。"满天的星星知道，这一次我的救命恩人是一只小猴子。好好活着，就是对那些救我于生死之间的人和生灵的一种报答。面对死亡，我越来越无能为力，但我要活着。如果有机会，我要一一报恩。"她想到了《黄帝内经》"人生于地，悬命于天"，她亲吻了大地，口里忍不住地说出"谢天谢地"这四个字。

木门吱吱呀呀地打开了，一个白首老妪佝偻着腰身走出来，看到皇甫唯一，不慌不忙地问："你一个人吗？"皇甫唯一连忙站起来，对着她说："婆婆，我被贼人追杀，只得跳下山崖，落在了大树上才捡得一条命。"

白首老妪警惕地看着她说："这里是黑森林。山高路险，野兽出没，很少有人来到这儿。"

皇甫唯一抱拳施礼，声音嘶哑地说："婆婆不知，我跳下山崖后，就昏了过去，是一只小金丝猴叫醒了我，我醒时挂在一棵老云杉树上。"她舔了舔干裂的嘴唇，继续补充道："我是跟着小金丝猴走到了这儿。"

"可怜的娃，总算逃过了一劫。"白首老妪点着头说，"小金丝猴也是一个可怜的小不点。这个年代，吃不上饭的人很多，饥饿的人见啥吃啥，这个小不点的母亲可能被猎杀了，它在森林里哀叫，我小儿子就把它带回来了，让我养着。"

"是的，婆婆，当初跳崖时，我抱着赴死的心，不知道自己还会活着，冥冥之中您的小金丝猴救了我。"皇甫唯一感慨地说。

"这些人哪，良心坏了，杀杀打打，啥时是个头啊！"白发老妪摇着手，指着屋里说，"快进来，进屋里来。"皇甫唯一吸了一口气，缓步走进木屋，跌坐在地板上。"水，我口渴。"皇甫唯一有气无力说。白发老妪用木瓢盛了水，送到皇甫唯一面前。皇甫唯一一把抓住木瓢，一口气喝完。水滋润着皇甫唯一的身子，一股力量回到她的体内。皇甫唯一站起来，走出木门，在附近转了一圈。木屋周围人烟稀少，只看到一里路之外的小河边有一间木屋，淡灰色的炊烟从屋顶飘上天空。

皇甫唯一从贴身衣兜里掏出金珠子，走进木屋，放在婆婆那粗糙的手掌上，然后问："婆婆，有吃的吗？"

白发老妪端着手，看着黄澄澄发着光的金子，愣了一会儿，才说："有，有，我这就做饭去！"她一边放松绳子，把挂在屋顶的柳条小筐降低，一边摩挲着金珠子。

皇甫唯一看到小筐里有两只鸟和几条鱼，不由得问："婆婆还能上山打猎，下河摸鱼？"她平静地说："不是我，是我的小儿子。我们是逃过来的，为了活命！我的丈夫，还有我的另一个儿子，被抓去当兵了，都死在战场上了。"

"河边那儿住着你的小儿子？"皇甫唯一想确定自己知道的答案。

"是啊，我娘俩分开住，万一有贼人来打劫，不会被围堵在家。我们商量好，他如果发现有人靠近木屋，就燃烧榉木，用冒起来的烟作暗号，提醒我。"

"原来我看到小河边的炊烟，是暗号。"皇甫唯一才明白。

"这年头，城头变幻大王旗。当大王的都保不住自个的命，一不留神，就被杀了。当兵的更惨，朝不保夕。他们还要抓我小儿子当兵，没法子，我小儿子带着我，逃到这深山老林中。"

"小哥哥他看清了世事，带着你来到这古老的黑森林，这里位置偏僻，树木高大，遮天蔽日，是躲避灾年兵祸的好地方。"

"生在这个朝代，命不由人哪！你也是为了逃命哟！"皇甫唯一一怔，旋即明白，白发老妪可能是把自己当成男孩了。

皇甫唯一想自己穿的男衫，又被树枝挂得破破烂烂，头发散着，还挂着松针，脸上应该交错着汗水与泪水留下的痕迹；再说，婆婆眼神可能也不好，皇甫唯一就这样被当作男孩了。

吃过饭，婆婆拉开折叠的狐狸皮，铺在木床上，说："看你很累的样子，休息一会儿吧。我去小儿子那看看。"皇甫唯一倒头就睡。

她在鸟鸣声中醒来，走出门外，但见满山苍翠。若有若无的烟岚，缥缥缈缈。高高低低的树，蔓延成绿的海，让周围的一切显得神秘。白雾缓缓升起，又在清晨的阳光下悄然隐去。那只小金丝猴拽着树枝跳跃到皇甫唯一的面前，睁着两只大眼睛，萌态十足地看着她。皇甫唯一一伸出手，轻轻地抚摸它。它像一只小精灵一样抬头凝望着皇甫唯一，好像在说："你要记住我哟！"

白首老妪从林间小径走出来，看见皇甫唯一后，从袖筒里取出碎银，递过来。"我小儿子说，你出门避祸，碎银是不可缺少的，你收好。"

"我怎么能拿您的银子呢？"皇甫唯一坚决不收。

"拿了你的金子，找你些银子，方便你在外花销。"

"我给您的金珠，是对您救命之恩的酬谢。"

"孩子，这个年代，不是所有的金子都能买来饭。收下你的金珠，并非我贪财，我只是觉得你孤身一人带着金子，不便花销，也不安全。"

"高人在林间，古老的森林里住着世事洞明的人。"皇甫唯一禁不住感慨。她收下碎银，抱拳施礼，告别了白首老妪。

高山巍峨，皇甫唯一走在婆婆指引的小路上，看到路两边的花开得正灿烂。漫山遍野的花儿令她注目，树下飘零的花瓣使她的心头飘着伤感。

几只小金丝猴出现在她的视线里，它们正坐在花枝摇曳的杜鹃树上。它们喜欢那些美丽的花，也采撷一些，放在嘴里吃。它们金黄色的皮毛藏着太阳的光辉，它们的蓝眼睛，好像蓝宝石，透着它们的古灵精怪。花朵围绕着它们的小脑袋。它们仰着小脑袋，扑闪着美丽的大眼睛，看着树上的花朵。

树丛中站着一只小鹿，它的小脑门上有一撮娇憨至极的毛发，像帽子一样，戴在它的头上，皇甫唯一想起她的小花熊，也想起拓跋临风从豺狼围捕中救下的小花熊。它没有鹿角，但依然是那么的美。它的美不是梅花鹿的华丽之美，也不是长颈鹿的高傲之美。

它的美是另类的美。皇甫唯一从它的眼睛里能看到明亮的星星，一定是天上的星星夜晚照耀人间，白天就睡在它的眼睛里，成为它迷人的缘由。皇甫唯一渐渐靠近的脚步惊扰了它，它嗖的一下不见了。

拓跋临风，你在哪里？

她对着古老的森林，心里默默地呼喊。

一阵微风拂过，满山的绿树红花摇曳生姿，似乎在向皇甫唯一致意。

潮湿的风带来了一场大雨，来得迅猛，去时无声。雨过后，一切静得出奇，偶尔有微风在耳旁拂过，带着遥远而又寂静的声音，仿佛是古老森林的古老箴言。瞬时，一种情愫从皇甫唯一心中涌起，好似清流无限，汇集脑海。

皇甫唯一站在森林中，突然一个顶着树枝的小脑袋从树后探了出来，仔细一看，是一只梅花鹿。风雨过后，它走出密林透气。莫非与人一样，它也有心情烦闷的时刻？咦，后面怎么还有一个小家伙，是小梅花鹿？古人留下的记录说，梅花鹿是独来独往的。这怎么是两只，莫非是恋爱，还是已经度过恋爱期生下了小娃？仔细一辨认，不是吧，她忍不住压低嗓门喊了出来："云豹！"风吹树叶的沙沙声好似给梅花鹿和云豹的快速跳跃做紧锣密鼓的伴奏。

梅花鹿跳跃的幅度很小，应该是有些疲惫。她看到越来越近的梅花鹿，身上有几处伤痕，吐着舌头，快要吐血的样子，看来已经被云豹追捕好久了！

梅花鹿长得不小，只有如金猫、金钱豹可以捕食它，怎会被小云豹当作食物猎捕？皇甫唯一看着眼前的这一幕，有点想不明白。

云豹也看到了她，立即放慢了追捕的脚步。皇甫唯一看到它身后扑上来另一只云豹，原来是两只合伙追捕一只啊！三只漂亮的动物一同出现在她的视线里，她顾不上诧异，决心救下善良的梅花鹿。

可是怎样救呢？出声太大，反倒吓着梅花鹿，如果它掉头跑向云豹，那不是害了梅花鹿嘛。

皇甫唯一无计可施，只能原地不动地看着眼前残酷的较量。

微风下，她的衣裙翩然。云豹敏锐的视线看到了这点细小的变化，它放慢了节奏。梅花鹿疑惑地回头张望，殊不知此刻身后狡猾的云豹在这个瞬间在研究战术……前面的云豹打着掩护，后面那只一个箭步想是要向前冲，梅花鹿一看，吓得扭头仓皇逃窜。

不知是云豹在战术上打佯攻，还是被皇甫唯一吓到了，只见后面那只云豹竟然转身藏进了密林中。皇甫唯一感觉这原本让人心情紧张的场面，瞬间变得轻松了一些。

梅花鹿趁着这个机会拉开与云豹的距离。

但是，前面的这只云豹并未放弃。梅花鹿见势不妙，打起精神，向皇甫唯一跑来。万物原本都有灵性，在危难之时，梅花鹿认准了皇甫唯一是可以救它的。

无限遐想浮现于皇甫唯一的脑海，她知道这个时候，救命才是王道。在大森林这个弱肉强食的世界里，残酷与斯杀每天在重复上演。

梅花鹿小心翼翼地向前挪动，在离皇甫唯一十几米远的地方开始慢慢向左边的竹林靠近。云豹也疑惑地望了望皇甫唯一，看到皇甫唯一谴责的目光，开始犹豫起来，好像是在想，这姑娘若出手，后果会怎样？在离皇甫唯一二十米左右的地方，它停下来，好像在思考，能不能拿自己的生命安危做赌注？不能！然后它迟疑了几秒钟后，选择了放弃，转身向密林深处跑去，片刻，它的影子消失了……

劫后余生的梅花鹿气喘吁吁。它原地驻足，深情地望着皇甫唯一，灵动的眼眸中涌出满满的感激，那一刻，皇甫唯一感受到了。

古老的森林里蕴藏着神秘的生灵，许多鲜为人知的故事也许每天都在发生。

皇甫唯一什么也没做，无意之中救了一条性命，这种偶遇让她有了别样的成就感。

她的眼睛向四处张望，看到她的马儿在前面的大树下向她的方向望着。她叫了一声黑曜石，马儿仰着头，欢快地向她跑来。

皇甫唯一骑着马儿，走出了山林，来到了一座城。荒草及人的城门外，高高挂着白底黑字的告示。

告示上画着的头像与皇甫唯一十分相似。

皇甫唯一仔细一看，白底黑字让她心惊胆战：皇甫唯一，男，因泄露军机，致使损兵折将。缉拿此犯，赏银五千……不用想，这告示一定像夏天酷热的脚步一样，占据了统万国所有的城门。

看着三三五五的人围在告示下指指点点，皇甫唯一一瞬间有心灰意冷的感觉。有鸟从皇甫唯一的身边飞过，飞过树梢，消失在天边。伴君如伴虎啊，皇甫唯一只不过出于本能，逃避出来。转眼窃取国事机密的罪名就扣在皇甫唯一的头上。大夏王为什么对皇甫唯一一定要赶尽杀绝啊？

皇甫唯一渴望自己变成一只鸟，飞在天上。飞在眼睛看不到的地方，飞在弓箭的射程之外。皇甫唯一像亡命天涯的匪徒，无路可走，只能骑着马儿，一路向西，向着西出无故人的阳关走去。一队大雁排着"人"字形的队伍往南飞。雁鸣声从天空落在皇甫唯一的耳边。

路过华池，再次看到了戏台。台上的秦腔竟然是一年前的戏剧。皇甫唯一勒了缰绳，下马，站在路边，远远地望着台上的女伶人。她依然蹙眉、掩面、扬袖。"西湖山水还依旧，憔悴难对满眼秋"的唱词由远及近，然后落在皇甫唯一的心田。像一枚种子一样，萌发，生长，一棵带着枝叶与花朵的红豆树，迅速而快捷地在皇甫唯一的面前摇曳生姿。

女伶人唱到这里，依旧动情。黑白分明的眼里滚出真实的泪水。角色是假的，眼泪是真的。皇甫唯一也动了真情，她的眼泪从眼睛里慢慢流出。

西风不停地绕着戏台飞旋，绕着皇甫唯一的马儿转。路边的菊花正在开放，灿灿金色的光华令人欣喜。金秋的丰饶在台上台下的寄托里，皇甫唯一的寄托在风中。皇甫唯一的眼泪落下时，又想到了拓跋临风递给她手绢的举动，原本不过是普通又平常的举动，但在她想来，总觉得并非寻常。

皇甫唯一自然地伸手在衣兜里摸，摸出那块手绢，反复摩挲。她不知道这手绢里到底有什么牵着自己的心与魂。

带着西风与无数的缱绻，皇甫唯一离开了华池。山路曲折，崎岖坎坷，农田隐没不见。山路的一边是沟壑，一边是青石丘陵。青铜色的草叶缀满一座座小山头。四周沉寂，马蹄踏路的声音在山间回响。

八　画卷里走出一个人

一座小城出现在眼前。城门上贴着新旧不等的告示。最新的当然是关于皇甫唯一的告示了。城门值岗的位置边立着两把长矛，代替士兵值守。

城墙由原始的黄胶泥筑成，大约十尺高，三尺宽。斑驳的墙面上吊着冰草、芨芨和狗尾草等，鸟儿在这样的墙草中间搭窝栖息，一只狐狸正试图爬上墙壁，逮住叽叽喳喳的小鸟。皇甫唯一的到来让狐狸夹着大尾巴跳出城外消失了。

皇甫唯一踌躇不前，不敢贸然进城，赏银五千的这个告示使她的身价倍增。皇甫唯一相信在这座城里，也许只有这个告示比风景动人，可以让人们的眼睛发亮。

城门左边有一片红色的树林。皇甫唯一不想知道这里的人们是怎样想的，她却喜欢那些遍布城郭外的杏树林，它们在秋风中换上一片一片的红头巾，仿佛一个个窈窕美女在城边流连，美得超越了她看过的画卷。皇甫唯一似乎在杏树上看到了自己的家乡，思乡的情绪如潮水涌动。

红色的画卷里走出一片灰色。灰色，对，是灰色，包含博大和颓废的灰色。介于黑和白之间的色彩，是纯粹的白加上少量的黑才能有的色彩。这种色彩穿插于黑白之间，比白色深，比黑色浅，比银色暗淡，比红色冷寂。这冷寂的颜色走在红色中间，好似给人万事皆空的幻觉。

身着灰色衣服的人是一个尼姑，皇甫唯一跳下马，对着尼姑施礼，问道："可有斋饭施舍一点？"

女尼姑慢慢地说："施主稍等，我去庵里取给你。"

"我可以在尼姑庵门外候着。"皇甫唯一内心欣喜，她知道尼姑没有看出她是女扮男装的人。她跟在尼姑的身后，转过山路，看见了几孔用石头箍起来的窑洞。

尼姑走过窑洞后，走进了由两扇黑色木门组成的大门，看不见身影了。皇甫唯一站在窑洞前面等着。

窑洞里面好像有吸引眼球的东西。她走进窑洞一看，墙壁上全是彩色的画，可以媲美刚才看到的红叶。墙壁上画着一大片一大片的土红色，好像是杏树叶子褪了一些颜色后，就飘到这里的墙壁上了。还有许多人呢，有的穿着青绿的衣服，有的穿着土黄色的袍子在跳舞。嗯，看着这样的舞蹈，心情也变得像今天的太阳，暖暖的，让人心情豁然开朗起来。

"馒头，水。"尼姑站在门外递给皇甫唯一，淡然地说，"你在看画，这些画是值得一看的。颜色定乾坤，万物成世界，人的一生总是辗转在无边无垠的颜色里。"

"我喜欢画，喜欢颜色画出的世界。我一路走来，走在寂静与孤独中，多亏了五彩缤纷的颜色，我才能更好地倾听自己内心的呼唤。"皇甫唯一毫不掩饰地说着，走出门，接住馒头吃起来。

"喝口水吧，你吃馒头的样子像个姑娘。"她保持着未动的姿态，近距离观察皇甫唯一。

"哦，像吗？那你就当我是姑娘好了吧。"皇甫唯一感受到她的身上散发着寂然的善意，"其实，我是不得已，流浪在江湖中，只能女扮男装。"

"一个姑娘，一匹马，不会是从这画里走出来的吧？"尼姑仍然在自言自语，并未追根究底她为什么要流浪在江湖。

"不是，我不是从画里来的，我是从最一言难尽的地方来到这里的。"皇甫唯一说到这里，反而觉得自己有点矫情了，转而说，"你这里宁静和美，倒是感觉你是从这些画里走出来的。真的，我的感觉一向是很准确的。"

"既然一言难尽，那就留着慢慢说吧。这样吧，这里有几孔窑洞，我就安排一下。你是从这孔窑洞的画里走出来的，我是从那边那孔窑洞的画里走出来的，可否？"

"甚好，甚好，我就住在这里。"皇甫唯一开心地喝了一口水，"姐姐真是菩萨吧？"

"我不是菩萨，我们是供奉菩萨的。"尼姑看着墙壁上的佛像说，"万境皆空，唯有深情长存。"

"静默无语，这里的菩萨，让人神往。"皇甫唯一颇有感触地说，"这里美得让人心生戚戚。"

"这里的画，不是一般的画，都是有学问的，是建立在金木水火土上，五行配五色。就是说水是黑色、金是白色、土是黄色、火是红色、木是青色。"

"有创意，这画家也是'五行'学家，这些美丽的色彩从哪里来的呢？"皇甫唯一好奇地问。

"听说是来自不同的石头——有颜色的石头。把有颜色的石头凿碎，泡在水里，不同颜色会出现不同的层次，一层一层地收起来，就是不同的颜色。"

"像淘金子，不慌不忙，精细动作，才能看见赤诚。"

"这些画也许可以说是金子，发出耀眼的光芒。这些菩萨和人都在绚丽的色彩之上自由自在，让人神往。"

"除了颜色，还有神来之笔，你看这雪白的菩萨、石绿色的马、朱红色的力士、半红半绿的两面明王，还是与平常的画有不同。"

"画法不同，为了画英俊的脸庞，要在比较深的土红色里面，加一圈浅色，再加一圈更浅色，一圈一圈，到了脸中心就是最亮的地方。这样整个看上去就像真的人儿站在面前了，这就是西域传过来的透视画法。"

"你也会画画？"

"走投无路的人，走到画画的世界里面，也算是前世烧了好香。"

"我也是……"皇甫唯一差点说出了自己被追捕的事实，转而说，"我喜欢美丽的画，能不能住在这里，学画画？"

"施主一个人在江湖行走，心中还有一片图画，也算是与这里有缘。也罢，你随我来。"尼姑指着最左边的一孔窑洞说，"你就住那里。"

皇甫唯一喜滋滋地走过去，向里面一看，只觉得一路上见过的最美的颜色，全涂在这窑洞的墙壁上了。这是个美地方，窑洞里五彩斑斓，窑洞外杏树叶红，一树一树的，渲染着荒凉的山野。

她径直走进里面，跪在五颜六色的石板上，向着佛容，拜了拜，她想，是佛看她流落江湖，生了怜悯，带她到这里容身避难。

墙壁上的女子美如仙子，一位女子长着鹅蛋脸，眉目清秀含情，灵活的手指正在弹奏乐器，皇甫唯一好像听到了天上的音乐在耳边响起。一位女子身材苗条，两腿修长，飞舞的姿态轻盈灵活，衣袂飞扬，好像追着音乐飞向自由的天空。天空的颜色是鲜亮的蓝色，皇甫唯一马上被这种蓝色吸引住了。

"这种颜色来自青金石。"尼姑站在门口，手里拿着笔和纸，"这个颜料很贵重，还是从西方佛国传过来的，是从青金石里一点一点磨出来的。"

"梅花香自苦寒来，蓝来自青金石。"皇甫唯一故意做了一个鬼脸。

"画吧，用你的画换你的布施。"

"我就是用画换来斋饭，换来颜料和纸笔。"

在尼姑的教授下，皇甫唯一的画进步得很快，她用石青、石绿等颜色塑造人物形象，人物的姿态、神情显得生动、细致。她大胆使用色彩，把石青、石绿、红色、黄色、白色糅合在一起，画出精美绚丽的画面。

尼姑看了也称赞不已，还拿出自己的画，让皇甫唯一欣赏。那是一个俊美的男子和一个貌美的女子在舞剑，招式美妙，他俩全神贯注，完全沉浸在忘我的行云流水境界中了。

"看见这画，我好像就站在这两人的身边，感觉好真。"

"你练过剑术？"尼姑清秀的眼睛盯着皇甫唯一问。

皇甫唯一连忙摇头："我没有，只是见过。嗯，这么真实的感觉，是练过的人才有画面。"

"我只是为了表现那种境界感，反倒成了生动的真实。"尼姑连忙说，"每个人也能在一张张画面中找到真实的世界，找到打动自己的那个画面……"

皇甫唯一看到壁上的坐佛面带微笑，散发着含蓄、中庸之美。她还看到一只白色的鹿，身上有石绿、赭红装饰全身。

"譬如这些画，"尼姑指着窑壁上的画说，"描绘了佛的形象、佛的活动、佛与佛的关系、佛与人的关系，寄托良愿，安抚心灵。"

尼姑看到皇甫唯一眼睛定定地看着白色的鹿，轻声说："这叫九色鹿，白鹿身上点缀石绿、赭红，示其九色。"

皇甫唯一看到窑洞壁上是一幅横卷式连环画，说："好像在讲一个故事。"

尼姑说："嗯，是一个故事。主要讲了九色鹿（传说中佛祖的前身）救了一个落水之人，此人跪谢九色鹿，九色鹿只是希望他不要泄露自己的行踪。国王要捕获宝物，那落水人贪赏金，带领国王及士兵去捕九色鹿。"

"为了赏金，忘恩负义，这样的人不如一只野兽。"皇甫唯一感慨地说。

尼姑说："因果有轮回。九色鹿被捉后，向国王陈述了前事，国王心生感动，重给九色鹿自由。"

"这个故事劝人为善。"

"这是一幅讲述佛教本生故事的连环画。"尼姑看着画说，"这幅画构图别致。九色鹿对国王陈述原委的画面放在中心位置，左右是九色鹿救助落水人、落水之人双膝跪下以表达谢意、国王围猎等场面。周围还配置山川、树木与房屋，显示出以人为主，以山水为辅的画面特点。"

皇甫唯一说："这幅画给我一种视觉震撼和内心升华。"

"嗯，这幅画线描刚劲有力，线条圆浑流畅，色彩华贵绚丽，人物栩栩如生，巧妙地表现了画中故事。"尼姑说，"用白色来表现九色鹿，纯净安详，非常醒目。国王与黑马姿态多样，富于动感，与九色鹿形成对比，使得画面打动人心。"

"嘤嘤，嘤嘤……"一群小花熊从尼姑住的后院跑了出来，皇甫唯一惊喜地搓着自己的两只手，下一秒就抱起来了一只。"与我家那只最像了，我想我的小花熊，我想我娘……"皇甫唯一在激动中说出了心里话，"我怎么会这样胡乱嚷嚷呢，一定是这些小花熊天生自带魔力吧？"

"它们就是有魔力，我也是喜欢得了不得。为了它们能吃饱肚子，我四处讨布施。"

"画画也能换一些吧。"

在尼姑的帮助下，皇甫唯一贴上络腮胡，戴上书生帽，坐在小城最高处的地段，靠近杏树林，摆开字画摊，一边卖画，一边给前来需要写信、写对联、写请柬的人写下他们喜欢的内容，换取铜钱和食物。

精妙的画面、流利的书写，加上微薄的盈利，使皇甫唯一的字画摊竟然有了名气，十里八乡的人都来她这儿，买字买画。

　　在人来人往的闹市，在风吹日晒的街头，皇甫唯一写下情意绵绵的书信、对仗工整的对联、客套而喜庆的请柬。落笔的墨迹，既不哗众取宠，也不生冷僵硬，落落大方地存在于白色或红色的卷上。恍惚之间，皇甫唯一常常会有一种错觉，好像她依然坐在书房馆静静地书写。

　　长年累月埋头书写的历程，使静寂在皇甫唯一的心间根深蒂固。每一次蘸墨书写，都仿佛春风再一次拂面，让内心更加安宁从容。

　　空闲时，皇甫唯一坐在字摊上，一心一意地用多种颜色描摹女子婀娜的服装，描摹女子柳眉下微微的清愁。

　　街面穿红戴绿的人群，与皇甫唯一不产生任何交集。皇甫唯一的孤独不是卓尔不群，而是诉而无人。也许因为，皇甫唯一不会把无关紧要的事说得委婉动听，也不知道对什么样的人说什么样的话语。只有晚上回到石窟洞时，看见尼姑，说一点书画的事，才使她的孤独有些缓解。

　　女人言笑晏晏地经过皇甫唯一的面前，男人吊儿郎当地经过皇甫唯一的面前，没有一个是拓跋临风，甚至连一个相似的都没有。皇甫唯一感觉自己是街旁的一棵树或者一株草，永远都是人群身后不变的背景。

　　皇甫唯一也有成为风景的时候。

　　附近的客栈名叫"城里家"，生意红火，小城里有头有脸的人经常出入其中。客栈的老板娘风韵犹存，隔三岔五地来看皇甫唯一写字。

"书生的字写得很好看啊！"

"姐姐过奖了。出门在外，用于糊口而已。"

"每天能挣几个？"

"大约二十。"

"哎呀，你没来时，这可是我的生意，"声音从她红艳的薄嘴唇里传出，"秀才去我的客栈里写字，好不？"

皇甫唯一心里动了一下，只是表面上推辞了一下："请容我考虑一下。"

老板娘走了，肥硕的臀部扭出大幅度的弧线。

第二天，一个宽大肥胖的女人喘着粗气来到皇甫唯一的字摊边。"我是'城里家'客栈的厨师。你给我写一个请柬。"

"写给谁？"

"你！"

"我？"

"写下你的名字。"

皇甫唯一当然不能写。

那胖厨一蹦三尺高，张嘴扯嗓地骂嚷，唾沫星子四处飞溅，一股馊气扑面而来。

街面上的人循声而来，围在皇甫唯一的字摊边。大家用各种各样猜测的眼光看着皇甫唯一和胖厨。

"这书生有点像告示上的皇甫唯一，是不是啊？"

这个声音让皇甫唯一为之一惊，下定决心一走了之。

皇甫唯一在胖厨师不堪入耳的叫骂声中，有条不紊地收拾字摊。

"县老爷说过，这个城中，只有我家写的字才是最好的！"客栈老板娘也出现了，一对毛茸茸的大眼睛盯着皇甫唯一，趾高气扬地说。

黑夜里遇见了母狼的感觉蹿上皇甫唯一的心头。

在她嘎嘎的大笑中，皇甫唯一赫然惊觉，这美丽的杏树林边也有颓废的人，自己只是这里的过客，不能长久地在这里生存，更不能给慈善的尼姑带去祸患。

"一个没有信仰的人的忠诚，真恶劣。"皇甫唯一说给自己听。"说什么呢，你这个穷书生。告诉你这个来路不明的外乡人也无妨，我家的老板娘不但是这座城里的富贵人家，还是县太爷的……"胖厨师收回了吐到嘴边的话。

"若不是看在你是一个俊书生，明早就让你进牢房。你快走吧！你走了，我也可以交差领赏钱了。"她凶神恶煞，但皇甫唯一懂得她说的是真话。

九　鬼方氏

一点梦想，宛如烟花，照亮皇甫唯一的生活，仅仅一瞬，留给皇甫唯一的只是更大的黑暗。

"我要转身离去，那寥落的街道涌起了让我失望的黄昏。我有赶不走的悲哀催着我离开，但愿荒郊的月亮和温暖的小花熊给你久久的平安。"不忍心告别，皇甫唯一写了一封信，压在尼姑的色盘下，悄悄牵了马，走出城门。

走。走到哪里去呢？皇甫唯一骑在马上，茫然四顾。

一个衣衫破烂的农妇站在不远处，向她不停地招手。皇甫唯一抖了一下手里的缰绳，来到她跟前。她说："我认识你，你是城里的秀才，我几次进城，看见许多人围着你，因为你写得好，你不会是文曲星下凡吧？"

皇甫唯一看着她，不明白她到底要说什么。

"孩子爹近年来神情异常，闹腾的家宅不宁，四处寻医问神，也没有治好他的毛病。我想请你到我家，看一下他的病，我家住李家崖，希望你能帮助我。"

皇甫唯一犹豫不决。她看见皇甫唯一的犹豫，从袖筒里拿出两个烤熟的小红薯，递给皇甫唯一一个，说："剩下这一个留给我的孩儿，他在家中等我回去做饭呢。"

皇甫唯一决定跟着她走。转过怪石嶙峋的山头，一个小孩站在小路边，他看见了农妇，连蹦带跳地跑过来，农妇把小红薯放在他的嘴边逗他。他双手搂着农妇的脖子，不停地亲着她的脸颊，农妇也亲着他的脸蛋。

皇甫唯一看见一孔窑洞出现在孩子的身后。窑洞的建筑风格很诡异，全部用碎石片砌的插花式土石建成。走进窑洞里，火灶连土炕，炕上方贴着鬅鬙娃娃。皇甫唯一综合自己看过的资料文字，感觉好像是鬼方人的生活习俗。《山海经》云："鬼国在贰负之尸北，为物人面而一目。一曰贰负神在其东，为物人面蛇身。"《易经》有记载："高宗伐鬼方，三年，克之。"高宗即为商王武丁。鬼方是商周的一个强悍的部落，"穿着铠甲在森林里走的人"，看来鬼方并不是骑马民族，而是山地狩猎、种植、畜牧三合一的族群。春秋时的隗姓就出自鬼方。传说活了八百岁的彭祖的母亲女贵氏，便是鬼方氏；哪吒的生母是中原诸侯和鬼方联姻选送的美人；三国名将吕布也是鬼方后裔……

皇甫唯一正想着这些，一股酸酒的气味钻进了她的鼻孔，她问："孩子爹呢？"

"他不在家，可能到'城里家'客栈喝酒去了。"

"城里家？"皇甫唯一想起那个叫骂声喧天的胖厨师。

"是的，这个客栈的酒饭香气诱人。那厨师用动物的油脂和蜂蜜、面粉和面，烤成的髓饼，还有用牛羊奶和蜂蜜和面，炸出来的截饼，听说吃起来又香又酥。"

"哦？"

"那客栈还有'羌煮貊炙'，说是煮鹿头肉蘸猪肉汤；还有'捧炙'，取上等牛羊肉，边烤边喝酒，烤熟一面吃一面。"

"他不是有病吗？"

"就是这个病，喝酒后就发的病。"

"以前的大夫怎样治疗过？"

"给吃了很多药，并不见效。"

"那大夫怎样说？"

"大夫说不是他能治疗的病。我又请了城里的坐堂巫医卜了一卦。"

"先生怎样说？"

"他说没法治疗，疾病已深入骨髓了。"

农妇跪在皇甫唯一的面前，抹着眼泪。孩子看到娘在哭，一边给娘擦眼泪，一边也学着他娘的样子，跪在皇甫唯一的面前。

皇甫唯一看到孩子的后脑勺没头发，一团白白的头皮在周围的黑头发中显得十分突兀。

她伸手拉起农妇，那孩子趴在地上，给皇甫唯一磕头，奶声奶气地说："先生，请你救救我娘，救救我爹，我爹他不是他！"

皇甫唯一握住他的小手，拉他站起来，对着他郑重地点头，说："我一定尽力帮你，你是一个好孩子！"

吃过野菜做的晚饭，太阳落山了，农妇的丈夫还没有回家。星星布满天空时，皇甫唯一听到了一个奇怪的声音。农妇也听到了这个声音，她用颤抖的手抓着皇甫唯一的衣服，皇甫唯一的衣服跟着她的手不停地颤抖。

她听见一种好似大狗嗥叫的声音越来越近，逼近屋门。农妇的心跳声像濒临死亡的小猫叫声一样，凄惨和无助深入皇甫唯一的内心。皇甫唯一伸手探入怀内，摸出拓跋临风送给自己的小剑，右手紧紧握住剑柄，剑尖向门。

门开了，是小孩拉开了门。

一个喷着酒气的黑影打着趔趄走进门，他的眼睛冒着黑光。小孩怯怯地喊："爹爹！"

他眼里的黑光扑向小孩，皇甫唯一在黑光里看到一个面目狰狞的动物。他抱起了孩子。皇甫唯一听见一个破风箱的声音在说："摔！"

"不！"农夫胸膛里的那颗依然跳动的心在拒绝。

被他举在头上的小孩已经被父亲吓坏了，小小的身躯一动不动，任凭那个满嘴喷着酒气的人举在空中。

农夫摇晃着手臂，做出要摔下去的姿势。

小孩一动不动，看来是习惯了每次喝酒后就妖魔化的父亲。农妇扑向农夫："不要伤孩子！"她祈求："你一定是病了！从去年暮春到现在，月月如此，你这是怎么啦？"

小孩子没有大声哭泣，也许他跟着母亲经历了一次次巨大的恐惧，他习惯了。他懂得，如果自己被摔下，非死即残。他却不明白，为什么亲爱的父亲会变成妖魔？

"娘，你受够了吗？人世这么凶险，你为什么还要把我带到人间？为什么？"小孩子痛苦地大喊，眼泪哗哗地涌出，落在他父亲的脸上。

那眼泪流到农夫的脸颊，他感到冰凉的气息席卷而来，扑向他的眼睑。那种冰凉好像来自远古的冰河世纪，清骨的冰凉通过眼睛钻进了他的大脑。

农夫摇着头，把孩子抱进怀抱，放进小木床，骂骂咧咧了一阵，倒头在地，鼾声雷起。

农妇放声大哭，抚摸着孩子。孩子说："别哭，爹爹被人下毒，是中毒了。"农妇关了门，闩上门闩，不一会儿，她就睡着了。

皇甫唯一惊魂不定，握着小剑的手松懈下来。睁着眼睛，望着不省人事的农夫。夜半时分，皇甫唯一看到一个几乎看不见的小小的黑影从农夫的胸膛里钻出来，溜进农妇的衣服，变成小孩子的娘的模样，叫醒小孩，牵着小孩子的手，向门外走去。

假娘拉开门闩，打开了木门，拉着小孩要他走出门。小孩子看到门外一片黑暗。他问："娘，怎么这么黑？"皇甫唯一握着小剑的手在颤抖。

"快走！"假娘一边说，一边拉小孩子的手，小孩子挣脱了，坐在门槛上。

"不能走！"皇甫唯一喊了一声。

假娘立即拉扯孩子，孩子的声音也大了："娘，我不走！你每次带我走出门时，都是大白天。这次为啥是晚上？"

孩子的娘亲听见，立即惊醒了，她没有穿鞋，跑到门前，拦在孩子前面。她看到孩子坐在门槛上，两眼迷茫，对着她说："……要我跟她走，我不走……"

农妇一把抱起儿子，放进小床。拿出醋，喷在门口，呼唤孩子的名字，为孩子叫魂。

农夫站起来，拉着农妇往门外走。农妇力气小，被他扯出木门外，跌倒在地。他骑在农妇身上，双手掐住农妇的脖子。

农妇喊："救救我！"

皇甫唯一飞跑过去在农夫的背上狠狠地扎了一剑，旋即跳远，持剑看着农夫。农夫大叫一声，双手放开农妇的脖子，在自己的背上摸了一把。农妇战战兢兢地爬起来，农夫的手又去掐她的脖子。皇甫唯一上前再刺一次，立即跳开。农夫狼一样长嚎一声，丢下农妇，直接向皇甫唯一狂奔而去。他一边像一头黑熊一样地狂奔，一边长嚎。

凭着自身的敏捷，皇甫唯一躲过他那黑熊一样的来势，旋身巧妙地伸出手臂，将小剑刺在他腹部。他刹住前跑的步伐，转过身子，扬着拳头向皇甫唯一砸来。皇甫唯一飞身一转，躲过他的拳头。他像一头发怒的黑熊，扭转身子，嚎叫着要扑打她。皇甫唯一才知道他全身妖气遍布，刀剑也不能让他清醒。

皇甫唯一施展轻功在前面跑，他在后面追，别看他显得笨拙，但奔跑起来矫健有力。山边有一棵树，皇甫唯一飞上树，想他应该是不会找到她。农夫跑过来，看不到她，恼怒地发出嚎叫声，一掌击打在树干上，树干摇摇欲断。皇甫唯一跳下树，绕着山边几棵树躲避。农夫就在身后追着她跑，就这样绕着山冈转着圈。

几圈转过来，农夫体力不支，有些摇晃，皇甫唯一正要再次用短剑刺他时，没想到农夫是佯装体力不支，坐在地上，以逸待劳。他在皇甫唯一靠近时，鬼一样扑过来，抓住皇甫唯一的手臂。皇甫唯一的小剑被夺了过去，农夫持起小剑，要扎向皇甫唯一的心脏。她挣不脱，眼睁睁地望着小剑即将扎进自己的胸膛，皇甫唯一绝望地闭上了眼睛。农妇吓得大喊大叫，随后跑过来的小孩吓得大哭了起来。

"啊！"农夫大喊一声，震得皇甫唯一睁开眼睛，旋即看见一支箭穿过农夫的心，箭镞上亮着明晃晃的光。

几支火箭从山坳射出来，正好落在农夫身上。皇甫唯一不知道是什么人在隐蔽处放箭，她猜测多半是那些计划绑着她去领赏的人。

她立即取回自己的小剑，飞身回到屋前，一剑割断缰绳，骑上马儿奔过山冈。看见农夫倒在熊熊火焰中，越来越小，快要化为灰烬。农妇拽着孩子胳膊，制止他扑到那堆火焰前。皇甫唯一顾不上与那娘儿俩打招呼，她想，此时若表现出与那娘儿俩有关联，那么，那娘儿俩的日子一定不能平静。

头顶上半个月亮从疾驰的云朵中探出，西风飒飒，皇甫唯一听见雁鸣声。"前面好像是皇甫唯一。"皇甫唯一侧耳听见这样的声音，回头听见七八个大汉在讨论。

一个苍老的声音说："不会吧，要知道这个地方是李家崖，是鬼族盘踞的地方。"

另一个声若洪钟："上古时期，这个族群是中原人的克星，商高宗武丁与鬼方苦战三年，未能将其击败，让商王朝很是畏惧。"

"鬼方力量强大，但是他们有一个特点，那就是互相毁灭，还有自我毁灭……"

皇甫唯一双腿碰了一下马肚，胯下的骏马黑曜石会意地飞跑起来。她回头察看，没有人在身后追踪，她才松了一口气，也放松了紧扯在手里的缰绳。天空逐渐变亮，马儿走过草木葳蕤的山冈，跨过潺潺流淌的河水，穿过姹紫嫣红的花丛，翻过峰回路转的山谷，进入了沙地平原。

眼前的世界另有一种风貌。一望无际的沙地，灰蒙蒙地延伸到天边。广袤无际的风景使皇甫唯一的心也随之开阔起来，一种找不到自己五脏六腑的感觉突然降临在皇甫唯一的心里。

临近黄昏，草色在夕阳下，泛着淡黄色的光芒，仿佛涂着一层油画的颜料。

马儿悠悠前进，除了偶尔踩在沙石上发出的嘚嘚声，几乎听不到什么声音了。矮草纹丝不动，看不到"风吹草低见牛羊"的景致，也无法联想飞沙走石的景象。

皇甫唯一沉醉在这样的环境里，不向往武陵春的桃花源，不向往浪涛拍岸的蓬莱岛，更忘记了自己逃亡的身份。

不经意间，皇甫唯一来到了沙地闹市。熙熙攘攘的街面上，低调的骆驼、高昂的骏马穿梭其间。人们面孔黝黑，有的坐在骆驼上，有的骑着马，有的踱着方步，步履懒散。

"救救我吧，救救我的娃娃吧！"一个老妇人拦在皇甫唯一的马下，"去年又是大旱，我家断顿已经十几天了，娃娃饿得走不了路了。"她跪在沙石路上，衣服沾满灰尘。

皇甫唯一跳下马，从衣兜里摸出一块碎银，放在老妇人的手掌心里，然后扶她起来："快快拿去给娃娃买吃的去。"老妇人展开手掌，看了又看，擦着眼泪低头要拜，皇甫唯一说："快点回去吧！"老妇人还是低头拜了拜，才走向米面铺子。

几个小乞丐跑过来，围着皇甫唯一喊："大哥哥，你是大好人。我们三天没吃饭了，能不能给点饭钱？""你们的娘和爹呢？"看着他们脏兮兮的小脸蛋，皇甫唯一问。

"他爹死在战场上了，他娘疯了。"脖子上挂着一块小石头的娃娃指着一个眉头紧锁的小娃说。

"那你的爹娘呢？"皇甫唯一问。"他爹娘赶着盐车送盐，路上被贼人杀害了。"个头较高的娃儿替同伴回答，小石头用脏兮兮的小手抹着突然涌出的眼泪。

眉头紧锁的孩子放声大哭："打仗，打仗，我爹没了，我娘疯了……"

皇甫唯一瞬间就落泪了，她连忙说："对不起，对不起，不要打仗，不要打仗。"随后把手里的三块碎银拿出来，放在哭泣的孩子手里："你们一块儿好好的长大，买吃的去吧。"

"知道知道，我们会好好长大的。"一直没说话的大眼睛男孩回答说。

皇甫唯一看着娃娃们走进小巷后，自己上马，继续前行。

一面旗帜竖在街中，白底黑字中，有关自己的告示让皇甫唯一内心忐忑，她只得低头掩面而行。

"穿蓝衫的是皇甫唯一。"身后突然传来此起彼伏的喊声。回头一看，皇甫唯一看见几个服饰另类的男子骑马而来，他们眼里闪烁着异样的光芒。

皇甫唯一匆忙脱去了蓝衫，胯下的黑曜石窜进了杂乱无章的菜市场。

"络腮胡的是皇甫唯一。"

在惊愕不已的人群中，皇甫唯一扯去了假面胡须。

"戴帽子的是皇甫唯一。"

她抛下了草编的帽子，穿过了闹市。快马加鞭向西奔驰。皇甫唯一的长发在风中飘扬，像她惊慌的思绪。

骏马跑得吁吁喘气。恐惧像一只鸟，扑扇着翅膀，飞在皇甫唯一的前面。身后的人喊声马蹄声愈来愈近，皇甫唯一可以闻到他们身上的烈酒味。

阳光炙热，马蹄下的沙粒发出轻微的沙沙声，仿佛在用它们的语言不断惊呼。

听着渐渐逼近的马蹄声和人声，皇甫唯一想，还是跳崖吧，绝处逢生，也许还有生路。皇甫唯一举目瞭望，一望无际的平原，看不见山崖。

细细的沙粒填平了山与山之间的空隙。皇甫唯一想，跳河啊，可是连一条小河也看不见。只有沙海浩瀚，掩埋了千百年前的大海。

皇甫唯一逃生的想法终究没能实现。阁楼早已在风沙中倒下，掩埋在百尺之下的沙海里。只有西风如粗糙的巴掌拍在脸上。

正当她被困在这里，不知该何去何从的时候，骏马黑曜石立了起来，她前面的路被两匹青马拦住。皇甫唯一被围住了，她挥舞马鞭，马鞭被夺走。

"大哥，该不是弄错了吧。这是个女的？"

"应该不错，前日收到飞鸽传信，说皇甫唯一骑马向这条道上来……"

"先捆起来，等见了老大再说。这匹马也牵回去，一看就是名贵的好马。"

皇甫唯一听了，知道他们是有备而来的，再没做一点挣扎。他们像捆一只羊一样简单，在皇甫唯一的手腕上，绕上了几圈麻绳，然后打上了死结。绳子在皇甫唯一的手臂上无情地收缩，她的手腕痛得像有火在烤着。

眼泪也怕痛，跳出了眼眶。皇甫唯一的眼泪还没有落下，已经被西风快速地吹干了。她多么渴望能有英雄救美的故事在自己的身上上演。

皇甫唯一不知道自己这样流落江湖，到底是为了什么？为了忍辱偷生，还是为了珍惜人人都有的生命。生命只有一次，皇甫唯一有一万个理由放弃青春与生命，却又有一万零一个理由珍惜生命。

极目远眺，看不见一个人影。远处的地平线上，有小小的牛羊影儿在缓缓地移动，仿佛遥远的云朵。

十　沙风吹不散，一往情深

大地空旷，四周一片空明，荒无人迹，只有看得见的沙漠和看不见的空气。

一面鲜艳的旗帜在远处招展。旗帜上有"杏花店"三个大黑字。这三个字吸引着他们靠近。他们像拉一只羊一样，拉着皇甫唯一来到了一座建筑风格奇特的客栈。

在这荒无人烟的地方，有这么一处房屋，还有袅袅的炊烟，表明这里有可以用语言沟通的人类，这些让皇甫唯一十分意外。

在热情的招呼声中，皇甫唯一也随着两名拉着她的男子迫不得已地走进了客栈，坐在了有着不一样温度的木头板凳上。

皇甫唯一看见屋子中间几个穿着体面的客人正在与一红衣女子高声地谈笑着，个个眉飞色舞。

红衣女子笑靥如花，薄纱绕肩，亭亭玉立，一枝杏花一样的装饰，斜插在蓬松的发髻上，妖娆且另类。说她的美貌倾国倾城也不为过。

皇甫唯一低头看了看自己沾满沙尘的衣衫，想一想自己蓬头垢面的样子，对英雄救美的渴望就此破灭。

那些客人围坐在一张大而圆的木桌边。桌上摆着醇香的美酒、墨绿的沙芥菜，还有香气喷鼻的包子、饺子。

红衣女子看到他们几个走进客栈，迈着碎步走过来："欢迎各位好汉大哥，你们是吃饭还是住宿？"

"吃饭。"胡服上有波斯图案的男子答道。

"客栈里有上等羊肉，还有草头苜蓿，这苜蓿是张骞从西域带回来的，味道鲜美，客人都喜欢吃。"红衣女子说。

"上一盘羊肉饺子蘸秦朝醋，再上一盘猪肉馄饨，配一份胡蒜、胡荽、小葱，再加一盘白菜烩豆腐。"胡服上有波斯图案的男子说。

"这里最好吃的是胡炮肉，把羊开膛后，取其肉切丝，与各种香料一起塞入羊腹腔内，烤熟，非常香美。"红衣女子扫了一眼皇甫唯一手臂上的绳索，继续说，"我们的烹饪方法来自西域，把羊排、羊肉、葱头、芜荽煮在一起，配上石榴汁调味的胡羹，口感好。"

"能吃一串葡萄多好。"皇甫唯一心想，她又渴又饿，听见红衣女子说张骞，想起张骞出使西域，还带回来西王母桃、西王母枣、葡萄、石榴、黄瓜、胡栗等。

"这样绑着咋吃饭，要我给喂吗？"红衣女子笑着说。

"给她松绑。"胡服上有波斯图案的男子说，"另加一份驼蹄胡羹汤。"

当皇甫唯一以为自己可以在饭饱水足后，再考虑逃跑问题时，她发现那些客人一个一个地趴在桌上，只有红衣女子依然笑靥如花。接着，皇甫唯一看到自己身边的"大哥们"也都依次倒下。皇甫唯一感觉自己的眼皮格外沉重，怎么都撑不起来，最后失去了知觉……

皇甫唯一醒来了，头痛得非常厉害。脖子上的脑袋，仿佛是刚刚被捶打过的。红衣女子笑盈盈地坐在远处的桌上，亲切地望着皇甫唯一，有点他乡遇故知的意思。

"一个女子，装扮得不男不女的，来这黄沙风滩，是不是找人来了？"

"女，女子……"皇甫唯一发现自己的衣衫不整，她突然不会说话了。

"噢，我店里的人手都是女扮男装，和你一样。"红衣女子解释。

皇甫唯一低头看见那几个眉飞色舞的客人和大哥们都像胖猪一样，被开膛破肚。

"啊！"她张嘴惊叫，心跳得像是要从喉咙里蹦出来的样子。

"我这店有规矩，不杀女人。"红衣女子正色而言。

"哦……"皇甫唯一松了一口气。

"心术不正的男人，任他三头六臂，我统统用蒙汗药对付。迷倒，杀死，剔除骨头，剁成肉泥，撒上佐料，包成包子，让南来北往的人啖其肉。"她熟稔于心，脱口而出。言语冷若冰霜。

皇甫唯一听得头皮发麻："这是为何啊？"

"我心情不好的时候就开开杀戒。"

"心情怎么会这样不好呢？"皇甫唯一不解地问。

"爱与恨是孪生的，爱得深，恨得切！"红衣女子好像在看着遥远的地方。

"你一直生活在爱与恨里，等人送死？"

"也在等他。他与我在这里分离。如果他心里有我，他一定会回来的。"

"他是谁？"

"江湖统帅胡景刀。"

"他要是永远不会来呢？"皇甫唯一有点担忧，慢慢地说，"乱世中就算是称王称帝的，最终也难有好下场；再说，江湖险恶。"

红衣女子惊讶地问："哪个为王为帝的被害了？"

"晋怀帝司马炽，大秦天王苻坚，北凉王段业。"

"哦，这些年只顾着心心念念胡景刀，倒是把这些传言给忘记了。"红衣女子好像在追回记忆流逝的片段，"胡景刀给我说过淝水之战后苻坚的惨剧，晋怀帝的传说，是一些来店里吃酒的客人提及的。至于段业，是被凉王沮渠蒙逊杀害的。"

"晋怀帝是被刘聪毒杀，司马家族曾对曹魏家族的手段就这样重复了一遍。有时候，重蹈覆辙的历史让人惊叹。战乱不断，贵为帝王的人也会遭遇不测，何况平民百姓呢！"

红衣女子怔怔地望着远方，说："我的胡景刀不会死的，他不但身怀绝技，而且聪明过人，他一定会好好地活在这个世间。"

"你这样相信他？"

"嗯，我相信他。"

"你就这样等下去？"。

"我就这样等到白发苍苍。"

那时，你就是真正的白发魔女了。皇甫唯一想。这个爱恨交织的女子像夜里的迷雾一样，既神秘，又可怕。"他一定会回来的，只要你不再杀人，上苍就会把他送到你面前。"

"那我还能干什么？"红衣女子回眸看着皇甫唯一问。

"可以'杀'时间。"皇甫唯一看着她睫毛如扇的眼睛说。

"你说得对，女人最怕时间，时间夺走了女人的花容月貌，时间让女人心爱的人变成了负心人。"红衣女子说着垂下眼帘，浓密的睫毛中有一颗泪珠滚出，转瞬落在地上，消失在她们的面前。

"所以'杀'死时间，就不会有负心人了。"皇甫唯一突然痴心妄想地说。

"会这样吗？"红衣女子抬起密密的睫毛，梦呓般地问道。

"会，有时间就有生生不息。"皇甫唯一拽着自己散乱的长发说。

"可是，时间看不见，摸不着，我怎样才能'杀'掉时间呢？"红衣女子密密的睫毛再次覆盖着她的眼睛，又一滴眼泪从中坠落。

"用刀剑杀的是可以看见和摸见的，看不见摸不着的只能用心思去杀了！"皇甫唯一咬着牙齿恨恨地说。

夜晚，红衣女子坐在窗前，凝望着星光闪烁的天空，思念胡景刀。"妹儿，你说为什么我的心里只有胡景刀？"

"他走进了你的心里。"

"既然他在我的心里，为什么我感觉不到快乐？"

"因为时间。时间太长，你心里的他与现在的你不在同一个时空里。"

"时间一直在绵延，我也变老了。"

"你没老，你的漂亮妖娆，无人能及。"

"咋能不老呢，与胡景刀分别已经快十年了。"声音里有了积蓄已久的落寞。

"那就忘了他。"

"不该忘记的，全忘记了；不该记住的，却一直记在心里。"

"你和他是真心相爱过的。"

"既然是真心相爱，他为什么就不回到我的身边呢？"

"他想以更好的面目回来再爱你。"

"可是，他一直没有回来。"

"可能是时间改变了他。"

"时间是个可怕的敌人，它让我失去了所爱，我恨不得天天杀死它一次。"

"这么多年，你就是在杀时间，用各种方式杀时间。"

"是，杀了那么多时间，他还没有回到我的身边。我也累了，睡吧。"

皇甫唯一睡在她身边，开始了对拓跋临风的想象：他灯下读书时，什么样？他低头饮酒时，什么样？这样的想象一直延伸到皇甫唯一的梦里。在梦里，有埙声在低处如泣如诉，风在埙声里呜咽。时间像沙漠纵横在她的面前，她在沙漠中前进，也在沙漠中后退。沙漠之外，站着拓跋临风，她怎么够也够不到他的影子。她恨这些纵横左右，拦截自己奔向爱的时间。她学着红衣女子的招式，开始杀时间。她持着肉眼看不见的利刃，一下一下地剁着无用的时间。"无用的时间太多，我就会变老，拓跋临风也会变老。"她喊出来自己的担忧，也喊醒了梦幻中的自己。

早晨，红衣女子站在大沙梁上，瞭望霞光绯红的天边时，皇甫唯一站在她身边，开始想拓跋临风：他身边会有什么样的女子呢，他会怎样爱怜呢？他骑在马上驰骋沙场的样子令谁着迷？他大笑时，会不会手舞足蹈？他痛哭时，谁为他拭泪？

佛说，前世的五百次回眸，换来今生一次擦肩而过。皇甫唯一愿意用前世的千万次回眸，换来今生与他的爱恋。

皇甫唯一千万次地盼望他骑着枣红马，从太阳升起的地方来到自己的眼前，微微地笑着，嘴角处的虎牙，闪着白亮的光辉。

如果祈盼成功，皇甫唯一想她该换上怎样的女儿装，让裙裾翩然如蝶。她该是怎样的对镜贴花黄，然后以怎样娇媚的羞涩柔情诉说，一往情深地依着他……

凭着无边的想象，皇甫唯一过得愉快安心。

这一天早上，一觉醒来，沙地的白霜已经降下。这里霜降，比任何地方都来得早。皇甫唯一走出门，看到大地一片的霜白，草木上凝着晶莹的白霜，如一幅精致的风景画，她心中欢喜不已，忍不住绕着客栈转了一个大圈子后，才意犹未尽地回到屋里。

八个高低不等的男子跨进门来，他们腰挎宝刀，身背弓箭，精神抖擞，身手矫健。皇甫唯一照例走过去端茶递水，他们的眼睛齐刷刷地看向皇甫唯一。红衣女子风一样地飘然而至，低声对皇甫唯一耳语："到后堂去。"

皇甫唯一站在后堂，悄悄窥视，那几个客人拿着朝廷的告示，指给红衣女子，比比画画，再三询问。

红衣女子连连摇头，又风情万种点头致意，然后笑语盈盈地安顿他们坐下。

她扭着水蛇腰进了后堂，踩了皇甫唯一一脚，说："骑上马，向来路逃！"就提了水壶招摇着出去。

皇甫唯一上马快逃。不多时，听见身后马鸣咴咴，数支飞箭朝她射来。

一支箭插在皇甫唯一的腿上。

她痛得"啊"地大叫一声，眼看就要翻身落马，却被对面过来的蒙面人顺势扶了一把。蒙面人扎了马一下，黑曜石驮着皇甫唯一狂奔起来，身后的厮杀声渐渐消失。皇甫唯一腿上的血滴滴答答地流着，冰冷的感觉包围了自己。她的眼皮耷拉着，抬不起来了。

皇甫唯一的视线沉沉地落在大地上。大地一片黑暗，只有拓跋临风的身影是明亮的。

风从窗户吹进，轻轻拂过皇甫唯一的脑海，似水波荡漾，脑海里沉睡的神经末梢渐渐苏醒。

皇甫唯一醒了，她的意识里保留着拓跋临风的模样。

皇甫唯一看见的是梅花，她的两眼充满了欣喜。

皇甫唯一想要坐起来，她动了一下，发现疼痛来自腿部。

她要说话，僵直的舌头不能伸展，张开的嘴唇吐不出一个字来。

她想要行走想要飞翔，但是皇甫唯一现在只能躺在梅花的床上，一动不动。

"醒来就好，来，喝口汤。"梅花高兴地招呼。

皇甫唯一顺从地咽下滋补的药汤，一股暖气自喉间而下，温暖着她的五脏六腑。肺腑之言自心而起："城门外的告示知否？"

"怎能不知，天下都知。"她就像说季节变换一样正常。"我断定公子不是坏人。"她安慰皇甫唯一。

皇甫唯一叹息一声："我无力再逃，终究会被绑去领赏。与其被那些见利忘义的匪人勒绑，不如梅花姐得赏，也算没白救我一场。"

"公子看错人啦，我怎能做这种图财害人的勾当呢？当日公子腿伤严重，昏迷在我家门前。我若不救，岂非禽兽？"

"有了赏银，梅花姐一家不必再含辛茹苦地煎熬日子，一定会跻身富门贵族，享尽荣华富贵。"皇甫唯一的眼泪簌簌落下。

"我虽出身贫寒，但也自力更生，衣食不缺。公子切记不要多心，静养身体，早日康复，远离灾祸。"

"我能逃到哪儿去呢？我的马，也有伤……"皇甫唯一的泪水打湿了枕巾。

"一定是天王一时受蒙蔽。公子怎么会是窃取机密的人呢？不如公子回去，请天王仔细彻查，澄清事实，还公子清白。还有，你的马，我也在精心照料，伤口已经好转，你放心。"

眼泪汹涌澎湃，与皇甫唯一的心思一样：我怎么能回去呢？难道我回去对大夏王承认自己是女儿之身？那就等于承认自己一直在欺骗君王。然后等他赐自己白绫束手自缢。就算他圣明无比，网开一面，不追究欺君之罪。可是我从他手下逃开，怎样解释？难道我说，是因为爱情，我贪生怕死？这不但会使我性命不保，而且可能会使拓跋临风糊里糊涂地命赴黄泉。

这就是皇甫唯一的悲哀。

每一阵伤痛随风而来时，皇甫唯一听见自己的心说：不要，不要，我不要这样伤痛蚀心的生活。

梅花用手绢拭去皇甫唯一的眼泪，轻轻叹息着："朝廷的事，我真的不懂，只是看公子受伤体弱，流浪在外，遭遇险恶，所以才说回去的话。我只是随便说说，公子不要多想。养伤才是最要紧的事，对不？我熬制的汤药是名家私方，治好了我丈夫，他已经出门买药材去了……"

"我腿上中箭了，可能变残废。"皇甫唯一的眼神越来越暗淡。

"如箭在肉中不出，可用半夏和白蔹下筛，以酒服。箭浅者十日出，深者二十日出。"

"我不喝酒。"

"还有一个单方，用米汤灌注，等到伤口发痒箭头松动时，慢慢将其取出。"

"还有好的方法吗？"

"箭头嵌入肉内，钳不出者，宜解骨丸，纳伤口内。解骨丸方为蜣螂、雄黄、象牙各等分，研末和匀，炼蜜为丸，如黍米大。外用羊肾脂细嚼贴之。觉痒忍之，极痒箭头渐冒，撼动拔出，即以童子尿洗之，贴陀僧膏，伤口愈合快。"

"此方听来好，就是哪有这些药材？"

"久病成医，娃他爹受伤后，为了站起来，我遍访名医，倒也学了几分，也曾用医术回报乡亲。"

果然如梅花所言，七日过后，箭头拔出。皇甫唯一低声问："你用的是祖传药方？"

梅花神秘地一笑，说："是神仙给的药方。"

"啥神仙？真有这样的事？"

梅花一边缝制衣服，一边讲述："古时有个姓姬的孤儿，上山采药时，遇见一个姑娘站在大树下哭泣，他远远看着她，看了一天一夜，姑娘哭着说：'你一个后生，看着我干啥？'他说：'这山中野兽出没，你一个姑娘，孤身一人，我担心你……'姑娘说：'我未婚夫约我在这里等他，我已经等了三天三夜了，他还没来。'后生说：'你先到我家吃口热饭，再来在这儿等。'姑娘听了他的话，每天吃过饭就跟着后生上山等人，寒来暑往，一年多过去了，也没等到人。姑娘说：'感谢你收留我，我也该回去了。我爹在长安卖药，你若想见我，拉一车药材来。'一个月后，后生采满了一车药材，来到了长安，找见了那姑娘。姑娘给他父亲介绍了后生，她的父亲要送给后生金银财物。姑娘说，他福分不厚，送好东西承受不起，用他的药材换给他十几个药方，他就吃穿不愁了。后生回乡后，用那些药方治好了许多人的病，也因此衣食无忧。他又采摘一车药材来找姑娘，庭院不见了，只有一座石庙，他才明白是遇到神了。"

"这个故事是劝善的，行善事，得好报。你是逗我呢，给我宽心呢！"皇甫唯一听完故事，好像腿伤也没有那么疼了。

"娃儿爹说，这里就是有神仙，他说，《山海经》里写过，白于之山的姬原这个地方，是天神黄帝曾经住过的地方，黄帝后代有姬姓，所以叫姬原。"

"史料记载这里住的是姬发的后代。姬发就是西周的开国君王，周文王的次子。"

"姬原还有芨芨草，我们也叫白芨，一丛一丛的，秆儿细长、光滑。晒干后，秆儿白白的、细细的，做成扫帚，清扫庭院，很好使，还能编织筐、草帘等。芨芨草的叶长而柔韧，浸水后，韧性增大，可搓草绳。"

"白于山的白，就是白芨的白。白于山上有许多花草树木，名字也起得很有寓意，如一串红、二月兰、三色堇、四季桂、五味子、六道木、七叶一枝花等。"

"草木的名字全是人给起的，给草木起名字的人也是一个细心的人，他熟悉草木，像熟悉自己的娃娃一样。"

"有些草木是以叶子的形状起名的，你听一听：两面针，它的叶面和叶背都有刺，像两排针一样；龟背竹，叶如龟甲，茎秆如竹；马褂木，它的叶片形状好似一件马褂；羊蹄甲，它的叶子前端裂开，像羊的蹄子；猪笼草，小小的笼子其实是叶的一部分……"

"嗯，桂花，它的叶脉呈现'圭'状，加木字旁就成了'桂'，书上说桂花还有个名字，叫木犀，因为桂树木材的纹理像犀牛的角。还有鸢尾，它的叶子扁扁的，像鸢鸟的尾巴。"

"还有指甲花，这花像画中的凤凰，又名金凤花。把花瓣捣碎，用树叶包在指甲上，睡一觉起来，指甲就变成了很漂亮的红色。这花还是一种好药材，疗治筋骨跌损效果很好，孩子爹就是用金凤花，还有当归尾，治好了伤。"

"梅花姐，告示人人都知，我在你家多待一天，你的危险就多一分。用秘方，让我的腿能早一点好。"

"您的担忧也是我的担忧，我救下你就会保你周全。我用的是民间秘方刀口药，是三花兔耳风的叶，止血，生肌，收口，好得很。"

此后，梅花每日煮药，一日三次，及时上药熬汤伺候。不久，皇甫唯一腿伤痊愈，骑上马，踏上前途未卜的漫漫长路。

十一　古堡雄踞大漠边关

　　古堡雄踞大漠边关，佛光灵气自天际弥漫而来，东南高、西北低，设有四门：东门凝紫、南门重光、大西门凤翥、小西门通顺。城内店铺排立，作坊几处，人来人往，还有南瓮城、望胡台和木石牌楼各一座。人们称此地是"一个来自天国的地方"。

　　站在异乡的古堡高处，远处奔腾的涛声阵阵远去。如雪的月光，照进屋舍敞开的窗户，在皇甫唯一面前的木桌上，留下迷人的光晕。月光如此皎洁，皇甫唯一却看不到家乡的月亮。

　　此景此情，皇甫唯一只能独自伤怀，在苦涩漫上心间的时候，提笔书写：

遥遥月夜思茫茫，

白城女子忆朝阳。

可怜明月千里照，

岂悲芳华在异乡。

　　借景抒情，写完诗句，皇甫唯一举头望明月，沉醉其中。

"好字，好诗，好句。"甜美的声音飘进窗户。

皇甫唯一看见一位姑娘站在窗外，头饰十分漂亮。

"姑娘，过奖。"皇甫唯一拉开了木门，向她抱拳施礼。

"公子写得不错。"她微微地笑着，眉目之间游离着勾人魂魄的妖冶。

"哪里，哪里，本人只是随心而写，不足品评。"

"以公子的文才，一定可以夺得山庄的文书。"她摆动了一下身上的襦裙，裙衣新潮，质地高贵，犹如风中招展的花枝。

"山庄文书？"皇甫唯一不懂她在说什么。

"近日，古麟州石峁山庄举办赛事，若能妙对三副下联，将被录用为山庄文书。"

皇甫唯一沉吟一下，心想，只要不被识破身份，就万事大吉，还想什么文不文书的差事。

"石峁山庄位于风景秀丽的圜水河畔，亭台楼阁，烟雨霏霏，美不胜收。"

"那应该是个好地方。"

"令人向往的是，石峁山庄的酬劳十分可观，尤其是这次招聘的文书，每月十两纹银。"

皇甫唯一听见自己心里有个声音在说："十两，生存；十两，生存……"皇甫唯一知道，自己流浪在外，一下子就学会了在乎银两的多少了。她需要这份差事。

"本人才疏学浅，如何应对？"

"明日去石峁山庄，若能对上，公子即对；若不合题意，权当游山玩水，开阔眼界便是了。"

"也好。"

第二日，皇甫唯一骑着马，来到石峁山庄，果然山清水秀，佳境如画。山庄中心，锦旗迎风飘扬。醒目的地方，高悬着三个上联：

烟锁池塘柳；

船尾凿丁 孔子生于舟（周）末；

半山半水伴乡村；

皇甫唯一看了，禁不住笑了。这些对联，是当时的奇巧对联，皇甫唯一在尚书房浏览过，也与同僚闲聊过。因此，对起来并不难。

桃燃锦江堤。

河口叹世 屈原走在岸（暗）边。

青地青天清日月。

皇甫唯一轻松地背诵着，声音在风中飘荡。风过旗动，旗帜后面的山崖上，一只巨大的鸟落在高高的崖尖上，一动不动。她忽然觉得，天也一动不动地蓝着，大山也一动不动地立着。连秋天的空气也被凝固在它的身后。秋天的阳光照在它的身上，反射出金黄色的光芒。大鸟好像在思考一个严峻的问题，它的神态冷峻、威武。秋风吹过山崖，山崖中间一棵老榆树的黄叶簌簌地落下。

"公子可是前来应聘山庄文书一职的贵客吗？"一个衣着华丽的男子向她抱拳说道。

"嗯。"皇甫唯一移开了盯着大鸟的视线，跳下马，看着面前面相精明的男子，一边回礼一边说："鹰在山尖上呢。"

男子的眼睛转也没转，继续看着皇甫唯一说："我是山庄管家林雕。那不是鹰，是大鹏。"

皇甫唯一说："像鹰，金色的鹰。我是第一次见大鹏，你看它雄赳赳地站在山头，气势好大，好像在居高临下地宣布，这座大山都是属于它来管辖。"

"哈哈，你说得很有趣，它们是很像，但是有区别，鹰的体型小，大鹏比鹰要大许多。你看这只大鹏虽然站着，身高也有三尺了。"

"它快赶上我的马儿了。"

"这是一匹上好的马，我先把它安顿在马圈里，好不好？"

"好。"皇甫唯一拍了黑曜石一下，把缰绳递给了林雕。

两刻钟过后，石峁山庄管家林雕把皇甫唯一带到了一个消瘦的中年男子处，管家恭敬地汇报道：这就是我家老爷。

老爷自报："林虎飞。"遂指着对面的金丝楠座椅，朗声说："才子，请坐。"

皇甫唯一施过见面礼，坦然地坐在高档的木椅上，眼睛看着庄主。

"公子，山庄盛事较多，平庸的歌赋辞藻不能表现出石峁山庄的风貌。故此，诚招高人，撰写文章，让石峁山庄名扬四海。"

为了让皇甫唯一安心写作，管家专门给皇甫唯一安排了一间高级书房。

经过再三琢磨，皇甫唯一提笔，蘸墨，写下：

山庄赋

石峁山庄，盛名久负。烟雨蒙蒙江南韵，琼楼玉宇英雄赞。朝野江湖独一枝，凤毛麟角实罕见。星河灿烂临山庄，文明风尚传千年。

黄河之水山前绕，丝绸之路庄后延。

旖旎河畔边，草木青青。春来流水泱泱，夏时渔歌唱响，秋来金风送爽，冬到雪花瑞祥。

锦绣繁华，如诗如画。起于长安古都，不止玉门关外。龙凤呈祥鼎盛，长治久安福地。

壮哉石峁山庄，揽紫云兮襟芙蓉，得灵秀兮于山水。历代君臣多莅临，中原逐鹿卿山庄。

山底温泉绽欢颜，古刹香火祈和平。

伟哉石峁山庄，大家手笔绘蓝图，亭台楼阁铸辉煌。清风过山冈，庄寨自雄立。风光独占，天人眷顾。禀皇家大气，承秦汉之骨格。字筹汗青，意写清秋。

一气呵成的感觉，让皇甫唯一有些扬扬得意。皇甫唯一把《山庄赋》交给管家后。一个人在书房里踌躇满志，做出了目空一切的神态。

但是，皇甫唯一的视线被什么阻隔，让这目空一切的感觉被拦截。皇甫唯一仔细搜寻，原来是一个花瓶，一件精美的瓷器，在书柜最顶端的边角上。皇甫唯一当然不会采用搬木凳、踩座椅、踮着脚等动作去抱它。皇甫唯一先去关闭了书房的门，然后一提气，凌空而起，一只手抱着花瓶，轻飘飘地落地，一点声息也没有。

当皇甫唯一小心翼翼地把花瓶放在地板上时，她看到花瓶里藏着一沓稿纸。那稿纸像一个美人，被囚困在此。皇甫唯一要她舒展四肢，让纸上的文字，如花瓣一样扑面而来。皇甫唯一把稿纸从狭窄的瓶颈里取出来，然后，放在书桌上，一页一页地翻阅：

四月五日

疼痛是一种感觉。这感觉是布在皮肤上的一层网，细致而紧密，皮肤是身体的一道关口，对疼痛的反应是灵敏且迅捷的。穿过皮肤这道关口，犹如突破了潼关，剩下的就是平坦的八百里秦川，无阻无拦。一些疼痛的感觉就已经减轻，甚至消失。

最是剑尖刺胸时，痛！痛的感觉是惊动四野，痛的神态是惊恐万状，痛的结果是呼喊奔走。但是，我没有动。一动不动，巍然屹立，方才是英雄豪杰的本色。这是我一直追求的境界。

然后，他把剑柄一推，半个剑身穿进我的胸腔。我没有觉得疼痛。

如果没有眼睛，如果不是眼睛看到他站在我的面前，看到他眼里的得意与一丝惊讶；如果不是看到他手里的剑柄在自己的胸前平直地横着，我不会相信他的剑已经穿胸而进。

是的，我不相信。在此之前，从来没有刀剑能贴近我的衣服。低头仔细打量着剑柄，又细细查看自己的胸口。没有看错，我确定这把剑，刺进了自己的心胸。而痛，却没有剑尖划破皮肤时那样凌厉的痛楚。

殷红色逆着剑尖推进的方向，正在漫出。血漫宝剑。我却不由得想起水漫金山的故事。可惜，这里与爱情无关。

痛感，已经低下头，不言不语。

我抬起头，看着他的眼睛，扬起嘴角，轻笑了一下。

我松开右手的手指，紧握在手的剑，落下。我想象，我的银色的剑，像一粒雪，落于坚硬的大理石地面，然后，银与石，撞击而生的光芒，瞬间生成，然后，瞬间碎落，地上全是迷乱的剑影在散漫开来……

我的右手抬起来，抓住他握剑柄的手，与我的左手合围，向我自己的方向聚拢，犹如合三军之力，全面推进。

死亡，此时的我，想到这个词，竟然轻轻地笑了。从接受任务的那一刻起，我就知道死亡是埋伏在我剑光里的一道魔咒，它随时让别人失去生机，也让我深陷其中，永不能超生。

我看到他像挨了一掌霹雳，立即全身瘫痪。他扬扬得意的眼神立即慌乱。那慌乱在我的眼前翩翩起舞，长袖漫卷。有人明言"谁先爱，谁先输"。身在江湖，我套用这句话"谁先怕死，谁先输"。

他的慌乱不及我的镇定，我的镇定却止不住血流的速度。这鲜红而温热的血流，击败了我的身形以及他的慌乱。

我神态冷傲，身体摇晃着向后倒去，他伸出左手，揽我入怀……

至于我是如何被救治，我一概不知，也不想知道。当我再次明白我还活在这个世间时，我并没有向他表示我的感激之情。

这感谢，迟早得表示。若无所谓迟早，那就迟一点吧。人在江湖，欠人的，迟早得还，这是亘古难变的定律。

人活在心。心未伤，得以苟且。倘若他伤了我的心脏，就算扁鹊出手，华佗相助，也无法救活我。

八月十三日

一个人在月下练剑。我的剑影被月色缠绕。

夜阑无声，风烟俱净。看见自己忽长忽短的影子，忽然明白，这么多天，我还是一个人。只有我的影子陪着我，始终如一。

其实，我希望我的影子旁边，还有他的影子。如果他能在美丽的夜色里，陪我练一会儿剑，或者走一段路，哪怕一炷香的时间，让我看到影子与影子相随。这样，我的影子才不会孤单。这样，我会重新认识人生的意义。

八月十六日

月色如此迷人。练剑之后，飞身而起，不觉竟然停在他的书房前。屋里灯光明亮，却看不见他的身影。也许他在与妻儿同乐，也许他累了，睡着在书桌上。对了，他的书房后面，有卧室……也许，他正在与美妾欢愉。他一定是激动的，一定是满足的。不像那次，我给他的是尖叫与反抗，是紧绷的躯体，是新伤……

他不会爱上我了。我也明白自己不会爱他的。我甚至恨他那么着急，着急让一个女子在慌乱中交出自己。然后，我就连自己的痛，也交给了他……我们的缘分，刚开始，就结束！

曾在书里看到，相爱的男女可以相融在一起。男欢女爱时，女人如浪花翻飞，如花朵绽放，如蜜汁甜美……可是，我怎么感觉到的是痛呢？这痛，让我慌乱，不能镇定；这痛，让我惭愧，低下了头颅。是因为我不爱他？是因为他不爱我？我若不爱他，为何时刻都想见到他？他若不爱我，为何要揽我入怀……

九月三日

他的衣服，他的帽子，他的靴子，他的手套……这屋里每一件他的物件，都有他的气息，都让我想起他。想起他，我就想到大海的咸味，想象到瀑布的水珠，崇山峻岭间的云雾……多么迷人，让我心往神驰。但是，这些并不属于我。而我却完全属于他！这怎么可能！我是我，高傲的木棉树，如今却卑微地沦落在他不屑一顾的地方！我不要我这样，我低下了高贵的头颅。这违背了我做人的原则。

我要忘记他，越快越好。用一天、半天、一分钟的时间。如果能用一秒的时间，忘记了他，让他消失在我的思想空间，那我一定是我本来的模样，一棵高傲的木棉树，开着花，旁若无人只为天地惊艳。

倘若我能杀了他，我第一个要杀的人就是他。他让我寝食难安，不能自己。爱他，于我而言，这是难以置信的事实。我要爱的人，我曾经想过千百遍，绝对不是他这个模样，绝对不是妻妾成群的人，绝对不是一个视我为浮尘草芥一样的人。

我不要爱你，你占据了我的所有空间。我恨你，你占有了我的全部。我恨你，却不敢当着你的面，喊出来……

十一月一日

雪地上，留下我的一行脚印。不经意间，竟然又来到了他的书房前。我是想念他吗？我愿意叩响他的门环吗？

我给了自己肯定的答案。我想念他，这想念浓烈如酒，我常常独自沉醉在这样的酒里。

接着，我问自己，叩开他的门，与他说什么？说我思念他，他会不会不置可否地笑笑？或者与他谈论诗词，或者与他谈论武术秘籍，可是我的才学与功夫，配得上他修炼的境界吗？"不能！"这是我的回答。

然后呢，会发生什么？这是我难以想到并且害怕面对的场面。如果，他抱我进了卧室，我如何应对？是翻脸拒绝，还是忍痛接纳？问题还有，他若再一次看见我痛得面目变形，汗毛倒竖，他会不会一怒之下，对我挥刀相向……无论怎样，我无法面对这些。

忽然怨恨他。恨他夺走了我那原本应有的快乐。

恨他……

十二月五日

梅

绝尘开寂寞，清瘦任凋残。

月斜浑未觉，唯是一声叹。

十二月六日

雪

素雪栖山野，琼枝净更鲜。

随心尘世外，寄语驿桥边。

……

　　皇甫唯一没有读完这些，就看到林虎飞走进书房，拿着皇甫唯一写的赋，眉目含笑："才子，果然才思敏捷。"

　　"庄主，在下惭愧。若要论才，远不及这位侠女。"皇甫唯一指着桌上刚刚读过的文字，由衷地感叹。

　　他一步跨来，伏在桌面，细细翻看过每一页。

　　"竟然恨我！"林虎飞摇着头，淡淡的笑容渐渐浮现。"我爱她，最初只是喜欢她。喜欢她，就在她受伤后突然微笑的那一瞬间。还有，她向后倒去时，帽子落下后，长发飘起来的那一瞬间。你不知道，那时，我不知道她是个姑娘……"

　　他抿着嘴，淡淡地笑，灯光下，他的笑容像一杯茶水让人回味，皇甫唯一想到"品位"——这个男人有着不同寻常的品位？皇甫唯一为自己这样的暗自发问而窘迫。

　　他淡淡地说话，像是说给皇甫唯一听，更像是说给自己听，"一般人受伤后，先是诧异，然后是惊恐，惧怕死亡的神态让五官变形。她是我看到的第一个面对死亡时微笑的人。那样的微笑，让高高在上的灵魂都变得无足轻重。那一瞬间，我相信我的灵魂牵住她的灵魂，然后，紧紧相拥。"

　　"你爱的人，她在哪里？"皇甫唯一好奇。

"她在我的心里。"

然后，林虎飞看着窗外，轻轻地叹息。

第二天午饭时，皇甫唯一向带自己来山庄的姑娘探听："庄主爱的女人在哪里？"

"哦，她不过是一个飞贼，计划窃取山庄的机密，却不知庄主武艺在她之上。被刺伤后，庄主请人治好了她的伤。听说庄主要娶她的时候，才发现她已经消失了。"

"飞贼？这山庄里，有机密？"

"只是听说而已。"她微笑着，然后，转身，消失在长满爬山虎的墙角。

墙角背后的山坡上，有几棵桃树，桃树下有几只小羊，正在吃着已经变成淡紫色的桃树叶子。

那只大鹏又蹲在山尖上，它头上的金色羽毛显得那么迷人，但它的神态却是冷酷无情的，与走过来的林虎飞有相似的表情。"公子看大鹏的时候，眼睛里有疑问。"林虎飞说。

"这只大鹏好像属于您。"皇甫唯一说，"它的腿上有羽毛，鹰的腿上是不长羽毛的。"

大鹏的神情是威风凛凛的，还暗暗带着杀气。几只小羊好像也看到了大鹏那凌厉的眼神，不再低头吃草了，眼巴巴地望着林虎飞。他不慌不忙地说："鹰吃小鸡，大鹏吃小羊。大鹏的力气大得很，它能抓起地面上的狐狸、狼。还有，它能帮我捉贼人。"

"这些小羊是给大鹏吃的吗？"

"不是，它是照看这些小羊不要让狼、狐狸，甚至大鹏抓走。"

"它会听你的？"

"它是我救活的。你可能不知道，野外环境残酷，如果食物不充足，大鹏的父母会选择抚养强壮的，抛弃弱小的。可能这只就是被抛弃的，我把它捧回家，给它喂食喂水，它不吃不喝，两天下来，已经奄奄一息了。我去求父亲。父亲告诉我一个办法，用芦苇根做成管，给它嘴里一滴滴地灌羊奶，才把它救活。它有灵性，属于天空，也懂得感恩。"

"大鹏是神鸟，传说混沌分时，天开于子，地辟于丑，人生于寅，天地再交合，万物尽皆生。万物有走兽飞禽，走兽以麒麟为之长，飞禽以凤凰为之长。那凤凰又得交合之气，育生孔雀、大鹏。"

"大鹏体型大，有神力，有金色的羽毛。"林虎飞停了一下，又说，"我喜欢大鹏，特别是它捕捉野狼时，从高空俯冲下来，依靠强劲的俯冲力，轻而易举地将爪子抓进狼的身体中，趁野狼回头的时候，伸出另一只爪子将野狼的眼抓瞎。这招在武林高手的决斗中也会被模仿。"

"您观看过武林高手的决斗？"

"哦，我是从书中看到的。"林虎飞淡然地说，"我去看看我的爱妾，她刚从外边回来。"

皇甫唯一与林虎飞作揖后，看着他的背影越发疑惑。

白天，黑夜，轮流做主。皇甫唯一坐在书房里，翻阅一些书籍，消磨时间。她坐在荷花亭亭的湖畔，看夕阳西下，看星辰出现，直至星斗满天。白天，黑夜，总有一个人的影子，在皇甫唯一的眼前闪现。这个人就是拓跋临风！思念如水，思念如火。皇甫唯一在水里浮沉，也在火里煎熬。

当皇甫唯一看到浓烟滚滚时，她第一次懂得，思念的火，不及山庄的火大。房屋在火焰中变了颜色和形状，皇甫唯一的马咬断了缰绳，奔向她的身边。

管家林雕指挥着大家灭火，林虎飞拉着皇甫唯一的手，奔赴书房，他转动了书桌上的一本造型不同的书，然后，一个幽暗的洞口出现了。

他说了一句话，比一场火更令皇甫唯一惊慌的一句话："皇甫唯一，你先走。"

"我……，你知道皇甫唯一？"

"救人当紧，来不及说……我只是择善而为……你快走吧。"

通道里的风，阴冷，皇甫唯一在冷风中，借着极其微弱的光线，快步前进，因为皇甫唯一的身后，跟着无数的人，他们都是庄主在大火中救出来的人。

一直走了两个时辰，终于走出藏兵洞，来到一片沙漠里。皇甫唯一在风沙弥漫中，等了三个时辰，终于看到一只大鹏从天边飞来，几匹马从天边跑过来，逐渐来到了她面前，是骑马赶来的庄主林虎飞，他满面风尘。

"原来庄主知道我！"皇甫唯一苦笑着。

庄主林虎飞眼睛看着远方，说："因为藏兵洞的缘故，这山庄从来就没有脱离过朝廷的视线。各位大臣也是各怀心机，与山庄礼尚往来。有人要你死，还有人要你活。择善而为，是家父的教导。"

"你为什么不绑我，去领赏？"

"我要去找我爱的女人。绑你？领赏？那不是我想要的。"

"庄主想要的是什么？"

"曾经想要获取功名，但是现在懂得，乱世之中，一将功成万骨枯，就不再去想了。"

"为何如此？"

"家父修藏兵洞，是听命于兵部某大人。可惜，那年，家父发现某大人对朝廷怀有二心，致使万人葬身沙漠，他老人家一夜之间，须发全白，不久就郁郁而终。某大人并未因家父永久的沉默而放弃他的阴谋。他派出飞贼，搜索机关，大都死于我的剑下。这次火灾，应该是他的阴谋。"

"谁在执行他的命令？"

"我的小妾。就是接你来山庄的那个女人。"

"哦，原来你是世事洞明。"

"也有糊涂时。"

"因为女飞贼？"

"嗯。只有她是个例外。"

"她现在在哪里？"

"在一座寺庙里，我会去找她的。我想和她共度余生。"

"祝愿庄主与她终成眷属。"

"向南走，你会走出沙漠的。"他向皇甫唯一挥别了，他的大鹏跟着他飞向远方。

十二　一道黑影闪过

　　皇甫唯一松了一口气，骑上马，向远处张望。北边是辽阔大草原，远处的骏马在低头吃草，悠闲的羊群像洁白的云朵，湛蓝的天空没有一丝云彩。草原上轻柔的风吹在脸上，多么温柔，像心爱的人的手掌。她闭着眼睛，想要这样的温柔多停留一会儿。马儿向南迈开步子。

　　有那么一会儿，皇甫唯一想要马儿向北而行。"向南走，你会走出沙漠的。"林虎飞的话在耳边回响。皇甫唯一仰头望天问道："北边天蓝地绿，我爱，但是却要我向南走，要穿过沙漠。为什么命运总是这样与我作对，我想要的都不给。我不想要的却是我必须经历的。"

　　天空又高又邈远，好像从来就没有听到过人心的呼喊。

　　皇甫唯一向南望去，绵延起伏的沙漠像沉睡的野兽，沙丘上数不清的纹痕，也许就是它绝美的长梦。八万精兵葬身沙海的画面在她的脑海里诡异地浮现，从未涉足沙漠的皇甫唯一却知道置身沙漠的危险。走在沙漠中，就是走在地狱的边缘。能不能越过沙漠，是个未知数，只有走过后才知道。她匆匆向南前行，在没有道路的沙漠里行走。

　　沙粒堆成的沙丘，又虚又软，马儿走得很吃力。走到一道高高的沙梁上，看到远处是苍茫的天边。继续向苍茫挺近，看到在那里隐隐约约有一座灰色的土墩。皇甫唯一把灰色的土墩视作沙海里的指示牌，指给马儿说："到那儿去，我们才能走出沙漠。"马儿好像听懂了她的话，坚定地向前走。

　　阳光直射下来，火辣辣地烤着细小的沙粒。皇甫唯一的眼睛里钻进了带着白刺的光芒，逐渐睁不开，眼泪也流了出来。远望沙漠呈现出一片白得刺眼的不实之景，没有一点风。她感觉到沙窝像瞬间揭开锅盖的锅一样，蒸汽一样的热浪直扑脸颊，灼烫的感觉如刀割般疼痛。

　　马儿黑曜石甩了甩头，脖子上不停地流着汗，步子迈得越来越慢。皇甫唯一感觉自己体内的水分慢慢地被沙漠榨取着，骨头也快要变成枯树枝了。

　　雨，来一场雨吧。她想。看着万里无云的天空，她想：风，来一点风吧。

　　啊，风来了，呼呼地刮过来，是刀从脸颊划过的感觉。瞬间，大风扬着沙子，眼前一片昏暗。风沙发出了震耳欲聋的怪叫声，现出了令人恐怖的狰狞面目。沙漠把人间变成了地狱。皇甫唯一想要飞身越过风沙，但是马儿怎么办。如果把马儿留在风沙里，那马儿也许会被埋在沙漠中，她再也找不到。

　　马儿黑曜石果然不是一般的马，很有灵性，它站在风中，一动不动，皇甫唯一跳下马，紧紧抱住马儿的脖子，任风沙一层一层地掩埋。

死就死吧，活着也是四处逃命。黄泉路上还有一匹马，也不孤单。一会儿，风沙掩埋到了她的半身，她的腿和腰陷在沙子里，不得动弹。

风停了，她还没来得及庆幸，就看到了几只狼在向她逼近。她想用功夫破沙而出，却发现自己已经浑身无力了。沙风不但抢劫了她身体里的水，也夺走了她的轻功。马儿发出绝望的嘶鸣。

随着一阵惊破长空的唳鸣，一只鸟飞过来了。

烈日，风沙，群狼，猎鹰，黑曜石，皇甫唯一心里想到死的瞬间，思绪万千。

那鸟扑棱着巨大的翅膀，扑向最前面的一只狼。那只狼发出一声嚎叫，一只眼睛已经被伤了，它在沙漠上滚几下，爬起来，转身带着狼群逃走了。皇甫唯一惊喜地发现这只鸟是林虎飞养的那只大鹏。

大鹏落下，用爪刨开了压在皇甫唯一腰部的沙子。皇甫唯一拖着沉重的腿，挣扎着爬出沙坑，发现大鹏爪上带着一个小袋。她取下小袋，袋里装着水袋和一张字条。她迫不及待地咕咚咕咚喝了起来，看见字条上写着"随大鹏来"几个字，她想，应该是林虎飞看到沙尘，想到了她的危险，派出大鹏接应她。

生死之间的救助，让皇甫唯一铭感五内，她的眼睛很痛，泪水和沙子都在眼睛里的感觉就是痛得无法形容。

皇甫唯一给马儿喝了几口水，把马儿身边的沙子刨开了一些，马儿黑曜石也爬出了沙坑。她对马儿说，跟着大鹏飞行的方向走，我在前面等你。然后她趴在大鹏的背上，被大鹏带到了那座灰色的土墩上。她咬破手指，用血给林虎飞捎来的字条写了一个字：谢！给大鹏套在爪上。大鹏飞起来了，绕着她转了一圈，好像在说保重，又好像给还行走在沙漠里的马儿示意方向，然后才飞走了。

从死亡线上飞回来，皇甫唯一看着沙漠边缘一些绿绿的小沙柳，还有零星的莎草顶着粉色的小花，她突然感觉到沙漠里的每一种生命都有一种无可替代的可贵品质，在人们目之所及处或者更辽远的地方熠熠生辉。

马儿黑曜石小小的影子还在顽强地跋涉着，皇甫唯一挪着脚步，来到一棵长得比较高大的沙柳树下，闭眼坐下，养精蓄锐。她竟然睡着了，她做了一个梦，梦里的她长着一双翅膀，在天空中欢快地翱翔，回到了自己的小村庄。她娘亲就在家门前，她一激动，醒来了。

太阳已经西斜，马儿走来的身影越来越清晰了。狂暴的沙漠又温顺得像梦里的大海。燥热也像浪潮一样退回到沙漠深处。皇甫唯一起身迈步，感觉到自己的脚步轻盈了许多。她跃下土墩，亲了亲马儿，牵着马向远处炊烟升起的地方走去。

路两边的小灌木渐渐多了起来，让人感到生机和活力，不远处散落着几处房屋，是一个在沙漠边的小村子。走进小村子，眼前再现如茵的碧草，飞翔的鸟儿，还有清澈的海子（湖泊）。饥渴难耐的马儿迫不及待地跑向海子，皇甫唯一也无暇顾及自己的形象，捧起清水就喝，感觉海子里的水是另样的甘甜，突然想起久渴不能喝得太快，会伤身体。她给水袋里灌了水后，又掬起水给自己洗了脸，然后把马儿拉到水里，给马儿清洗了全身。

夕阳已染红了半边天空，皇甫唯一回头看着不远处的茫茫沙漠，回想起八万精兵葬身沙海的往事，不仅为将士默哀，更是祈祷早点找出谋害他们的凶手，告慰英灵。

变幻莫测的沙漠被皇甫唯一甩在身后了，因为友人的爱心和大鹏非同一般的力量，将她从濒临死亡的边缘拉了回来。

晚霞把西天淋漓尽致地涂染了一遍，青砖白石砌成的客栈分外显眼。

店小二站在门前，把热情集中在脸部。

"客官，吃酒住宿，热水供应。"

"也好，上好的饲料给我的马儿。"皇甫唯一随着店小二踏进客栈，递给小二一块银子。

一群人围在一起，在摇骰子赌钱。

"又输了。"一红脸汉子叹气说，"要是能活捉皇甫唯一，我就发达了。"

皇甫唯一压了压帽檐，快步走过。

"皇甫唯一，何许人也？"走进房间，皇甫唯一装作饶有兴致的样子问店小二。

"哦，公子也想发财！到城门一看便知。"店小二看也不看粗布黑衫的皇甫唯一，顺溜地讲解，"'城门告示，皇甫唯一，女，盗取机密，叛逃在途，活捉此犯，赏翔宇城池一座。'画像里，那女子貌若天仙。"店小二故意咂着嘴巴，"世上哪有那么美丽的女人，可能是大夏王的梦吧。"

皇甫唯一回到自己的客房，取下男式的藤帽，卸下黑色的胡须，坐在半掩的木窗下听着他们笑谈：

"条条大路，红白两道，布下天罗地网，皇甫唯一自投罗网。"

皇甫唯一安静地梳洗，看着铜镜中容颜憔悴的自己。

发布告示的思路很清晰，先是男相。半年多过去了，没有讯息。大夏王调整了思路，再发一张告示，那是女相，并昭示天下，若能活捉此女，赏翔宇城。

翔宇城是大夏国的一座繁华城池，不但有盐、有水、有绫罗绸缎，还是大夏国盛产美女的地方。

江湖英雄豪杰闻风而动，一曰为国除害，二也更为自己。皇甫唯一明白，没有人会放过她。

"江湖动用最优良的飞鸽，最隐晦的暗语，最聪明的人，最快捷的马匹。"他们一边摇着骰子，一边议论。

皇甫唯一安静地饮食，平静地入睡。她想，与其心急如焚地焦虑，不如从容地应对。

在黎明前最黑暗的时刻，皇甫唯一醒了，对着小小的铜镜梳妆。在人们酣睡的时刻，皇甫唯一牵着马，借着夜色的掩护，离开了客栈。

走小路，避关口，风向南吹，皇甫唯一向南走。

在理想与现实的错位中，在痛感永恒的生死间，皇甫唯一只能选择彷徨在江湖的明争暗斗中。

在路的转折处，皇甫唯一总是忍不住回望一眼，离开统万国的打算渐上心头。

山重水复间，皇甫唯一的马突然长啸一声。在绊马索一紧一松地拉扯中，皇甫唯一连人带马栽进了沟渠。确实是真的。唉，是关云长在决石山被擒的套路，重复得没有新意。

几个人手忙脚乱地把皇甫唯一拽出沟，绑了，推推搡搡地来到了一座并非平凡的山寨前。

皇甫唯一看见寨堡依山顺势，北靠无定河，还可以听见哗哗的流水声。堡墙黄土夯筑，内置岩石。走上城堡，纤弱的芦苇在堡内丛生，北边的大沙漠无边无际。南面的崇山峻岭顶着天空。

"卞寨主，人已经捉回了。"

卞寨主眯起眼睛，一会儿看看画像，一会儿看看皇甫唯一。他的眼珠里黄色的纹路比胡萝卜芯的纹路还要多。

大厅温暖如春，墙边有岩石砌成的壁炉。壁炉里火焰熊熊，堡内暖意融融，皇甫唯一看着跳动的火焰在壁炉燃烧，豪放地笑谈："久仰寨主大名，今日得见，十分有幸。缚于寨主手下，心服口服。请寨主能给予快刑，让我死得痛快。"

"呵，我可不是奔着杀你而来的。"他说话的声音像猫头鹰的叫声一样，他的声音里飘着若有若无的腐草味。

"既然如此，请高抬贵手，放我离开。来日方长，此恩定当涌泉相报。"皇甫唯一看着他黄色的眼珠说。

"再装就没意思了。你应该知道你是换取一座城池的砝码！"他咧开嘴，狂放不已地笑着。皇甫唯一想捂住鼻子，因为她嗅到了更多的腐草味。

"那不一定会兑付。请寨主换一个方式思考问题。"在陌生而诡秘的江湖，皇甫唯一需要用虚构的面目混迹其中，将真实的皇甫唯一束之高阁。

"我虽不是如花似玉，但伴你左右，不会降损寨主的身份与地位。"皇甫唯一柔软的口气让她自己不适。

看着他似笑非笑的样子，皇甫唯一大着胆子继续试探："我愿意给你做妻为妾，为你生男育女，为你洗衣做饭，给你写词，为你歌舞。"

他依然似笑非笑："你说的是世间女子应做的事，与你我何关？"他坚定地说："我只要城池。"

皇甫唯一决定再补充和强调一下："世间女子能做到的，皇甫唯一都愿意为寨主去做！"

"你一个不能代替天下美人，可是我有了金钱与权势，我就可以拥有无数美人相陪，可以随意享有她们的青春与美貌。你一个人能比过她们吗？"他大笑起来，满嘴的黑牙一览无余。

这些都在皇甫唯一预料之中，后面就是皇甫唯一预料不到的。

"很好，叛徒，你看天网恢恢疏而不漏，你落在我的手里了。我会匡扶正义，让叛国贼不得好过！"他做了个手势，两个手持长矛的男子立即走向皇甫唯一，拽着皇甫唯一，把捆着她胳膊的绳子紧了紧。

皇甫唯一咬住嘴唇，很快就尝到了自己鲜血的滋味，有点咸。

皇甫唯一又饥又渴，她已经一整天没吃饭没喝水了。一个小喽啰推了皇甫唯一一把，皇甫唯一竟然一个趔趄跌倒在地。

"报告寨主，她的胳膊伤了。"小喽啰表情严肃地说。

"松一下绑胳膊的绳子，她跑不了。大夏王不会要一个死人，他要活的。"

小喽啰一言不发地把绳子放松了一指甲宽的缝隙。

"卞寨主，一队人马向我方行进，看旗帜图案，是钱庄主。"随着喽啰的报告，听见人声吵嚷。

"卞寨主，恭喜你发财了，兄弟我前来护送你去领赏。"钱庄主的声音像金属般响起来，"这也是个祸害，谁拿住她，谁就会成为江湖的焦点，也就是旋涡，也可能出现惊涛骇浪。"

卞寨主面露不悦："我的人手也多，能够压住风浪，多谢惦记！请钱庄主入座。"卞寨主指着皇甫唯一，对副手说，"把她带进后堂。"

"卞寨主，一队人马向我方向而来。"随着喽啰的又一次报告，再次听见人声吵嚷。

"卞寨主，恭喜你了，你发财了，兄弟我前来护送你去领赏。"

"寄人篱寨，守人规矩。"

"兄弟我担心你回来的路上，身上背着太多的金子，会遮挡太阳投在你身上的阳光。"

卞寨主声音怠慢："我的人手也多，一人一块还不够，只怕太阳晒焦了脊背呢。请罗大侠入座。"

"卞寨主，恭喜啊，听说你将担任翔宇城主，兄弟我前来讨杯酒喝。"

"请朱前辈入座。"

就这样，寨堂里侠士云集。

"承蒙各位厚爱，卞某我不胜荣幸。只是前去人马太多，目标太大，倘若惊动了官府，怕是你我空喜一场。不如比武切磋，胜出者代各位领赏。"是卞寨主的声音。

皇甫唯一挪到门后，隔着门缝往外看，看见卞寨主悠然地坐在桌前端着烟锅准备吸水烟。他的水烟丝锅子是用狼腿骨做杆身，在狼腿骨的大头，用黄铜做成的一颗黑豆一样大小的小窝，就是烟锅。在狼腿骨的小头安装一个玉石吸嘴。

只听一个声音高喊："青兰剑对雨花剑。"皇甫唯一看到卞寨主眼睛也没有抬一下，他专注地把水烟丝装进烟锅，然后先点着麻油灯，灯头摇着微小的火苗。他用细扦点烟，一尺长的细扦的一头捏在右手指间，一头在灯上一绕，细扦点着了。

皇甫唯一看见两个身着白衣的年轻人走上武场，互相点头示意后，随着各自的手臂伸伸缩缩，剑花流转，好似白兰醉摇雨花。卞寨主笑着摇摇头，收回左臂，点燃了水烟，烟头吱吱地响着。

他敏捷地移开细扦头上的火焰，把扦头撞在他面前的石头桌上的小磁石上，火焰熄灭。不到一刻钟的时间，一把青剑突然险象环生，好似青蛇暗走碧草之上，在皇甫唯一还没看清楚剑尖所向的刹那间，飞龙狂舞，至刚至柔，一人被刺伤在地。

"青兰剑胜出。"卞寨主宣布。他吸一口玉石吸嘴里的烟味，好像吃了一块麦糖一样，眯一下眼睛，回味糖的醇香，然后睁开眼睛，把水烟锅子反扣在石头上磕一下，里面的烟灰抱在一起，掉在地上，散开。

"古阳剑对残雪剑"的声音还未散开，身着玄色短风衣的男子飞向武场，随后一个头戴苍巾的中年汉子也飞向武场。玄衣人手握一把光芒四射的剑，随着他身影晃动，那刺眼的光源源不断地射向中年汉子的双眼。中年人大喊"卑鄙"，拉下苍巾，遮住双眼，持剑不动。卞寨主随手捏了几根烟丝，按进了烟锅。

玄衣人双臂一展，苍鹰一样飞向高处，凌空持剑，直取中年人的头颅。中年人听风摆头，一把白剑直直刺向上空，玄衣者躲闪不及，红色的鲜血洒向空中。卞寨主的手在点烟，嘴在吸烟，眼睛却看着武场，"残雪剑胜出。"他磕掉烟灰，声音穿过场下哗然的人群。

"判官笔对描金扇，马上开始！"那边刚把受伤的玄衣人抬下去，这边一位秀才装扮的人左手握一枝大毛笔似的武器，跃上武场。他像写字一样一笔一画地运功，对手也不示弱，拿着一把金丝钩织的扇子，左右阻挡，伺机进攻。

那秀才写的不是诗情画意，寒气凝练的冰针从笔下飞出，暗器一样刺过扇子。对手步走连环，绕过冰针，刺向秀才。只听"看招"一声尖喝，扇子变成一只鹞子啄瞎了秀才的一只眼睛。秀才喊了一声"去死吧"，手里的笔写出一地冰雪，对手瞬间被凝固，器官由僵硬变衰竭。

卞寨主站起身宣布"判官笔胜出"后，他又捏一点烟丝装进烟锅，落座，点烟。

"九阳功对一指禅，九阳功先清理场上的极冰。"黄布衣男子跳上武场的过程中，场上的极冰变化奇诡，先是如白鸽起飞，武场一片惊呼；然后变作晚霞灿烂夺目。皇甫唯一也感觉到一股奇妙的温度。"慢着！"一声如雷，整个武场摇了一摇，好似地震发生。一个头顶乌发的矮子对着晚霞伸出食指一点，一只白虎从晚霞中钻出，张开血盆大口扑向黄布衣。黄布衣双手一推，一团红火挡住白虎的来路。白虎一声长啸，一片森林出现在大家面前。白虎遁入森林，留下矮子站在黄布衣的面前。

卞寨主宣布"九阳功胜出"，一团烟灰在他的脚下扑朔迷离。"还有要比试比试的吗？"他的眼神也扑朔迷离。

"还有，是月牙钩对摘星手。"有人汇报给卞寨主。"各位英雄侠士，不要因为一座城池伤了平日的和气，为人做侠士，人品为上，身手其次。"卞寨主声若洪钟，保证在场的每一个人都能听清楚他的话。

只有手持月牙钩的人好像没有听到这些，皇甫唯一没有看清他是怎样走上武场的，只看见他手里的月牙钩呈现出一抹绝世惊悚的凄美，啊，有一个女人自他的武器中出现，来历不明的女人口里念着"大漠高空秋雁飞"，还没站到武场的对手已经被雁群驮向南方。

"等等，正式比试还没有开始。"卞寨主说道，向远远的雁群吹了一口烟，那些雁群就无影无踪了。摘星手向卞寨主抱拳施礼，然后，像是晕乎乎的样子，蹒跚着走上武场。只听咕咚一声，他好像掉进了地窖。

有人惊呼"有诈"，接着，只见整个寨堂之上一片黑暗，什么惊涛拍岸，白虹贯日，平地惊雷，力劈华山等，各种招式层出不穷，在皇甫唯一听得脑洞大开之际，一个手掌在皇甫唯一的肩上拍了一下。

皇甫唯一回头，看见一道黑影闪过，如燕子般从窗口飞出。

皇甫唯一发现绑在自己手上的绳索都已割断在地。她悄悄溜出，心里暗想：这个黑衣人与红衣女子有联系吗？会不会是那个为了救助我而扎伤黑曜石的那个人？

一出门，便是一个银装素裹的世界，原来下雪了。雪地上有一行脚印，她跟着脚印走，转过山路，看到了自己的马。她翻身上马，提缰催马。黑曜石的马蹄在雪地上发出咯吱咯吱的声响，打破了原有的寂静。也许因为雪，所有的人都钻在暖和的屋里。好在山里没有风，声音传不了多远。看着那一条窄窄的雪路，她也顾不上考虑，只是催马快速前进。路边的河道已经结冰，白冰的下面有水流的响声。

顺着河道边的山路，走出了十来里路，皇甫唯一也没有听到人声呼喊，便放慢速度，悠然前行。抬头远眺，天空深邃，白雪皑皑的对面山头上，几棵覆雪青松傲然挺立。最好看的还是山坡上的雾凇。一棵棵挺拔的树，一株株矮小的草，披着晶莹剔透的白，如同冰雕玉砌一样圣洁。路边的杨柳宛若玉枝垂挂，簇簇松针恰似银菊怒放，片片翠柏犹如冰雕玉砌，皇甫唯一感到自己走进了世外仙境。

太阳在头顶上洒下灼热的光，雪没有融化，只是让河道里的雪显得更白了。皇甫唯一脸颊忽然有种冰冻的感觉。一些圆石在雪地里像一个个大大小小的馒头。饥饿的感觉让她才想起两天时间自己滴水未进。

好不容易爬上了一面山坡，远眺，白雪包裹着群山，远处的村落若隐若现。皇甫唯一继续在静寂的雪山中行走。

一个人影从眼前飞过，嘴里发出急促的喘息声，皇甫唯一看到他腰间挂着一个小袋，沉甸甸的，应该是银元宝吧。他穿着褐色的上衣，戴着面具，后面紧跟着一个穿灰色大氅的人，身后的人蒙面持刀，身高七尺多，紧随褐衣人如行云流水一般穿行。看来身着灰色大衣的人要抢财物吧。

褐衣人没有回头，他加快速度，看样子想要飞进前面的一座古庙。但是灰衣人越过他的左侧，拦在他面前。褐衣人立即出招。因为他已经感觉到灰衣人身上释放出了一种危险的杀气。他若不出招，灰衣人一定先下手为强，夺走他的宝物。

天下武功唯快不破，褐衣人把沉甸甸的袋子丢在地上，灰衣人直接扑向袋子。褐衣人则直击灰衣人咽喉，想用一招锁喉制服对方。灰衣人并非平庸之辈，他看见褐衣人伸过来了亮闪闪的快刀，立即改变方向，躲过褐衣人的尖刀，转头使出自己的狠招，要把利刀插进褐衣人的胸膛。

褐衣人向上轻轻一跃，躲过灰衣人的利刀，就势踩在灰衣人的刀背上，使劲压下灰衣人的手腕。灰衣人仗着自己的身型比褐衣人大一点的优势，摆了一下身子，就把褐衣人从刀背上甩了下来，随即就用刀尖刺褐衣人的咽喉。褐衣人伸出利刀挡住灰衣人的利刃，死死磕着。看来灰衣人也是久经战场的老手，此时的他一动不动，蓄精养锐。只要他一动，无论发出什么招式，都可能为对方制造出手的机会，他就会转为下风。

惨白的天空下，还有凛冽的风在呼啸。两个人在暗暗较劲，一灰一褐。他俩的身型差不多，他俩的力量差不多，他俩的武器装备也差不多，现在拼的是体力。褐衣人靠单只脚使劲，体力不及，脚下一松，灰衣人乘机砍向他的头部。褐衣人低头躲避，灰衣人一脚踹翻了他，踩着他的腹部，眼看就要用利刀刺中他的腹部。

褐衣人两只脚猛蹬灰衣人，极力挣扎，却被灰衣人死死地压制着。褐衣人的体力越来越弱，两只脚也好像没有了力气。灰衣人得意地刺了一刀，褐衣人的血液飞溅出，瞬间掩住了微弱的光。

皇甫唯一忍不住发出"嘘"的一声。听到声音后，灰衣人扭头看了一下，褐衣人猛地一蹬，一个鲤鱼打挺，凌空而起，把愣住的灰衣人打翻在地，整个身子全扑上去，用全身的力量压在灰衣人的身上，拼力地狠刺灰衣人的咽喉……灰衣人倒下了，不再动弹了。

皇甫唯一松了一口气，好像自己就是刚刚搏斗过的褐衣人。

"他为啥要杀你？"皇甫唯一没有靠前，原地不动地问。

"谢，你，声音救了我……"褐衣人躺在地上，"他抢元宝。"

"到底银子是谁的？"皇甫唯一看着他腿上不住流淌的血问，"要不要给你包扎一下？"

"我自己来，袋子里有绑带，请你给我找一下。"

皇甫唯一打开袋子，圆鼓鼓的银元宝发出诱人的光芒。一条布带缩在银子中间。她拽出布带，递给褐衣人："你是？"

褐衣人一边包扎，一边慢慢地说："你骑的这匹马我认识，你也是拓跋将军派出来的吧，他派我执行一个任务，你应该是也有任务吧？"

"原来你是拓跋将军的人。"皇甫唯一差一点就要问拓跋临风的近况了，突然想起军纪不许这样，咽下问句，感觉自己的声音在前面飘着。

"我饿了，两天没吃上一口饭。前面古庙是我临时的落脚点，虽然简陋，还可以煮一碗粥，你若不急着赶路，就一块儿煮粥吃一点。"

"好，我煮粥，我也饿了。"皇甫唯一随褐衣人来到古庙，在他的指导下，生火，烧水，下米，热腾腾的水汽冒出来了，褐衣人闭着眼睛，好像睡着了。皇甫唯一也乘机闭目养神，这几天实在困顿，这样睡着感觉消除了不少疲惫。

"你应该知道，从这里出发，一天的路程，就到了南凉国都城，要多加小心，这里也时有他们的奸细和士兵出没。"喝过粥，作别时，褐衣人认真地说。她决定催马前进，出国界，到南凉国生活，躲避杀杀打打的日子。

十三　羊脂玉，雕刻半生

蜘蛛小心翼翼地爬进屋檐，皇甫唯一小心翼翼地牵出马，晚霞小心翼翼地藏在山坳。马儿磨蹭着皇甫唯一的脸颊，依依不舍这四个字不能完全表达出皇甫唯一的心情。皇甫唯一伸手抚摸着黑曜石的嘴和鬃毛。皇甫唯一看到它眼睛里的自己，是那么的渺小。她亲吻了一下黑曜石的眼睛，看到泪水从黑曜石的眼眶里流出来，她忍不住地哭泣着，将它的缰绳交给了急得跺脚的买家。

皇甫唯一不敢回头，她擦拭着自己脸颊上大颗大颗的泪珠，大步奔向夜幕低垂的城墙。因为一路走来，耳边关于南凉国王后徐漪月的美名频频出现，她贤淑无双的美谈妇孺皆知。

皇甫唯一决定在徐王后身边谋一差事，一来解仰慕之情，二来彻底躲开大夏王的追捕。

千辛万苦，躲过层层追捕，皇甫唯一来到了南凉国王宫附近。看着守卫严密的宫殿，皇甫唯一飞过宫檐，藏进一个房间。躲在帷幔和墙体之间，屏气敛息。

阵阵清香袭来，那是梨花的香味。对于皎皎梨花，皇甫唯一有着最美好的记忆。它是所有花中最皎洁的花朵。皇甫唯一这样认为，她忍不住透过帷幔的缝隙看出去。

一颗羊脂白玉雕刻的白菜平放在房中央，玉光幽幽地环绕着白玉本身。玉白菜很大，约有四尺长，两尺高，使屋子显得幽雅、宁静。

立柜上挂着几只红玛瑙雕刻的鹦鹉，它们的翅膀展开，好像在自由地飞翔着。窗户下面摆着一张黄花梨木桌，桌上立着一件岫玉雕刻的笔架，笔架上搁置着两支北极狼毫制成的毛笔，好像曾经写出了凛冽的风雪。

一阵窸窸窣窣的脚步声传来，几个女子抬着一桶水，簇拥着一个肤色雪白的女子出现在门口，然后移动至屋后角。随着她们的身影，皇甫唯一看见屋角立着一个紫檀色的沐浴桶。

一个女子左手掌里端着一盒花瓣，右手臂优美地一扬，随着一个弧形划过，白色的花瓣纷纷飘落，落进沐浴桶。

另一个女子把冒着白色热气的水，一瓢一瓢地舀进沐浴桶。花瓣在一次次的冲刷中，蜷缩着的脸庞开始舒展。幽幽的香气一波波地荡漾着，逐渐弥漫开来，充盈着屋子的每一个角落。

热气氤氲，空气清香。皇甫唯一绷紧的神经放松下来。她心想，自己也应该洗个澡，然后美美地睡一觉。

"你们回去吧，不用伺候了。"

肌肤如雪的女子语轻如风，几个女子应声而退。

屋里安静了，只有如丝如缕的香气静静地飘散。

面色苍白的女子不紧不慢地卸去首饰，皇甫唯一发现她的屋里没有镜子。

宽衣解带后，她玲珑剔透的身体，犹如一件巧夺天工的工艺品，应该是上苍最满意的作品吧。皇甫唯一想。

转眼，她木然地坐进桶里，却不搓洗，只是捡起水面上漂浮的花朵，怔怔地看着。

"许素颜迎接，凉王驾到！"随着故意高扬的声调，沉重有力的脚步声自远而近。

这个女子应是许素颜，来者自是南凉王。皇甫唯一暗忖之间，许素颜已经从水中走出，穿衣合扣。

皇甫唯一看见她白皙修长的手指微微颤抖，脸庞上的神情多了惶然。

"门外候着！"南凉王一边声若洪钟地命令着随从，一边昂首阔步踏进屋内。

一双阴冷的小眼睛闪着令人惊颤的寒光，是他最显著的特征。

他径直提了许素颜，大跨两步，将她放在了床上。接着，不是亲吻，而是襟带被撕扯，衣衫在飞落。被剥了衣衫的许素颜犹如一只受惊吓的小猫蜷曲着身体，忽而被强有力的手臂拉开，南凉王的身体像山体崩塌一样掩埋了许素颜。

剧烈的动作和声音，在屋子里交织盘旋。皇甫唯一闭着眼睛，仰靠墙体，脑中一片混乱。

仿佛从黑夜到白天，壮烈的战争结束了。皇甫唯一睁开眼睛，看见疲倦了的南凉王脸色有了些许柔和，只见他整理好衣冠匆匆离去。

许素颜面色更加苍白，趴在床头，呕吐不已。

"做人要识体。凉王宠幸你，你嫌弃王？"

一妇人捧着华丽的衣服，一边进门一边责问。

"不是，不是嫌弃。"许素颜竭力回答，声音像断了线的帘珠，纷纷坠落，声音里藏着恐惧。

"哦，是吗？"妇人反唇相讥，"每次凉王来过后，你为什么就矫情地吐个不停？"

"……"许素颜微弱的声音寻不到踪迹。

妇人看了一眼继续发呕的许素颜，像做出最合理的解释一样笃定，说道："你不是怀孕。是因为你不爱王，所以才这样！"

"不是，不是……"许素颜的回答像是无力的自白。

妇人把盘子上的衣服放在床头，看了一眼凌乱的床被。愤愤说道："凉王多么爱你，后宫中赏赐给你的衣服是最多最好的。这个王宫，我还没看见凉王亲自安排给哪位娘娘一天一套衣服。你才不过一个刚进宫的女子，就这样要王操心了！"

许素颜低下了头，一只蝴蝶落在她的面前，仰头看着她眼里的深渊。

"爱？凉王爱许素颜，怎么可能？"皇甫唯一心里自问。

难道爱情就是刚才那个过程？没有抚摸，没有温存，也没有低声软语。只有肉体碰撞，留下的只能是伤痛和怨恨。这怎么会是温情款款的爱情呢？皇甫唯一立即否定了妇人的说法。

"王每天都爱你一次。三宫六院多少嫔妃，都被冷落在宫中，只有你热闹着。你的命都是王救的。你怎么能这样不知天高地厚呢？"

妇人有些激动，声色俱厉。

许素颜怔怔看着蝴蝶，那只蝴蝶展开天鹅绒般的黑色前翅，金黄色的后翅配着靓丽的斑纹，好像一个衣衫高贵的翩然公子。皇甫唯一逆着光，看见大蝴蝶的后翅，发出了灿烂的光芒。阳光在悄悄移动，蝴蝶在青、绿、紫色中不断变幻，好像在给许素颜讲述一个彩色的梦。

"康监管大人，据密探来报，刚才有一男子消失在太和宫中。"门外有守卫朗声汇报。

"搜，太和宫中拉网严查，所有岗哨再加一倍。"

妇人随即命令，然后匆忙离去。皇甫唯一飞身而起，悬在屋梁上，待人声远去，从天窗悄悄飞出。

皇甫唯一乔装一番，加之面色白皙，符合净身男子的特征。

皇甫唯一用自己心爱的马匹换取的银两搭桥铺路，终于见到了康监管大人。她准许皇甫唯一做一名男侍从。

她说，谁也不愿意服侍没有笑颜的许姑娘，所以才按照南凉王的命令四处招人。皇甫唯一只能服侍许素颜，再无他用。当然，为了便于服侍，自然可以在宫墙之内自由走动。

皇甫唯一听了心中一动。

皇甫唯一发现自己现在最想看见的人是许姑娘，而不是王后。

"嫁与东风，春不管，凭尔去，忍缱绻。"桌上的一行诗句，字体娟秀，落笔沉重。皇甫唯一感到一种哀怨在许素颜的房间缓缓沉淀。

皇甫唯一退出房间。

竹影参差，苔痕浓淡不匀。许素颜坐在竹林里，身上的新衣闪着华贵的光芒。皇甫唯一知道南凉王对她的暴行并未间断。

"姑娘好静，却让我难找。"皇甫唯一捏着嗓子找话。

她安静着，并不接话。

"人们都传说凉王英武神威，救姑娘于危难之际。"趁着端茶递水的空儿，皇甫唯一搭讪着。

"是的，我心怀感恩，思谋报答。"

"匪人狼子野心，无仇无恨，竟残害姑娘。"

"至今，我也想不明白，家父只有一官半职，深居简出，怎么会有强敌加害呢？"

"是否因姑娘而起？"

"不会，我只见过黄蓝颜一家人。那日，是我与他成婚之日……"微笑在她的脸上一闪而逝。

皇甫唯一想，那千媚百娇的笑容一定是给黄蓝颜的。

"那么多人扬着明晃晃的刀，那么多人那么多血……"许素颜声音颤抖，两手绞着丝绢，不停地撕着。绢子被撕裂，一条一条地松散而落，她浑然不觉。

"为什么不杀我啊！死了就好了。"

是啊，为什么不杀呢？

可以想象，也不言而喻——许素颜的身上凤冠霞帔，一定更加衬托她沉鱼落雁之容。匪人可能是见色起意，遂刀下留人。

接着，捆绑于马上，喜形于色而行。

谁曾料到，南凉王正路过此处，见此情景，抡起大刀，杀得匪徒人仰马翻，解救姑娘来到了王宫。

许姑娘惨遭横事，亲人遇害，她惊魂未定，千恩万谢的话语未及时说给南凉王他们听。

按照安排，伤心欲绝的她机械地洗漱更衣饮食。

南凉王看见面前的许素颜犹如芙蓉出水，激起了他的占有之心。君王霸道，他不顾许素颜的挣扎与哭泣，享受他一个人的快乐。

这对于许素颜来说，是刚脱狼群，又落虎口，还欠下救命之情。

她心不甘情不愿。因为她要嫁的人是黄蓝颜。

一天之内，她的世界几次颠覆。她不知去恨谁。

她与南凉王的隔阂如墙而起，她的挣扎反抗只能增加她被伤害的次数。她终于明白她流落在宫墙里，已身不由己。

宫墙之内的王后妃子，眼见南凉王身边又多了一个绝色女子，相当于多了一个强有力的竞争对手，自然是不约而同地群起而攻之。而许素颜不识时势，面露悲戚，恰好被当作一个证据来回论证。

不几日，王宫上下，揪着她忘恩负义这一确凿证据，指责她的话语如暗器如飞针，她躲不过明枪，更躲不过暗箭，只能承受万箭穿心的痛楚。

月黑风高，皇甫唯一静卧在床。

自幼习武的直觉告诉皇甫唯一，宫墙之内，异动不断。她侧耳倾听后，起身静观，看到一个黑影子，她悄悄追过去。黑衣人蒙着面，皇甫唯一看不清他的五官相貌。她想：这是不是在卞寨主那儿割断绑在她手臂上的绳索的黑衣人？还是在沙地"杏花店"附近，扎马救她的黑衣人？不论是哪一个，都是她今晚要跟踪的目标人物。

皇甫唯一如翼在身，轻盈无声。她喜欢飞檐走壁的感觉，她也喜欢飞翔的感觉，因为没有人能超过她的速度。

目标人物落在贤德殿上，掀砖揭瓦后，探身而下。贤德殿内住着的应是贤德徐王后。皇甫唯一轻轻蹲下，殿内一目了然。

殿中立着一块与人等高的小乔照过的铜镜，紧挨着是一块黑曜石桌，桌上立着一块相似女娲娘娘的补天石。旁边摆着妲己用过的金花盘，盘内盛着东海的龙头骨。

在金碧辉映的灯柱上，几盏红灯高照殿内。胜者为王的气氛凌驾一切。在祥龙戏凤的床榻上，半倚半躺的贤德王后坐起身来。一件孔雀绒毛做的雀金裘披在她身上，锦绣衣着衬托出她身份的高贵。还有耀眼的金凤头钗，莹光亮眼的水晶步摇，装饰着她平凡的五官。

目标人物熟练地换下夜行衣，一个成熟稳重的男子出现在皇甫唯一眼下。他不但高大英俊，而且肌肤白净。

"许素颜的消息已传到黄蓝颜那边，他正着急招人买马。"汇报者话音铿锵有力。

"确定无疑？"贤德王后神色机警地发问。

"王后放心。许素颜的事也安排妥当了。"厚重的声音来自深厚的内功。

"越快越好，夜长梦多。"徐王后沉吟片刻，"调动河西军马借与黄蓝颜。"

烛光影摇，王后递过调兵符。目标人物跨前一步接过，扣于腰间后，揽徐王后入怀，狂吻不已。

他们要行动了，下一步是什么呢？皇甫唯一百思不得其解。

"今天，给许姑娘送的饭菜里有头发丝。"皇甫唯一本着善解人意的目的去提醒宫厨主管。

"怎么啦？她不吃？不吃就不吃，谁怕她！"主管满嘴里跑着一个大舌头，说起话来却嚓嚓而过，像剪刀剪过布匹，不分里外。

"拜托你有点本分操守，好不好。"皇甫唯一强调了一下。

"本分，我就是为王宫的狗做饭也不想给她做饭。"他肥胖的大嘴说出的话有风暴扬沙的功效。

"你与她有冤有仇？"皇甫唯一有些惊讶地问道。

"要是那样，我早毒死她了。反正她死了也没人追根刨底。"

"哦，你就是杀了她，也不碍一点事？！"皇甫唯一反问。

"王宫里谁不知道王后不会让她活着。我们谁也不愿意伺候她，只有你这个傻子才忠心耿耿地伺候她这个没用的人。"

"她怎么就是没用的人了？"

"王宫里，她没名没分，没权没钱，给不了我们一点恩惠。我喂狗，为的是它不向我龇牙。我伺候她有啥用，反正她不会骂人，也不会打人。我们不怕她！"

"看你长得敦敦实实，一脸憨厚，我以为你慈眉善目呢。原来你心里的算盘拨得哗啦啦的啊。许姑娘你当然不用怕，但是你就不怕算计得太清，算尽了你的性命。"皇甫唯一看着他突起的金鱼眼睛狠狠地说完，转身离开。

身后传来他高八度的声音："这个王宫的人都这样，我这样，有什么不对？"

上苍，你赋予人的怜悯之情被嫉恨和势利蒙蔽了。

这些人，这个王宫的人都是这么可怕的人吗？自私自利让他们丧失了起码的分辨是非之心。

皇甫唯一不要看见这样的人。

皇甫唯一躲在白底黑字最多的房间，心里一片苍凉。只有静止不动的文字，它们在纷飞的流言蜚语中，依然如故。

徐王后特别恩准，许素颜可以出宫到疏属山西边祭奠死去的亲人。

站在疏属山上看去，无定河潺潺流淌，大理河水绕山而行。这是一座古老的山，《山海经》中记载了疏属山的名字。

传说扶苏在城南驻守，接到赐死诏书时，面壁自哭，呜咽声直至石壁高处，高崖动容，一脉清泉自此喷涌而出，人称"呜咽泉"。疏属山就是秦太子扶苏的归宿之地。

皇甫唯一站在扶苏墓前，祭拜忠良，心里想，赐死诏书能送到守卫边关的大秦太子扶苏面前，赵高固然该死，丞相李斯更该千刀万剐。事实上李斯也是不得好死，被腰斩。那可是最泯灭人性的一种酷刑。

疏属山上有扶苏，无定河水洗冤情。

许素颜来到亲人墓前，长跪不起，泪落如雨。不远处有几棵梨树，花事正浓，枝头立着一朵朵皎洁无瑕的花朵，片片轻云在天空漫卷着。花开亦谢落难寻，花下哭晕许素颜。

皇甫唯一站在树丛中，潜然泪下。她们都是旷野中泪水长流的女子。许素颜因为亲人都已死去，既无依无靠，又不能报仇雪恨。

皇甫唯一多么想救她于水火之中。可是，皇甫唯一能带她走出王宫吗？就算是逃出去，又能到哪里安身立命呢？

一只蝴蝶飞来，落在许素颜的面前，好像在凝望着她的眼睛。许素颜看到了蝴蝶，脸上有了惊讶的表情，低声细语地问道："蝴蝶，你认识我吗？"

皇甫唯一看到了蝴蝶，很大的蝴蝶，有一只小鸟那么大，黑色的前翅，黄色的后翅，与那次在许素颜屋里见的蝴蝶相似。

皇甫唯一心里一惊，立即走过去扶起许素颜。"蝴蝶也能认识你？沉鱼落雁，应该再加一个：沉鱼落雁识蝶。"

"有情人也能变成蝴蝶，上辈人就有这样的传说的。"许素颜怔怔地说。

"那是传说，祝家庄的祝员外之女祝英台，女扮男装去求学，与寒门书生梁山伯同窗三载，感情深挚。当两人分别时，祝英台心生爱慕，多次暗示自己是女子，可梁山伯始终不知。一年后，梁山伯知情，往祝家求婚，此时，祝父已将女许婚太守之子。梁祝二人楼台相会之后，梁山伯抱病归家，病亡。"

"祝英台出嫁那天，坐着花轿绕道至梁山伯坟前祭奠，哭声震天，引来惊雷裂墓，英台跳入坟墓。梁祝遂化成一对彩蝶从坟墓中飞出，所经之处，花儿怒放。"许素颜说罢，大声痛哭。

那只蝴蝶好像不忍心听许素颜的哭声，逃也似的飞走了。

皇甫唯一看着她哭累了，清清嗓子，郑重安慰："姑娘节哀顺变，保重身体才是正事。"

"怎样才是顺变？"她有气无力地问皇甫唯一。

"顺从生死的变化。"

"那么身体呢？是用来埋藏难以形容的悲哀，还是用来盛放从不诉说的孤独？"她歇了一会儿，时间缓缓流动，只听她轻轻地叹息："什么是正事？是家事国事天下事，还是落在织锦上的事情？"

"譬如扶苏守边，就是正事；譬如，姑娘节哀，就是正事。"

远去的蝴蝶缥缈如纱。皇甫唯一想，必须中断这种谈话。皇甫唯一抬头看天空。

月瘦如钩，挂在暮色沉沉的天边，似有若无。仿佛黄蓝颜，是许素颜生命里似有若无的月亮，总会出现在她的天空里。

一个沉重的木箱从许素颜的床下抬出。"打开木箱！"徐王后命令道。

木箱被打开了，耀眼的珠光宝气让在场的人眼睛发亮。

南凉王火冒三丈，一把拽起许素颜说："你怎么会这样？"接着，扬起宽大的手掌，重重地落在许素颜的脸上。

只听"啪"的一声响，许素颜的脸上赫然现出一块红色掌印。

"打人不打脸，这样做会伤了她的情面。"徐王后阴阳怪气地责怪道。

南凉王深情地看了一眼徐王后，一腔怒火渐渐平息。

"臣妾怎么会冤枉一个无名无分的女子！"徐王后心平气和地说。

"这个女子真是卑贱。"南凉王目光如剑，锋利地划过许素颜白皙的脸庞。

"臣妾担心君王的安全，夜不能寐。"徐王后深情款款地诉说道，"她倒好，不记王待她的千般恩宠，反倒盗窃金银，输送与她的奸夫，用于购买军马，扰乱朝纲。"

南凉王的眼睛慢慢变圆，逐渐由圆变凸，冒着火电："有谁能做证？"

平日里服侍许素颜的几个女子一排溜地站了出来，齐声答道："我见过。"然后，详细说出：某日某时与一男子相见，某日某时与一男子偷盗，某日某时偷运出宫……

"你们这是在干什么呀？是在诬陷！你们要做赵高和李斯吗？"皇甫唯一大声喊道。

那几个女子若无其事地看着皇甫唯一，不予理睬。

"这里不是秦朝，她们也不是阉人，这里没有李斯，更没有赵高！"徐王后对皇甫唯一怒目而视，"这里有你什么事？你一个阉人，不知道人微言轻是什么意思啊?！"

南凉王拍了拍自己的额头，沉思良久，踱到不堪一击的许素颜面前，压低声音："你是被冤枉的，你要做扶苏，还是蒙恬？可是他们都是秦朝的王公贵族，对吗？"显得宽宏大量。

徐王后厉声喝道："许素颜，你不要抵赖，现在人证物证都已齐全！"

"是的，"许素颜目光扫过在场的每一个，"我承认，她们所言句句属实。"她垂下眼帘，一字一顿地说道："我爱的人是黄蓝颜。我知罪。请君王发落。"

"七日后斩，尸首挂于城门，引以为戒！"徐王后斩钉截铁地命令。

"本女子领罪，永不后悔！"柔弱的许素颜，朗声答道，有着解脱后的轻松。

皇甫唯一身着黑衣，面蒙黑纱，头戴乌巾。在皎洁的月光下，只有手上紧握的匕首寒光闪闪。

不需要怎样躲躲藏藏。

今夜，许素颜的事情让整个王宫沸腾了。王宫里上上下下的人都在责骂许素颜的无耻与下作。

大家都心甘情愿地想去替南凉王杀了这个不知廉耻的小贱人。他们搁下了平日里的积怨，同仇敌忾，一门心思探讨着，应该选用怎样的酷刑杀死许素颜。至少是不能让她死得那么容易，蛇咬、蝎蜇、然后再赐鸩酒、白绫，还是车裂、腰斩……

大家义愤填膺，一致认为，只有这样才能平息众怒，法纪才得以公正，正义才得以伸张。

那些平日里锦衣玉食的嫔妃，更是扬眉吐气，一个个仿佛是中了皇榜。还有那些八面玲珑的大小太监们，翘首以待的就是褒奖与升迁。

女人对美貌的嫉恨与男人对权力的嫉恨是同宗同源的，力道是撼人的。

皇甫唯一悄悄地溜进了翠莲的寝室。

皇甫唯一的匕首在翠莲的面前扬了扬，她的目光与月下的匕首一样闪着寒冷的光芒。

　　"为什么说谎？"皇甫唯一愤愤不平地发问。

　　"是你让我这样说的。"

　　"我？"

　　"前天夜里，你传达徐王后的意旨，要我这么说，我没有说错啊。"她惊恐地回答。

　　"愚笨的女子，你以为天下只有一人会身穿夜行衣？"皇甫唯一狠狠地推了她一下，转身离开。

　　皇甫唯一进了翠花的房间。

　　"为什么要害许素颜？"

　　"不知道。"

　　"既然不知道，怎么能做证呢？"

　　"为了不被杀死。王宫的人都知道只要按照徐王后的意思做事，就有实惠的银子赏赐。否则，就是死路一条。以前的翠梅、红袖就是因为不按照徐王后的意思做事，才被杀死的。"

　　"你骗了南凉王，他会杀了你。"

　　"他不会知道真相的。王宫的人都听徐王后的。没有人为他会置生死于不顾。再说，他相信徐王后，他一直以为徐王后的话语，句句都是金玉良言。"

十四　幽灵之花的真相

真相，真相在哪里？

云遮雾绕的是哪一桩端倪，深藏不露的是哪一副尊容？

太阳有气无力地沉睡在山后。在水墨一样的夜色里，迷惘从皇甫唯一的心底掠过，在深浅不一的黑夜里荡漾而去。静谧的山谷吹来一阵轻风，王宫四周的虫鸣此起彼伏，皇甫唯一抬头看着那无垠的星海，恨不得请求星星帮助她看清事实的真相。

许素颜是被人陷害的，至少不能让她在屈辱中死亡。皇甫唯一要救她的想法像草原里的星火，慢慢点燃了自己的斗志。"栽赃许素颜的手法是如此令人不齿，如果不把这个冤案查清楚，不能还许素颜一个清白，让她含冤去了，那我就是李斯的影子，罪恶感会一直陪伴我，我不会原谅自己。"皇甫唯一在夜色中说给星空听。

星空平静，好像在默许她的想法。皇甫唯一热血沸腾，但不能让人有所察觉。夜色抹黑了人们的世界，皇甫唯一相信魔鬼会出现在黑夜里，并且会肆无忌惮地行动。她在寻找魔鬼的身影。

她看到了长着眼睛的植物，是"幽灵之花"在王宫里一些不见阳光的角落里闪耀！月光在这里破云而出，抚慰着"幽灵之花"。皇甫唯一瞬间感到眼前的世界好神奇，她走在如梦如幻中，而"幽灵之花"宛如一位纯洁无瑕的仙女，羞答答地垂着头。

"不，不要，我不要许素颜死亡！"皇甫唯一对着夜空中明亮的太白金星说。

"死亡要谁就是谁，你没有选择。"一个幽幽的声音借助深厚的内功自远处传过来。

皇甫唯一心中一怔，这声音与她在贤德殿上看见的目标人物的声音相似。她循声音看去，只见一道黑影压了过来。皇甫唯一指着"幽灵之花"，恨恨地对着蒙面的黑衣人说："传说看见此花，如同看见死神。"

蒙面人看着"幽灵之花"笑着说："我行走江湖多年，在树荫遮天蔽日的无人之地多次见过'幽灵之花'，也在峰峦重叠、流水潺潺的秦岭脚下看见过'死亡之花'，如今我依然活着，你说这花与死亡有联系吗？"

"你是谁？行走江湖多年？"

"我是死亡和幽灵的代言人。"

"那你变一下'幽灵之花'，我看看你是否能代言它！"

"我不用变，你看这花生于万年前，它的叶子已经蜕变成白色的鳞片，浑身晶莹剔透如水晶一般，它不像其他植物，需要太阳的光照才生长。万物生长靠太阳，它不靠太阳，它不是幽灵会是啥？"

皇甫唯一盯着"幽灵之花"观看，那美妙的花朵如朝露般，在幽暗处发出诱人魂魄的白光，使人忍不住靠近它，欣赏它。

"这么美丽的花跟令人恐惧的词放在一起，一定有原因的！"她抬眼看着天空的星辰说，"人间有神奇的星辰，也有神秘花朵和幽灵一样的人。"

"少见多怪，一朵花，因为不容易见到，就给蒙上一层神秘的外衣，我不要死亡，你也不是死亡的化身，这花还怎么叫'死亡之花'呢？"蒙面人话音刚落，那白色如初的花儿却出现了褐色的斑点，一粒、两粒、三粒，清澈透明的美丽消失了，纯净的花色逐渐暗淡了下去，花身也低了下去。好像幽灵的鬼斧神工在作怪。

"这花一直藏身于这个僻静的地方，只等有缘人相遇。"皇甫唯一对蒙面人笑着说，"'幽灵之花'等着你，它是无形中让人毙命的毒药。"

蒙面人恶狠狠地说："无知阉人，你肯定不知道这花还有另外一些名称，比如：'神奇的力量''回天的魔力''起死回生的仙草''具有超凡灵力的圣物'。"说完，他摘下那低下去的花，在皇甫唯一的面前消失了。

第二日夜晚，皇甫唯一藏在贤德殿外的屋顶上。一阵风吹过，乌云跟在风的后面，天空中暗淡的星光模糊了，然后被乌云遮得严严实实。

"还真把自己当作江湖高手了。"一声笑挂在皇甫唯一的耳边，像步摇一样摇曳生姿，冷枪暗箭藏在貌似优雅的轻笑声中，"你不是第一次来这里，我也不是第一次看见你在这里。

你说，要是徐王后知道有人在这儿，她会怎样呢？"

"这里风景好，看风景有错吗？"皇甫唯一随口就来，她看见身旁站着一个黑衣人。

"别人费了九牛二虎之力才能爬上来的地方，你可是如履平地。"黑衣人移步站在皇甫唯一的后面。皇甫唯一没有回头，一动不动。她已感觉到一种无坚不摧的杀气，只要她一动，就会成为对方出手的理由。既然逃不脱，反倒不如以静制动。

皇甫唯一身体一动不动。空气正在变得凝固，黑衣人说："你很聪明，在此时，用一动不动，救下你自己的一条小命。不一般的聪明。"

"我动都没有动，你就看出我聪明？"皇甫唯一低声问，"你的意思是动来动去的人是笨蛋？"

"此时此刻，就因为你没有动，所以我忽然有了刀下留人的反应时间。那些自诩为天下无双的高手，从来都没有给我留过刀下留人的思考时间，所以他们都入了地狱。"

皇甫唯一低声说："有时不动比动更幸运。"

黑衣人说："确实如此。当年，汉朝吕后接到国王'情书'挑衅，并未发兵攻打冒顿，而是修书一封，赠送车马，也算是以静制动，换取和平。"

"吕后不动，那是因为知道冒顿用兵诡异。"皇甫唯一思索片刻后，说，"白登山之围，使汉室调整了对付冒顿的策略，不再轻举妄动。"

"你竟然知道'白登之围'！"黑衣人的声音里有了惊讶之调。

"大致知道一点，"皇甫唯一慢慢地说，"国王将老弱病残置于前方，而将精兵隐藏后方。刘邦以为敌兵羸弱，亲自率骑兵追击。到了平城，国王突然率精兵杀来，刘邦才率军撤退。退到白登山后，刘邦命军士扼住山口，誓死抵御。国王命众部将白登山团团围住。围困了七天七夜，刘邦以为自己要被困死山上。谋士陈平献计，说服了国王的阏氏，救刘邦逃离白登山。"

"你不是一般人，这段往事知者寥寥无几。"黑衣人说，"让往事见鬼去吧。以静制动，以不变应万变，是高手的手段。"

皇甫唯一说："好绕人的道理！"

黑衣人道："你应该懂，若是知道我忽然到你身后，你会怎么样？"

皇甫唯一道："我一定会很吃惊。"

黑衣人道："吃惊难免要警戒提防，就难免要动。"

皇甫唯一道："那是自然。"

黑衣人道："只要你一动，你就死了。"

皇甫唯一镇定地问："为什么？"

黑衣人道："因为你根本不知道我从什么地方出手，所以无论你怎么移动，都在我攻击的范围内。"

皇甫唯一说："像你这样悄无声息地到了一个人身后，无论谁都会紧张，就算人不动，心也会抽紧。"

黑衣人道："可是你没有，我虽然已在你身后站了很久，你全身上下连一点变化都没有。"

皇甫唯一连忙叹了口气，说："现在我明白了，不动的确比动要难得多。"

"你已经知道有一个身手高深莫测的人站在自己背后，还能镇定自若，那么你这人一定有强大的内心。"

皇甫唯一直接问道："我不动，你难道就不会出手？"

黑衣人道："不动就是动，所有动作变化的终点，就是不动。"

皇甫唯一说："以静制动，以不变应万变。"

黑衣人笑了笑，道："这道理我就知道你一定会懂的。"

皇甫唯一说："我也知道你根本就不会出手，你若要在背后杀我，有很多机会都比这次好得多。"她微笑着又道："因为你的目的并不是要杀我，而是要做自己的事。"

黑衣人叹了口气，道："要杀你容易，但是要完成我的目标就难得多了。"黑衣人从她的身后走过来，脚步轻盈而稳定，他站在她的面前。皇甫唯一看到一双深不可测的眼睛。

皇甫唯一问道："你为什么要给自己制定一个艰难的目标？"

黑衣人想了一下，说道："因为我是我，你是你，燕雀怎么会知道鸿鹄之志？"

现在黑衣人面对着皇甫唯一，皇甫唯一看不见他的样貌。皇甫唯一笑着说："想不到你竟不敢以真面目见人。"

黑衣人道："你错了，你现在看见的，就是我喜欢的面目。"

皇甫唯一扭了一下头，说："我看见的只不过是个黑衣人。"

黑衣人道："无孔不入的黑色，是我的钟爱。没有黑色，人世间就没有白色。只有白色才能把冷冷冰冰的血色衬托出来，难道你没看见过鲜血洒在白衣上的鲜艳图案？"

皇甫唯一说："其实你应该明白的，无论是谁的血，都是红色的，就算是穿上黑色衣服的人，他的鲜血也是红的，这一点才是最重要的。"

"这是不是事实，才是我要确认的。你守在这里，不是看风景，是不是事实？"

"我是在等一个人。"

"儿女情长？哈哈！我不打扰了，你继续你的情长吧。"黑衣人如一只黑鹰飞走了。

皇甫唯一远远地跟在他身后，她看见蜿蜒盘旋的山路上，一行行的军马在悄无声息地移动。

皇甫唯一看见一箱箱的金银沉甸甸地进了王后的宫殿。

皇甫唯一就是找不到黄蓝颜，他像气泡一样消失了。她皱着眉，在院子里来回踱步。

屋檐下，挂着一张蜘蛛网，七纵八横的网线在白昼的光线下，闪烁着空中陷阱的信号。蜘蛛放松着八只脚，缩紧身子，潜伏在网外，静静等候猎物自投罗网。

"嗡嗡嗡。"屋檐下，一只小飞虫挥动双翅飞过来了，它晃晃悠悠，好像醉酒后的人，一头撞在了蜘蛛网上。又黏又细的网粘住了小飞虫的翅膀，它发急了，蹬着小腿，拼命挣扎。蜘蛛网被它这么一挣扎，前后摇晃，好像要断了。屋檐下的蜘蛛立即循线爬到小飞虫旁边，快速喷射出一缕缕银丝般的蜘蛛丝，直接将小飞虫捆绑了几个圈。小飞虫并未放弃挣扎，不屈不挠地蹬腿扰网。一只麻雀看见了，飞过去，一口吃了蜘蛛，又一口吃了小飞虫。

七天很快过去了，皇甫唯一的一无所获让她自己不停地打着寒战。

南凉王表现出情深意长的样子，带领后宫嫔妃前来送别将死的许素颜。

一支飞箭自天而降。

飞箭携带着势不两立的仇恨，势不可当，低头不语的南凉王浑然不觉。围在他身旁的宦官及嫔妃惊慌四散。

只有一个身影张开双臂，毫无畏惧地迎接着死神的到来。皇甫唯一来不及阻拦。

飞箭穿胸而过，许素颜轻轻地蹙了一下眉头，须臾之间，蛾眉却又舒展如初，嘴角的血殷殷而出。

她看着远处居高临下拉弓放箭的男子，心中念了一声"黄蓝颜"后，就如一瓣梨花，飘落在地。

皇甫唯一飞奔而至，托起了她。皇甫唯一的眼泪不能暖化冷玉的温度，她由温变凉，由凉变冰。许素颜是玉，与骇然的沙漠隔着一片远古的海洋。

千米之外的黄蓝颜大喊一声，撕心裂肺的声音响彻云霄。

风过无痕，天空浩渺，她的眼神定格在虚无的上空，清澈如泉的眼睛渐渐失却了生命的光华。

南凉王旋即红了眼睛，抽出腰间的大刀扑向黄蓝颜。

厮杀惊天动地。皇甫唯一容颜不动。他们不懂许素颜，却为她刀光剑影。而唯有皇甫唯一懂她。

南凉王不懂，他虽然延缓了她的生命的终结，却摧毁了她的爱情，剥夺了她的尊严。

黄蓝颜不懂，他是她心中最完美的依赖，却在她面临战乱与生死之际，远在天边。

只有皇甫唯一懂得她过着没有爱情的恐惧日子。在没有爱和尊严的日子里，对于她来说，活着与死去是一样的。所以，她松开了攀缘生命之崖的手，任凭诬陷，沉默不语。

黄蓝颜出现时，她感觉到了，但是她明白今生已经无法回到黄蓝颜的身边。两个想要倾心相爱的人，却阴差阳错地一错再错。错过了花绽枝头，错过了风起云涌，回不到最初的世界里。

她看见了黄蓝颜拉弓射箭的身影。

她不要欠着南凉王的救命之恩。

她飞起了，然后落定了。那是快乐的升降，像一只蝴蝶。这一升一降，她拉平了人世间的恩怨，为自己的人生画上了如彩蝶般翩然的倩影。

黄蓝颜的部下按兵不动，眼睁睁看着黄蓝颜声竭力尽，被南凉王杀死。

南凉王在大口大口喘气的空当，发现黄蓝颜的部下把大旗一挥，训练有素的军马向他杀奔过来，他的侍卫队被砍得落花流水。

他节节败退，不知不觉地逃进了贤德殿。

皇甫唯一跟在他的身后。

徐王后安详地端坐在大殿之上。殿下的兵将面露杀机地看着南凉王。

"杀了他！"徐王后用阴冷尖锐的语调命令道。

兵将向前，刀枪齐刷刷地指向南凉王。

"你们不能这样。黄蓝颜的军马杀进来了。我们要团结起来，共同抗敌！"南凉王大声训斥。

"不必了，黄蓝颜已死，再没有敌人了。"徐王后指着蜂拥而来的兵马说，"他们都是我的人。"

皇甫唯一是明白了，可惜明白得太迟。

黄蓝颜至死都不知道，他倾家荡产，买下的兵马全是徐王后的军队。

南凉王叹息一声："杀我的原因应该不多吧？"

"没有原因。"徐王后简洁从容地回答。

"我待你不薄啊！"南凉王难以置信。

"什么薄与厚？后宫三千佳丽，你独爱我？你身上有各种女人的味道，那味道让我深恶痛绝！"徐王后振振有词。

"就因为这一点？"南凉王执迷不悟。

"你不明白，也不懂我。"徐王后直言，"我父是武林盟主徐家贵，统治江湖二十余年。积攒的黄金白银不计其数，藏于静音山后。由于江湖盟主一位的争夺，一场浩劫随即而来。各大门派结成同盟，联手攻击我父。黄蓝颜之父黄守金，原系我父推心置腹的管家。他见我父力不敌众，不但见死不救，反而伺机溜走，结果我徐家被杀二百余人，他却私自盗取银两藏在别处。"

"这与你要杀我有何关系？"南凉王追根究底。

"为了躲避仇敌追杀，我杀了待嫁的侯王的女儿，化装成她的模样，神不知鬼不觉地嫁进了王宫。"

"然后，步步为营，顺我者昌，逆我者亡，积攒势力，伺机报仇雪恨。"南凉王恍然大悟。

"是的，我一面赐金赏银，笼络人心，一面四处探听消息，派人诛杀黄守金一家。不料匪人断章取义，只记得婚嫁之家，错杀了许素颜一家。"

"既知错杀，为何不去弥补？"

"哪知许素颜被你救回，你对她魂不守舍。自此，我夜梦不醒，生怕时间久长，败露了我的底细。为了既要许素颜闭口，更要黄蓝颜一家消失。所以，才设计了这个一箭双雕的计策。"

"你一个女人，怎么能完成这些？"

"我掌控后宫多年，势力如日中天，赏罚分明不过是一个障眼措施。其实贱民如草，斩草除根，也不过我私下里点头摇头的事情。你知道他是谁吗？"徐王后指着皇甫唯一一直跟踪的目标人物，肆无忌惮地说，"他就是身怀绝技的江湖霸主胡景刀，他也是我的左膀右臂，我们心心相印，情投意合。"

胡景刀，原来就是他。红衣女子的梦，红衣女子不能觉醒的梦。

"你这么一个落井下石的女人，杀人如麻，草菅人命，谋害君王，却赚下了贤德王后的美名。不是我一个人的眼瞎了，是天下人都被你的伪善蒙蔽了。这是我为君为王的大错啊！"说罢，南凉王横刀自刎。

爷爷说，上天有好生之德，人不该被人诛杀。他说，面对凶险奸诈，一个女子最好的方式是躲避。除凶惩奸，不是一个女子的本分。他说，三十六计，走为上计。远走高飞，是最好的方式，所以他没教皇甫唯一杀戮的方式。

但是在那一刻，皇甫唯一心中只有手刃徐王后的冲动。皇甫唯一渴望看到鲜血从她的血管里哗哗地流出，看着她的血肉之躯干瘪下去，看着她的容颜变得和她内心一样的凶恶丑陋，看着她威严尊贵的样子渐渐消失殆尽……

皇甫唯一的激情幻想成真。

徐王后看着穿胸而出的匕首，痛心道："为何这样待我？"

胡景刀真心实意地回答："我爱的人是红衣女子，怎么能与你永结同心呢？你不知道你的心地有多么恶毒，你的容颜有多么苍老，你的腰身是多么粗壮。你不理解我，我每夜在你枕边，呼吸着你腐臭的气息，是多么憋屈啊。为掌控天下，取而代之，我不得不这样做。"

殿外的厮杀声突然临近。

"大夏国的军队包围了太和宫。"有人报告，却无人抵抗。

群龙无首的太和宫陷入不战自乱的局面。小桥流水里鲜血淋漓，青砖黛瓦马头墙上有人在厮杀。惊呼声和战鼓声混在一起，成了太和宫从来没有的喧闹音乐，明亮的刀剑刺向那些与徐王后同流合污的宫人。那个大着舌头骂过许素颜的厨子倒下的地方，让皇甫唯一觉得那地方有一些不寻常的正义风景。

血色弥漫，大夏王国的大旗仿佛黄雀一样在太和宫殿上翻飞，指向将士报仇雪恨挥动刀枪的方向。

含冤而死的灵魂火焰一般点燃着将士的热血，太和宫在一片火海里燃烧。王宫里那些豢养成势的人群在大火中变成了灰烬。

十五　在灰烬面前微笑

在灰烬面前，皇甫唯一在流泪中微笑，又在微笑中后退。

皇甫唯一不知道，在她的身后站着正在狞笑的胡景刀。

"我劝你不要出手了，我留意你很久了。你除了有一身轻功外，再无其他，你根本不是我的对手。"

皇甫唯一没有回头，立即飞奔。她不断地施展轻功，先飞出宫墙，又飞过山腰，再飞过石桥，仿佛要飞过生命中所有的白天和黑夜。

"你这样飞奔像是在找回自己的翅膀还是羽毛？"胡景刀轻松地揶揄。皇甫唯一不说话，因为她也不能准确地说出答案。

胡景刀的轻功高于皇甫唯一，他站在了皇甫唯一面前。

"现在的我，没有穿黑衣。这就是我的真面目。你记住了吗？"胡景刀大笑道，"可我并不想看你的真面目，我只要知道你是皇甫唯一，就已够了。"

皇甫唯一凝视着他，过了很久，才探问道："现在你已知道我是皇甫唯一，我已知道你是徐王后身边的黑衣人。不如这样吧，大路朝天，各走一边。"

胡景刀说："但是有件事我现在一定要解决。"

"什么事？"皇甫唯一以为他要说爱情，转而满眼期待地望着他。

"大夏王要捉拿皇甫唯一的通缉令，四海皆知，你流落江湖，江湖一定会腥风血雨，我不能眼睁睁地看着你把平静的江湖扰得不得安宁。"胡景刀的声音并不冷酷，彬彬有礼的声音显示出他对自己充满了信心。

"我与你没有杀父之仇，夺妻之恨，你做个与爱情执手的人，还有荣华富贵也附加于你，这是多少人修身三世才有的福分。"皇甫唯一真诚地说道，"我没有把你当作敌人，红衣女子在等你。"

"不错，我爱过红衣女子，自从在沙漠深处看见她后，我就相信她是我要找的人。"他凝视着远方说道，好像红衣女子就站在远方向他招手。"所以我一定要捉拿你，然后坐拥城池，与无数年轻的女子携手度余生。"

"红衣女子在等你，你不能辜负她，她为了你……"皇甫唯一把红衣女子杀人的事省略了。

"为了我，哈哈，不是吧，她能为我做什么？"

"她为了你，青丝变白发！"

"你见过她？"

"是，她还在沙漠里的客栈中等你。"

"她没有认出你是皇甫唯一？"

"她最后知道了我是大夏王要找的人。"

"你从她手上逃走了，我要替她捉回你。"

"是她救了我，她放我走的。"

"哦，竟然是这样，愚蠢的女人。"胡景刀突然面目狰狞。"一个白发老女人，脸上应该有皱纹了，皱纹应该像蜘蛛网一样网在她的脸上。"

"她是为了你才白发丛生。"皇甫唯一喊道。

"她是为了她自己吧。她若是为了我，就应该随我走江湖，对我嘘寒问暖，为我遮风挡雨，给我出谋定计。"

"你怎么能这样说呢？"

"自古以来，英雄爱美人。哪有白发如霜的美人？"

"这么说，你不爱她了。"

"我只爱年轻的红衣女子。"

"我希望你死在她的刀下。"这句话，皇甫唯一轻声地说出自己的心声，但是胡景刀的内功太高，这声音怎么能逃过他的耳朵呢？

"死，我的死只有一种可能，那就是我不想活着的时候。你帮帮忙，拿不到大夏王的城池，我……"

皇甫唯一说："否则你就情愿死？"

胡景刀的目光中忽然流露出说不出的悲哀，道："否则不是你死就是我亡。"

皇甫唯一说："何必找死？"

"既然你恶语相向，那我就不再相让了。"胡景刀恼恨地说。

皇甫唯一道："那就出招吧，事已至此，只有一种方法解决，你杀了我。"

胡景刀高声说道："你应该懂的，我不杀你就是为了城池。"他的声音中忽然又充满了讥讽，"江湖就像是个独立的王国，只能允许一个人当王，其余的都是臣仆。"

皇甫唯一惋惜地说道："只怕是你错了。"

"我没有错，自古以来的历史都是这样证明的，一山不容二虎。"胡景刀忽然从怀里掏出画像，指着画里的皇甫唯一不紧不慢地说，"你能活到现在，是我在保护你，徐王后已经有了杀你的心。你遇到我，是你的运气好。"

皇甫唯一轻轻叹了口气，道："城池与我，并无关系。"

"到底有没有关系，"胡景刀神态坚决地说，"只有捉拿你交给大夏王以后，才能知道结果。"

"就算是用我换来一座城池，那又能怎样？"

"我就是城池的新主人。"

"前赵刘渊在离石建都时，以为离石就是刘家的；前秦苻健在长安建都，以为长安就是苻家的；北凉段业在张掖建都，以为张掖就是段家的；西凉李暠在敦煌建都，以为敦煌就是李家的……"

"够了！"胡景刀面露狰狞，愤愤地说："你的意思我懂！如果每个人都像你这样想，那么活着就失去了意义。"

"活着，应该是好好地去爱一个人。"

"然后呢？"胡景刀低声咆哮："还不是一样地走上黄泉路。谁都不能例外，谁都不能！谁都不能逃离死亡。秦始皇嬴政灭六国，实现天下大统，功德无量，那又能怎样？还不是埋进了土里。所以，我想明白了，横竖都是死路一条，我何不痛快地干自己想干的事呢？"

"那就扔了画像，回到沙地杏花店吧。"

胡景刀说："你看，这画上的人栩栩如生。我第一次遇到你，就有一种似曾相识的感觉，我仔细回想，原来你就是画里面的人，这让我惊喜不已。"

"是，画里的人就是我。"皇甫唯一每次看到画里的自己时，就能看到自己流落江湖的欢喜和不易。

梅花家的中草药味道，森林里面机灵的金丝猴，佝偻着身子的避世老婆婆，被酒控制了的农夫，满嘴黑牙的江湖寨主，武艺高超的林虎飞，风情万种却没有爱情的红衣女子……拓跋临风，明媚的春光里有他的身影，雪花飞舞的寒冬里还有他的笑容，他是皇甫唯一的四季。四季轮回，他在皇甫唯一的心里轮回，就是不出去。

黑衣人？几个黑衣人？自己几次遇到困难时的黑衣人哪里去了？这个胡景刀与那个黑衣人的武功谁更胜一筹呢？想到这里，皇甫唯一急切地希望另一个黑衣人出现在自己的面前，拦住胡景刀，解救自己。

想到另一个黑衣人可能在来的路上，皇甫唯一开始拖延时间。"你可曾记得，初见红衣女子的情景？"皇甫唯一望着他的眼睛，深情地发问。

"记得，她美得异于常人，我再也没有见过她那样美艳的女子。"

"回到她的身边去。"

"那时候年轻，我以为把江湖夺下送给她，才能表达我对她的爱。"

"现在回去也不晚。"

"你没有让我把话说完。我是说我年轻时那样以为，但是你看，我现在不年轻了，所以我的想法随着年岁的增长就变化了。"

"那又如何？"

"我回不到年轻时，她也变老了，我们都回不去了，回不去了。"

"爱还在。"

"那份爱是还在，留在年轻的我的心里。她也在年轻的我的心里。"

"红衣女子心中一直都只有你一个人。"

"是吗？那是因为她没有看到我现在的这个样子，她不知道我在江湖的阴险狠辣。这么多年，她心里只是保存着我年轻时的影子，她爱的也是我年轻时的样子。"

"你这样说，她知道了不知会有多伤心。"皇甫唯一明知道胡景刀已经不在乎红衣女子了，但是她还是用谈话来延长时间，等待有人来救自己。

"伤心，我也伤心。年轻时以为自己一无所有，拼搏了半生，才发现还不如年轻时拥有的。"

"爱情多珍贵啊。"皇甫唯一还没看到黑衣人出现，只能继续无话找话地说。

"再珍贵我也错过了，我从来没有想过我的美人会白发丛生啊。"

黑衣人还没有出现，皇甫唯一趁着胡景刀沉浸在感叹中，飞身而起，想象自己几步穿过街道。

　　背部一阵刺痛，她飞起的身子跌落在宫墙外。"你这个招数我见得多了，飞啊，再飞啊！"胡景刀的声音比背部的刺痛还让她心痛，"你的任督脉上扎着一把小刀，你感觉到了吗？"

　　胡景刀走过来，从怀里掏出一条细绳，开始捆绑皇甫唯一，"别动，再动你就残废了。"他对拼命挣扎的皇甫唯一说。

　　天空变得阴暗下来，长街上空无一人，他们都被大夏国的军队带走了。

　　"我憎恨你的暗器！"皇甫唯一多么想与胡景刀决一死战，大不了鱼死网破，可是她还没有动手，就被暗器扎入。

　　"不对！我的暗器应该被赞美。心动神知，后发先至，以不变应万变，一刀发出，一切搞定。"

　　"当初能从大夏王手下逃脱，是因为他的疏忽。如今，我的轻功也救不了我自己了。"皇甫唯一想。她觉得自己的人生即将进入弥漫的苍凉中。

　　"别动，乖乖的，否则你的轻功可要被废了。"胡景刀的细绳左一下右一下地缠绕着皇甫唯一，"你的轻功一定是从酷暑严寒中锻炼出来的，你若不珍惜，可怪不得我狠心。"

　　"我恶心你这样的人。"皇甫唯一站着不动。在沙丘高处，胡杨仰望着明净如镜的天空。倔强的枝丫在冷风中保持沉默。沉默像沙丘不远处的湖水，隐含着种种不易言说的意味。这些是皇甫唯一的情绪。然而皇甫唯一的情绪只能淹没在湖水里。

　　"没关系，你只是我换取城池的筹码。"

皇甫唯一叹息了一声，她叹息自己无论怎样远走高飞，都逃不出大夏王的手心。

"大夏王会杀了你的。"皇甫唯一微笑着说。

"大夏王，低智商。他的八万精兵是他亲自送往地府的。知道他为什么决策失误吗？"他轻蔑地看了皇甫唯一一眼。"因为我，我提供给他的假情报让他损兵折将，丢金失银十万余两！"

怪不得大夏王誓要报仇雪恨，原来不但精兵强将葬身沙海，而且黄金白银凭空消失。

"大夏王怎么会相信你？"

"是的，他不信我。但是他相信安英君。"

安英君是尚书，他面相沉稳，足智多谋。大夏王对他一直是倚重有加，从来不疑。

"凭什么安英君要听你的？"

"凭真金白银和如云美女。大夏王的军饷确实被劫了，但是谁能料到军饷的一半，通过藏兵洞，神不知鬼不觉地进了安英君的府邸。当然，徐王后用另一半招兵买马了。"

历史故事总免不了落入俗套，皇甫唯一紧闭口唇，一言不发。

这就是皇甫唯一的悲哀。拥有鲜活的生命，却不能随心所欲地生活。皇甫唯一亦不能死亡。因为死亡依然让她无法逾越此生的悲哀。

皇甫唯一听见自己的心说：不要，不要，我不要这样战战兢兢、刀箭入梦的生活。

沿路而回，人群熙熙攘攘，他们都希望看看皇甫唯一这个祸国殃民的奸细，是怎么样的人面兽心，是怎样的穷途末路。

人群中的梅花看见了皇甫唯一，认出了皇甫唯一，她一下目瞪口呆，转瞬，泪眼婆娑。

皇甫唯一想，梅花以为皇甫唯一一定就是一个罪大恶极的重犯。否则，大夏王怎么会用一座城池换一个人呢？

她不知道，罪大恶极的，沉睡在水面之下。只有皇甫唯一，犹如一叶浮萍，漂浮在水面，在众目睽睽之下，手脚被绑，背上扎刀，穿街过巷，被人指点。

"我这是怎么啦？我不明白，我究竟是怎么啦？我怎么会这样？我不明白。"

上苍，你赋予了皇甫唯一爱的动力，让皇甫唯一为爱背井离乡；上苍，你限制了皇甫唯一的空间，让皇甫唯一在自己的命运中，颠沛流离。

皇甫唯一想要舞姿翩然，却身软无力。

皇甫唯一想要歌吟浅唱，却泪流满面。

皇甫唯一不能掌控自己的爱恋，她亦不能掌控自己的命运。可她还要在这个空间存在。

千山万水，胡景刀快马加鞭，日夜兼程。策马奔驰在高原上，眼前的风越来越大，青绿色从草尖渐渐褪下，黄绿色铺在草丛上。大漠烽烟的景象在秋季已经显现出更加壮阔的一面。统万城矗立在风烟俱净的高处。自从知道统万城这个名称的来历，她就一遍遍地观望它的雄伟壮观，统万城巍峨不摧，皇甫唯一也曾在梦里梦见一群英姿飒爽的马背汉子在构筑一个强大的帝国。她还想亲手再抚摸一次那个一心一意构筑家国梦的拓跋临风。

沿着胶泥铺就的白色路面前行，一座庞大的白土城郭出现在眼前，无疑是招魏门的城郭。映入皇甫唯一眼帘的是惨白的城墙里有无数惨白的面孔在诉说着他们长眠在了这里，他们的汗水和鲜血洒在了这里。

胡景刀飞身一纵，站在城郭的最高处两手叉腰，放眼四望，想要感受"一统天下，君临万邦"的神气。他幽幽地发问：吞并天下的豪情壮志怎么能遗落在历史的尘埃里？天下豪杰哪个不愿意住在贴金嵌银的宫城？回答他的只有天地间的一片沉默。

皇甫唯一静默不语。她仰望蓝天，蓝天一片静谧。

胡景刀踌躇满志地飞下城郭，取下皇甫唯一背上的小刀，带着皇甫唯一走向城门。他在卫兵耳边密语。

皇甫唯一想，他一定是说他有了拥有一座城池的资格。

只见卫兵飞奔而去。

皇甫唯一镇定的心旋即颤抖起来，她真的不想看见大夏王。皇甫唯一对他的暴虐心怀恐惧。阴云笼罩在皇甫唯一的心头，她的天空即将一片灰暗。

"勇敢点，大不了砍头，那也是碗大的疤。"皇甫唯一变了颜色的脸庞使胡景刀有了嘲笑的语言。

皇甫唯一看了一眼得意扬扬的胡景刀，对他说："回到红衣女子的身边去，现在走，还来得及。"

"我不能前功尽弃。"他在坚持，"事已至此，我只能破釜沉舟。"

"你知道这庞大的统万城是怎样建成的吗？"

"我只想目睹它的荣光，但我不想知道它的成因。"

一炷香的工夫，一行人包围了他俩，带着胡景刀进了平朔门。大夏王高冠鲜衣，在院中踱步。

侍卫解开捆绑皇甫唯一的绳索。皇甫唯一的心剧烈地颤抖起来，她麻木的手脚已丧失知觉。

平朔门内千米之距就是凤翔殿。

大夏王翻转皇甫唯一的手掌，看见了手掌上那道任凭沧桑岁月也抹不淡的伤痕，一丝冷笑出现在他的嘴角。他扫了一眼皇甫唯一右手握笔之处的茧后，冷笑凝固。

胜利的感觉让他舒服，皇甫唯一知道。

他要赢取天下，他要天下尽在掌控之中的感觉。皇甫唯一一个小小的书房官，只是他验取人性的一枚棋子而已。

皇甫唯一觉得她自己其实就是一枚棋子，而她念念不忘的拓跋临风，应该是另一枚棋子。他们至少是一个棋盘上的啊！

皇甫唯一怎么能与大夏王斗智斗勇？从八万将士覆灭时，从他发现了皇甫唯一的性别后，这一场斗争就开始了。从开始到结束，他都是幕后操纵者，皇甫唯一只是一个道具啊。

他的眼睛没有多看胡景刀一下，而是看着远方，对侍卫长说："带侠士到会重殿领赏。"

侍卫长应了一声。胡景刀转动着棕黄色的眼珠，毫不犹豫地跟着腰佩削铁剑的侍卫长快步而去。

皇甫唯一知道会重殿是王宫侍卫真刀实战秘密操练的宫房。

皇甫唯一手臂上的麻木尚未复苏时，侍卫长一身血迹地回到大夏王面前。

"臣已经按照陛下的旨意办理完毕。"

大夏王的眼睛没有眨动。皇甫唯一知道胡景刀已经走在了阴间的小道上。

给一座城池？

从皇甫唯一看到布告上的赏银变成一座城池时，她就猜测那是一个计谋的开始。大夏王知道每一寸土地都是他权势的象征，何况每一寸土地都是将士用鲜血和生命换来的。就算海水灌进了他的脑袋，他也不会为一个卑微的书房官出让一寸土地。江湖人哪里懂得他的心机？

"送皇甫唯一回家休养。同时，昭告天下，由于奸人作乱，错冤皇甫唯一。"

说完，大夏王面无表情地跨上宝马，缓缓而去。

皇甫唯一再不必流落江湖了，可以回家见亲人了，喜悦立即跃上她心头。背部上那道不为人知的伤口一阵阵地发劲，疼痛活了过来，埋伏在回家的路上，时不时点一下她，让她痛得倒吸冷气。

轻功被废了不少，皇甫唯一运功时感觉到了这一点，喜悦的心情变得有些黯然。背部的新伤，腿部的旧伤，心里的情伤，这些伤是她的真实经历的表露，道出皇甫唯一出逃在外所经历的不尽沧桑。时间在草木之间的更迭，门前的梧桐已经不是离家时的树叶了。

门前的卫兵正在撤走，原来在她外逃时期，她的亲人就被监禁起来了。霎时，皇甫唯一心里明白了，如果自己不是活着回来，也许就会连累亲人。

小花熊奔跑着出门迎接她，高高的门槛接纳了她奔跑的脚步。

瘦了一圈的母亲坐在木桌前，木盆里的温水好像从来就没有冷却过。是不是自从自己流落江湖后，母亲就这样等待她的归来？皇甫唯一不能仔细回想，她满面尘土地站在母亲面前，然后跪下拽住母亲的衣角，泪水涟涟。作为女儿，怎么能让母亲面对失去孩子的悲痛？又怎么能让母亲面对残暴而又奸猾的大夏王呢？

母亲低头抱住皇甫唯一，做梦一样的神情，用颤抖的双手捧着她的脸蛋，如梦中呓语一般："唯一，娘的宝贝，你真的回来了吗？"

"回来了，娘，我回来了。"

"让娘好好看看，你到底是不是我的皇甫唯一。"母亲好似从梦中醒来。

母亲抚摸着她的双手，说："一双写字的手，粗糙得像打铁的手了。"

"其实，我想让我的手变成握剑的手。"

母亲的手抚摸过她的头发："多久没有洗头了？快去洗洗。"

"嗯。"

温凉的水洗却了几百个日日夜夜的风尘，安抚了流浪无依的心。皇甫唯一在低头洗脸的时候，她的母亲抚摸着她的背部：

"宝贝，你这里不是有伤了吧？"

"啊，痛。"皇甫唯一如实回答，"被胡景刀的暗器扎了。"

"那怎么不早说？快到你的房间，把衣服脱下，娘就知道江湖哪能平安无事。"药瓶就在桌上放着，原来母亲心里一直明了自己流浪在外的苦楚。

皇甫唯一想，虽然她这个外逃的女儿历经生死，但更加坚强勇敢，母亲的爱依然是她永远的依赖。

母亲给她上药，眼泪落在她的背上。

"娘，你应该高兴。"皇甫唯一这会儿一下子就把背井离乡的苦痛忘记了。母亲在背上溃烂的伤口上敷上药膏，包扎的布条绵软又宽厚，有母亲在，再深的伤口都能愈合。

"谢天谢地，娘自是高兴，我的宝贝完整地回来了。"母亲双手合十，仰望上天，好像用合起来的手掌去抚慰皇甫唯一在外流浪的孤苦无依。

"嗯，没有缺胳膊少腿。"皇甫唯一笑着撒娇。小花熊趴在塌边，也在撒娇。

母亲从木柜里拿出了为皇甫唯一缝制的新衣，棉麻织成里子，丝绸面子，外缀粉色薄纱，最让她喜欢的还有丝线绣成的荷花，一针一线是不是都代表着对她这个杳无音信的姑娘的想念。不知母亲坐在桌前拉了多少线，穿了多少针，也不知母亲落了多少眼泪。

皇甫唯一把脸埋在衣服里，母亲的气息在她的鼻翼间停歇，她有了沉醉的感觉。那些闹市的喧嚣，从她的耳边退去。回家的迫切，走到越远的地方越明晰，想念亲人的感觉被远方和伤痛唤醒，她也为此辗转反侧。

"快来穿上衣服，不要着凉了。"

"嗯嗯。"皇甫唯一在母亲的帮助下，穿上衣服，下到地上，小花熊站起来用它湿湿的小鼻子嗅着她的脸，好像在确认她还是不是那个几百个日子没有见到的小主人。

"小花熊也想你了，你先与它亲热一下。马上吃饭吧，饿坏了吧？"

灶台上的剁荞面宽窄相同地铺于刀下，羊肉在老汤里散着香味，皇甫唯一真切地感觉到自己的肚子在咕咕地叫唤。碗里盛着热滚滚的面条和碎肉，皇甫唯一已迫不及待地去享用了。

爷爷端着金铜色的酒樽走进来，坐在她的身边，满眼热泪地看着她吃饭。

"回来就好，回来最好。"那个曾经飞檐走壁的人已经头发苍白，让皇甫唯一看到了爷爷没有孙女陪伴的恓惶，也嗅到了老人在大夏王派兵驻守家门后更加思念孙女的况味。

"没有功夫，就没有回来的我。"皇甫唯一低头就跪在了爷爷的面前。

"起来，好好吃饭。"爷爷拉起她，敲了一下她的脑门说，"要是没有功夫，也跑不到宫外去。"他的话语里藏着对皇甫唯一的心疼。

"跑不出去，可能就没有现在的我了。"她满不在乎地说，继续做贪吃的人。

"人心不是冷月，谋生的人会活下去，相爱的人会有月下老来拨亮心灯。"爷爷说。

皇甫唯一想：那个年轻英俊的拓跋临风，月下老的脚步能跟上他健步如飞的脚步吗？他的心在战场上，他的魂在刀剑上，他不跟我来提亲，战争摧毁了我对爱情的期待。

想到这儿，她放下碗筷，说："娘，我想嫁给拓跋临风。"她爱慕的人，她铭刻于心的人，她梦寐以求的长情，此刻都在母亲面前全部摊开。

"谁？"母亲要皇甫唯一重复。

"拓跋临风。"皇甫唯一有些忸怩。她希望这个名词再长一些，一直说不完的那种久长，允许她的思绪飘过门槛，飘出院墙，飘到无边无际的天空，抵达时间的尽头。

"如果当初一直把你当女孩养，你能肯定你就会嫁给他吗？闺房之女，你如何会见到拓跋临风？见不到他，怎么会想嫁给他？"母亲轻轻擦去皇甫唯一脸上的泪水。

"可是我怎么能忘记他呢？"皇甫唯一好像看到了拓跋临风从地平线尽头消失的微笑。

"一切都会过去的。这是上苍故意留给你的一个没有答案的谜语，你就不要损精耗神地猜想了。这世间只有回不来的，没有过不去的。"

"没有爱情，我怎么过？"她想拓跋临风，"你回一回头，让游走的星辰为我祈祷。"

"娘不是不赞成你拥有爱情。娘只是担心你要爱情时，却丢失了生命。"

"这样的话，应该说给我吗？我和他魂魄不散，怎么就会丢失了性命。"皇甫唯一想，我从江湖流落回来，我有了走上天路的勇气。

"娘担心你，你要懂得，这辈子有些人注定是与你擦肩而过的。"

"不会，不会，他不会！"皇甫唯一再次拽着母亲的衣角，摇了又摇。她不知道她摇来了一场迟到的大雪，掩埋了她的祈求。

"是你娘用世俗的方法，寄托了你男孩的责任，却让你陷在王宫，过着没有希望的日子。"爷爷点着头，老泪纵横，"只是，拓跋临风说过爱你的话了吗，他给你承诺了吗？"

"没有。"当她脱口而出时，才明白自己是单相思，是病。"用什么可以治疗我的病？"皇甫唯一伤感地自问。

"没有十全十美的人，也没有十全十美的人生。月有圆缺，人有缺憾。"母亲良苦的用心转化成哲人的理智。她撒开皇甫唯一的手，坐在床头，抹着眼泪。

"大夏王为啥要追缉你，怎么就怀疑你了？"爷爷的问句如刀剑，直击要害。

"我也说不清。"皇甫唯一的新月眉拧了一下。

"不会是朝廷忌讳你的身世吧？"爷爷用剑一样锋利的问句挑开了皇甫家族的秘密。"咱们这一村的皇甫家人身上流的血液并非真正皇甫人的血液。我们的祖上是秦人，跟随扶苏太子戍边到这里。扶苏太子被害，蒙恬大将自刎，许多部将被赵高和李斯联手杀害。祖上因为当时在青阳岔，躲过一劫。但是秦朝朝政被赵高把控，那奸贼秘密派出高手，追杀戍边将士。祖上中箭掉入山崖，被一个在山中放牧的皇甫人救回，遂改名换姓，一代代传了下来。当然，习文练武的传统也传承下来。这就是咱皇甫家族的秘密。你父亲武艺超群，但是个性耿直，他想要建功立业，就跟随安英君出战，未料马革裹尸。"

"安英君现在是大夏王倚重的尚书。一将功成万骨枯，可怜的父亲啊！"好像是呼呼的大风吹进皇甫唯一的心谷，霎时间迷雾散去。

"民间传言安英君怀有二心，暗暗与敌国勾结，残害忠良。是不是也有称王上位之意？爷爷不敢妄言。但是有一事，你应该知晓。"

皇甫唯一说："瞒着我的还有啥事？"

"你父亲的战友传言给爷爷，因为你父亲看到了安英君通敌的事实，安英君拉拢你父亲做奸细，你父亲怒斥了他。故此，他借敌人之手，害了你父亲。"爷爷的眼泪滚滚而下。"战友和族人逐层申告给大夏王，大夏王听信安英君，把申告之人全部以污蔑之罪论处。族人计划远离大夏国，迁徙到另一个地方，不料你却被招录进入统万城，只能取消原来的计划。"

"我逃离统万城，你们为啥不趁机离开这里？"

"你流浪在外，音信全无，大夏王听信安英君的话，在我们周围布下岗哨，严密监视。"

"当初你们计划迁徙去哪里？"

"没有目的地，只是为了远离安英君的迫害。生不逢时，在乱世之中，只能苟且偷生。"爷爷无奈地摇着头。

"这么大的天下，难道就无处安身了吗？"

"新崛起的魏国与前面谈过的这些国家不同，也许能够安天下……"爷爷不说话了，眼睛看着屋外，好像在确认有没有人听到他说的话。"百年纷争，战乱不断，主要是羌氐等五个民族，他们把黄河流域当作逐鹿之地，分别建立了前凉、后凉、南凉、西凉、北凉等十六个国家……氐族人苻洪占据关中，称三秦王，其子苻健称帝，正式建立前秦。后秦由羌人贵族姚苌建立，西秦由陇西鲜卑族乞伏国仁所建。前燕、后燕、南燕、西燕都是由鲜卑人慕容家所建，北燕由鲜卑化的汉人冯跋建立。但是这些人杀伐过重，戾气见长，致使德行不足，不能长治久安。"

秘密多么沉重，接着切开了她情感的断面。家族的秘密无法逃避，秘密与情感的纠缠使皇甫唯一深陷其中。

看着母亲眼角的细纹上也沾上了泪水，皇甫唯一伏在母亲脚下，久久不起。

能怪谁呢，倘若自己是男儿身，还可以登门提亲。可是，在这片古老的土地上，一个姑娘，能去登门提亲吗？

"是的，娘，刘玄德英雄盖世，也有白帝城托孤的缺憾；诸葛亮神机妙算，也是无力回天的结局。带着缺憾过日子的人很多，不止我一个吧。我要用自己的真心，示以岁月。"皇甫唯一看着自己的眼泪，一滴滴落下，然后，一滴一滴地渗入泥土里。

十六　桂花香，梧桐雨

半个月之后的傍晚，田公公悄然而至，悄声对皇甫唯一说，大夏王听信谗言，要杀皇甫爷爷，让她跟他火速去见大夏王，说明情况。皇甫唯一被送进后宫，跪在大夏王的面前。

"说，是谁指使你混进大夏国刺探军情的？"大夏王身旁的女子咄咄逼人地发问。

她是谁？皇甫唯一看着眼前这个浓妆艳抹的女子，心里想。

"我——怎么可能——是奸细？！"皇甫唯一惊讶地反驳。

"这么柔弱的女子，怎么会做奸细？爱妃，以寡人之见，她不是。"大夏王用沙哑的声音说。皇甫唯一看着他，仪表堂堂，脸色依然铁青，黑白分明的眼里，暗藏点点杀机。

被称作爱妃的女子，高高绾起的发髻缀满了金银首饰，仔细描过的眉毛高高挑起，圆脸上的一双眼睛闪闪发亮，睁眼是横波寒冰，转睛却是秋波暗送。她对大夏王微微一笑，转眼对着随从喝令："搜身！"

怎么能藏住呢？皇甫唯一的短剑被搜出。

看到短剑，仿佛看见了拓跋临风，皇甫唯一一边挣扎，一边依依不舍地注视着短剑。

短剑被呈给了大夏王。大夏王拿着短剑，左右翻转，仔细查看。

皇甫唯一看着脚下地石砖，想象自己能看见一条缝隙，然后从缝隙中找到一条密道，快速离开这里。但是她马上否决了自己的想象，她知道这里不是青阳殿。她曾经看见史书记载，青阳殿下挖土十尺，密铺青石十层，以防刺客从统万城外挖通地道进入宫内。更机密的还有一项，那就是在这些地下青石之间，搭设了一条仅容一人通过的密道，以防贼臣加害大王时，大王逃身深宫。

大夏王一剑刺来，皇甫唯一毫无察觉。她这次再也不能飞身而起，从窗门飞出逃走。她的右胸间一股热血飞溅而出，一阵疼痛钻心而来，皇甫唯一张开了嘴，诧异地看着大夏王："为什么要杀我？"

大夏王镇定自如，并不答话。

皇甫唯一看见眼前的王妃眼里露出浓重的杀机，而大夏王却犹犹豫豫地对田公公说"快传御医"。她看见田公公跑出去的身影恍恍惚惚，跑进了看不见的空间。

皇甫唯一醒来的时候，五更的钟声正在从小小的木窗外一波波地传来，随着钟声传来的还有奇异的香味。就是这种香味让昏迷中的她心头一振，苏醒过来。恍惚之间，她坐直了身体，胸间的痛钻进心头，她重重地倒在床头。皇甫唯一不明白，怎么会在这里，这里是在哪里啊？

"皇甫姑娘，刚才是误会。战乱时期，我们必须慎之又慎，才能确保大夏王的安全。"皇甫唯一看见身着礼服的男子恭敬地说着。

"你是谁？"

"我是大夏王的近身侍卫。"

"我要回家，我要回家。"皇甫唯一悲哀地说，面色苍白。

"这是大夏王宫，从此以后，这里就是你的家。"

肩膀上包扎的纱布把皇甫唯一的记忆联结起来，泪水不断地从眼角流出。"不要，这里会让我死去。"皇甫唯一忍着痛，下了床，赤着脚，要走出木质的屋子。

"昨晚，大夏王口谕，你将是大夏王的王妃。大夏王说，你代表皇甫一族的心意。你在，皇甫一族对大夏王的诚意就在，你不在，诚意就不在，皇甫一族如若遭遇不测，与大夏王朝无关。"男子面无表情地宣谕。

"我是一个人，不是物品，不要这样。"皇甫唯一乞求，转又愤然，"将是王妃？变成大夏王的附属？"

"你是皇甫家族的人，你选择家族还是自己？慎重决定。"男子机械地讲。

"我是附属……"皇甫唯一心中千万次重复。从此，皇甫唯一是一件物品，没有记忆，没有感觉，不说痛和苦，不问爱与憎。

"我是谁？"皇甫唯一随即转入昏迷。

不几日，民间众说纷纭，大夏国岌岌可危，牵连无辜，连一个弱女子也被当成了刺客，被刺死在大夏王面前。为了正视听，为了大夏国的荣誉，大夏王在重大场合郑重宣布，他接受民间的诚意，善待皇甫姑娘。

民众退去，大夏王铁青着脸对田公公说："不能让那个皇甫死去，也许她就是寡人梦中的白凤！"

"是，明白！"

伤痛与流血，让皇甫唯一虚弱不堪。一天一夜，皇甫唯一还在昏迷的状态里。

皇甫唯一头上的汗水密密地渗出，眼角的泪一滴滴地滴落。皇甫唯一在生与死的路上徘徊，唯一放不下的是拓跋临风。在皇甫唯一昏迷的梦里，只有拓跋临风爱惜她，用细细的针尖，挑断她疼痛的神经，让她感觉不到疼痛。

晚上，少许的汤药唤醒了她。皇甫唯一感到自己虚弱的身体，如一件薄纱，只要一阵轻风，就可以带走。她再次感知到自己的生命活在渺茫的希望中。她微微睁开的眼睛看到清凉的月光从窗口缓缓泻入，慢慢铺满了她的床。一束月光像母亲的手抚慰着她的伤口，她感到痛苦正在缓缓离去，然后她安详地入睡。

五更时分，她被叫醒，喝了米粥，又喝了汤药，伤口上的疼痛好像在与汤药斗争，她在伤痛中看到房屋里的每一个物件都是灰暗的。早晨的阳光擦亮了家具，她的痛苦还在继续。一天漫长如一生，她看到阳光从窗口消失，星星在远处的天空中闪烁，隐没在云端的月儿很是消瘦，低矮的树丛中有小鸟不时发出低鸣，声音里含着哀愁。

皇甫唯一在时醒时睡中挨过又一个黑夜。接着是高烧，一天一夜，皇甫唯一在阴与阳的空间转换。皇甫唯一含糊不清的口齿念叨的是"拓跋临风""银针"，好像拓跋临风的银针能使她继续在阳间存活。无休无止的痛苦与漫长的时日相互示好，只有一个念头是不变的，数日来她时时想到拓跋临风，她不想再想下去，而那个人总是站在她的梦里。

人生如梦，梦的神秘无人可解！

"皇甫姑娘没有好起来？"大夏王早朝前问尚书安英君。

"是，没有好起来。"

"田公公怠慢公务，明知姑娘进宫，却让她怀揣利剑，这是何意？寡人在后宫误伤了她，如今却被民间谣传，陷寡人于不仁不义啊！"

"大王所言极是，那田公公该死。是他疏忽职责，陷大王于不仁不义中，不妨您将计就计，明日亲临皇甫姑娘寝室视察姑娘伤情，以传王宅心仁厚之隆恩。"尚书建言。

"本来就是一个平凡的姑娘，哪知成了让寡人不得不对她慎之又慎的人了！"

大夏王站在皇甫唯一的床前，看见一对新月眉垂着，好像天空的弯月在哭泣。那双秀气的眼睛紧闭着，长长的睫毛柔弱地覆盖在眼帘之上；苍白的小脸，小巧的下巴，有一种一触即碎的脆弱情态。

那神态让大夏王顿时心生怜意。

"人怎么还在昏迷之中？我要你们救活皇甫唯一！"

"皇甫姑娘滴水未进，我等已尽力。"

"若已尽力，如何不见起色？"

"请大王宽恕！"侍女急忙跪下，一脸委屈。

"把粥米与汤药端来，把皇甫扶起一点。"

大夏王坐在床头，轻吹粥汤上的热气，然后喂进了皇甫唯一的口中。反复几次，皇甫唯一睁开了眼睛。当皇甫唯一看清喂粥之人就是刺伤自己的人时，皇甫唯一惊诧地喊了一声"啊！"头一歪，再次昏迷。

"寡人伤了皇甫姑娘，她像惊弓之鸟，看见本王就惊厥。"大夏王说，"每日汤药加粥，分六次喂进。本王要活人，如若皇甫唯一活不了，你们就给她陪葬吧！"

皇甫唯一活过来了。侍女雪宝瓶给她喂过了汤药，就扶着她坐起来，慢慢地脱下了她的衣服，给她换上新衣服。"这是大王吩咐，让绣娘连夜给姑娘缝制的，这前后护心处的貂皮是上好的贡品，只有王妃有一件。"侍女低声给皇甫唯一说。

"我是不想闻见血腥味，也不想一次次看见自己的血迹。"她看着自己换下的衣服，摩挲着衣服上绣着的鸳鸯，"我实在是不舍得换掉这件衣服，这衣服是我娘给我缝制的。"

"那对鸳鸯绣得跟真的一样，可惜被刺破了，就算是用针线把中间的小洞缝合，但是被血染过的痕迹是清洗不掉的，是不能再穿了。"

皇甫唯一也听出了侍女雪宝瓶的惋惜之情。雪宝瓶太聪明，懂得顺着她的意思说话。"这件衣服是大王赏赐的，哪能不穿呢？王妃那件也是当年入宫时，大王给赏赐的。"侍女说着话，扶着她半躺在床头。

皇甫唯一闻见幽幽的香味从窗外飘进来，问道："窗外有几棵桂花树？"侍女雪宝瓶一边用手帕轻轻擦着她额头的汗水，一边回答："一棵，孤零零的，待姑娘伤口痊愈，我再栽几棵，把这里变成桂花林。大家都知道桂花泡茶喝，能够美白肌肤，但是每次最好只摘几朵，多了反倒不好。我明儿清晨摘几朵，备姑娘漱口用。"说完话，她抱着换下的衣服走出寝室。

皇甫唯一嗅着桂花的幽香，藏在心中的苦涩隐隐浮起，与桂花纠缠在一起，她的心绪一会儿愉快一会儿又紊乱。愉快时觉得伤口睡着了，她感觉不到痛。心绪紊乱时，伤口隐隐作痛，痛得她的心尖尖都在颤抖。

朝阳照进了卧室，空气中浮着说不出的香气。皇甫唯一看着早上柔和的光芒，感觉自己的思绪在透明的阳光中飞舞，自由而快乐。甚至有那么一会儿，她都相信自己伤口上的痛被阳光带走了，活力四射又回到了她的心胸。

她在良好的感觉中睡着了。当她再次睁开眼睛，已经是下午。侍女雪宝瓶端来了稀饭，要喂她时，她说："我自己来。"雪宝瓶笑着说："姑娘这是在人间获得了新生，我们这几个侍女也是获得了重生。"

皇甫唯一要雪宝瓶打开一扇门，她坐在床头望向门外。门外阳光正好，雪宝瓶说："姑娘爱桂花，我去采一枝。"

皇甫唯一看见桂花树下侍女站在木凳上，她踮着脚，伸长纤细的手臂，在摘桂花。树下有一个侍女捧着木碗，等待她把摘下的桂花放在碗里。桂花的香味萦绕在每个人身上。桂花树旁有一张石桌，围着石桌的是两把木椅。木椅的四周是浅黄色的草地，草地延伸到东边的花圃边。那儿长着一棵梧桐树，挺直的树干有四丈多高。

皇甫唯一想：两棵树之间有阳光的时候，梧桐树的心里有桂花树的影子。如果没有阳光，桂花树会把自己的香味递给梧桐树，这两棵树不会孤独。想到这儿，她觉得一种莫名的感觉在心间慢慢弥漫。"我还有缘分见到他吗？"她向着远远的梧桐树低语。

在受伤的那一瞬间，她后悔自己的选择，流浪在江湖与进入后宫一样，她还是在受伤，还要面对看不见的迫害。甚至，深宫比江湖还要凶险。流浪在江湖还有可能遇见爱情。

经过日夜的伤痛煎熬，她更加想念拓跋临风。养病的日子是漫长的，在漫长的时日里，皇甫唯一在反复地想一个问题：如果自己的武功再高一点，是不是就可以从胡景刀手下逃脱，是不是就不用被绑着见到大夏王，是不是就可以继续流浪在江湖？那样的话，也许就有机会再次见到拓跋临风，是不是还能与他白头偕老？

每每想到这儿，她就后悔自己年幼时不下苦功，没有把武功修炼到炉火纯青的程度，致使自己与心爱之人越来越远。

思绪反复，她又倒着往回想，假如她不是被胡景刀捉回，那么她就能与拓跋临风喜结连理吗？拓跋临风爱自己吗？他与自己成婚后会相爱如初吗？如果不能，她自己又是为了什么呀……这样一串串无尽头无止境的问题，在皇甫唯一的心里转了千百转，她的眼泪也就跟着掉了千百次。

一阵桂花香飘在鼻前，雪宝瓶捧着一个玉石小瓶，瓶里插着一枝桂花，放在她床头的木桌上。"桂花有提神醒脑的功效，姑娘多闻一些桂花的香味，就不会多愁善感。"

"宝瓶性善心细，好姑娘，人见人爱，花见花开。"

雪宝瓶有点害羞："不用夸我，还是赞桂花吧，它那么香，人人都喜欢它。"

"做一棵树挺好的。"一对新月眉下的眼睛显得神采奕奕。

"姑娘喜欢树，我喜欢草，无论是树还是草，都开花结籽，这下可有话儿能拉了。"

"嗯，一棵树的根、叶、花、果，都有自己的特点，就像一个人，五官、衣着、声音、爱好都是有别于他人的。有的树以花为名，如蜡梅，因其花瓣带蜡质而得名，一些人以为蜡梅是冬天开的就写成腊梅，其实蜡梅才是它正式的名字。"

"有些花草，一听名字，就能大致想象到它的样貌。"

"起名的人也是根据树木花草的特点起的，如罗汉松，种子下面带有膨大的种托，红色的种托像披着袈裟。银杏，种皮为白色，形态似杏。银杏树又称公孙树，从栽种到结银杏果要二十多年，四十年后才能大量结果，公种而孙得食。银杏树叶到了秋天，有灿黄的轻盈之美，一枚树叶像一只翅膀，两枚树叶的叶柄叠放在一起，很像一只展翅飞翔的蝴蝶。"

"那就用四枚银杏树叶，拼作两只蝴蝶，让蝴蝶不孤单。"

"那是要拼成梁祝的影子了。"

"不说悲剧，只谈花草。"

"有点浮想联翩了。继续说花草，如鸡蛋花，洁白的花瓣，蛋黄色的花心，看上去就像蛋白包裹着蛋黄。还有蜘蛛抱蛋，花朵奇特，犹如一只蜘蛛抱着一颗蛋。百合，鳞茎由许多白色鳞片层层环抱而成，状如莲花。白芨，根白色。还有以花果的颜色为名的，玫瑰两字皆是玉字旁，一开始是指代一种宝石，因为玫瑰的花色和这种宝石类似，故得名。金丝桃花的花蕊金黄色，形态似桃；金丝桃也叫土连翘，它还是一味中药，清热解毒，祛风湿，消肿。"

"姑娘也懂医术？"雪宝瓶问。

皇甫唯一点点头，脑海里浮现出梅花给她敷药的往事，那份恩德不能报答，眼里就多了一丝泪光。"那时在史料馆里也翻过一点医书。"

"说起史料馆，怎么就有想哭的样子，那时很苦吗？"

"岂是一个'苦'字就能表述的，唉！"

"人事大多一言难尽，还是谈论花草，养眼养心。花草也是会听声音的，春天的脚步一到，迎春花就听到了，迎春花期就在三月份，正是初春时节。杜鹃花听到杜鹃鸟叫时，就花开满山作回音。含羞草，一碰叶子就'害羞'地闭合起来。上午太阳升起，睡莲伸展花朵绽开，下午太阳西下，睡莲收拢花瓣入睡。"

"好的，我俩也做一朵睡莲吧。"

"睡莲的花是白色的，根也是白色的。"

"睡莲不像绚丽的牡丹花，热烈绽放，受人追捧；也不像淡雅芳芳的桂花，惹人怜爱。"

此后每天清晨，雪宝瓶都采一枝桂花放在皇甫唯一的卧室，确实如雪宝瓶所言，她嗅嗅花草的香味，不再追问往事，心神也宁静了许多，伤口愈合得也快。几天过后，她可以走出卧室了。

皇甫唯一在宫中走走看看。空气清新，她像一场大梦初醒。皇甫唯一喜欢雨雪霏霏的景致。在雨雪飞扬的时刻，看不见的激动牵引着皇甫唯一漫步。一步，两步，许多步，谁会数呢？谁知道谁一天要走多少步呢？谁愿意数呢？从长亭到短亭，从楼上到楼下。那是一段一段的空白，谁愿意纠缠空白的过去呢？

皇甫唯一最爱的是春天的雨雪飘落在耳边发梢的感觉，像拓跋临风说过的绵绵细语，在心弦跳跃，波动……

忘记一个人，有多么难呢！

皇甫唯一闭着眼睛，心里想的全是拓跋临风。

十七　高高耸起的眉峰

皎皎圆月，脉脉不语。皇甫唯一在半圆的窗下，垂手而立。忽然，服侍的嬷嬷从门外进来，欣喜地说："大夏王今日来看姑娘。"

"大夏王，要皇甫唯一死，又要皇甫唯一活。我真的不想看见他。"

"皇甫姑娘，见不见大夏王，可不是由姑娘决定的事。姑娘也不要这样说大夏王。大夏王没有狰狞的面目，也没有暴戾的脾气，并不像人们传说的那样。"

"哦，是吗？"

"也许就是这样，口口相传的好人，不见得事事都做得光明磊落；口口相传的坏人，也不见得件件事情都是害人的。"嬷嬷一副哲人的样子在强调。

"角度不同，牵扯的利益不同，才有好人、坏人的一时之分，对吧？"皇甫唯一也一副哲人的样子回应道。

说话之间，大夏王走进来，并径直走向正座。"身体已经康复？"他落座后发问。

"是。"皇甫唯一回答。

"寡人与皇甫姑娘的短剑有了一面之缘后，还想再看一次。"

皇甫唯一拧着新月眉，犹豫着从枕下取出短剑，递给了大夏王。

"这么阴郁的兵器，怎么可以佩带在一个如花似玉的女子身上呢？"大夏王用手掂了掂短剑，高高地耸起眉峰。

"兵荒马乱的时节，一个女子要有防范的意识。"皇甫唯一脱口而出，说的却是拓跋临风的语句。

"寡人要称雄天下。在寡人的王宫里，每个人都是安全的。"他自信的神态足以傲视天下。

"是，皇甫明白。"皇甫唯一垂首而站。

"这才是一个女子应该佩戴的器物。"他拿出一个手镯，乳白的质地，间杂着丝丝缕缕翠绿的色泽，这是上好的蓝田美玉。

"过来，寡人给你戴上，这是大夏国给你的饰品。"他抓住皇甫唯一的左手，把手镯推上皇甫唯一的手腕。

"这把短剑，交由本王处置。"

"不！"皇甫唯一竖着一对新月眉，脸上是毫无商量的神色。"这把短剑是祖上相传，皇甫不能相弃，请大夏王原谅。"皇甫唯一脸色绯红地补充着。

"哦，既是这样，本王就不勉强。"

夜深了，红烛摇摇，牵愁动恨。皇甫唯一不知道她能做什么。

大夏王出现在灯前，拖着长长的影子。

"皇甫拜见大夏王。"皇甫唯一摧眉折腰。

"免礼，寡人今夜就住在你这里。"大夏王施舍隆恩的样子。

皇甫唯一还能说什么呢？她一件一件地剥下自己的衣服，然后留下内衣，顺从地躺在床上……

大夏王是怎样的宽衣解带，皇甫唯一不知道。因为她吹灭了红烛。

皇甫唯一摸索着枕下，要找那把短剑。

剑没有找出，大夏王的手已经落在皇甫唯一的胸上。

皇甫唯一一抖，立即抽出枕下的手。皇甫唯一抓住了他的手，不要他的手在自己的身上游走。

他身体的重量让皇甫唯一感觉到屈服的寒衣罩在自己的身上。皇甫唯一挣扎了一下，他就拉掉了皇甫唯一的内衣。

大夏王的手在皇甫唯一的胸脯上移动。皇甫唯一仿佛看到一只蜻蜓从水面点过，肉眼看不见的波澜在微微扩散。他的手其实是一只燕子，剪刀似的尾巴，好似在春风里划出优美的弧度与形状。春风使人陶醉，燕子已经飞走了。

在大夏王的身躯下，皇甫唯一的心胸平得像西湖水，轻的似杨柳风。他珍惜过这样的平静，也怜悯细微的柔软，那感觉似一江春水。

他在风里，帆船离港，驶向大海。他喜欢宽阔的海水，浪涛汹涌的水面，这样的水面，才能让他心生激情，豪迈地跟着浪涛翻卷，冲向天际，冲向经常出现在脑海里的天际。

他的手似帆船一样驶向下游，水面平静得犹如小石潭的潭水。他的手，感到了一个词，瘦，瘦西湖，完全是西湖。他停下游走如船的手，气恼地问，啊，怎么就这么瘦呢？

皇甫唯一停止了挣扎，木头一样没有了身心，只有眼泪从眼里滚滚而出，如长江之水滔滔不绝。

大夏王也停止了动作。他摸着皇甫唯一的脸，摸着了她的泪，叹息了一声。

"后宫嫔妃无数，哪一个不是年轻貌美，哪一个不是盼月亮一样的盼着寡人的宠幸与爱抚！"

大夏王点燃了红烛，整理衣服，并不恼怒。

"皇甫今日身体不适。"皇甫唯一低头，泪在滚落。

"哦，是病了吗？"他摸着皇甫唯一的额头，一脸疑惑。

"皇甫第一次与大王这么亲近，有些紧张。"皇甫唯一实话实说。

"紧张，不应该有啊。"大夏王的脸色逐渐转为铁青色。

"是，不该有。"皇甫唯一木讷地顺从他。

"从你进宫的那一天起，你就应该知道有这么一天。"

"是。"皇甫唯一弯腰为他穿上鞋子。

从皇甫唯一明白自己不过是一个玩偶的那一天起，就知道迟早有这么一天。但是，皇甫唯一希望那一天遥遥无期，在她顺利逃出大夏王宫时，仍然没有来到。

"总有一天，你会心甘情愿的，寡人愿意等，愿意为你破例一次。"他轻声说。

皇甫唯一是执拗的。大夏王熟悉这样的执拗。这样的女人他曾经遇到过，但是，经过他的驯化，立即就变成他的小绵羊。

大夏王要发动一场进攻，攻下这块属于自己的"疆土"。

戎马半生，他最熟悉的就是攻城略地的过程。现在，看着眼前这个女子，他轻蔑地哼了一声。对皇甫唯一的这种状态，他一点也不陌生。就像悲情的将军守着一座孤城，无依无靠，无援军，无粮草，还能军心不动摇？还用得着执铁披甲地去破城？她的这种冥顽不化的执拗，只是让他多浪费几分钟时间而已。

胜利百分百地属于他。最终，她依然是附属，跑不了。没有这样的判断与掌控能力，他的骨头早已经化为尘土了。

他是优秀的猎人，他看在眼里的女人，是他的猎物。尽管她们试图挣扎反抗逃跑，但是，都被他一一驯服。在这个古老的森林世界里，他是唯一的优秀的猎人。他伺机而动，像一头潜伏在草丛中的猎豹，只要有可口的鹿、羊、兔子从他的面前经过，他的两眼就闪着兴奋的光芒，心跳加速。选择适当的时机，一跃而起，然后，奔跑，追逐，撕咬，吞食……他是追逐羚羊的猎豹，他是围捕麋鹿的雄狮，他是觅食的百兽之王。

他也曾想要温柔地对待她。他抚摸她的头发，她推开他的手；他亲吻她的肩膀，她躲开；他拥抱她，她僵直起身子，身体语言全是拒绝、抗拒。他想不明白，难道她曾经的低眉顺眼，她在宫殿里的低头叩拜，都是假象？

现在的这一切告诉他，她根本不喜欢他这个人。她的身体的语言告诉他，她给他营造的崇拜，其实是一个弥天大谎。若不是自己亲身体验，这谎言将永远虚无地存在。

他要惩罚她。他愤愤地想。他搂住她，把她推在床上，压在她身上，手伸进她的裙子，一把扯下她的衣裤，趁她还没有反应过来的刹那间，已经完成了攻入城门的关键战役。她挣扎。他不动声色，继续挺进。

她本能地挣扎，她没有脱掉鞋的脚，蹬在他正在杀戮的枪支上，他受伤了。他来不及掐死她，立即撤退疗伤，眼里冒着愤恨的凶光。

没有悬念，也没有例外，皇甫唯一被安排在清冷的寒宫里。皇甫唯一不后悔，她瞪着眼睛，没有一滴眼泪。

劳动是换取衣食的唯一方式，皇甫唯一也不例外。红的纱，绿的布、紫的手帕，蓬草捣衣，漂洗熏香，然后晾在竹竿上。五颜六色的纱与布，把冷寒宫装扮得犹如五彩祥云的天宫。

脖子酸，手指痛，皇甫唯一不难过，她终于可以不再面对那些嫔妃和大夏王了。

皇甫唯一厌烦她们。她们就是和皇甫唯一甜言蜜语地说上三天三夜，也不会说出一句心里话。这些，让皇甫唯一窒息，也让她郁闷不已。

皇甫唯一情愿一个人面对冷冷的雨、不眠的月。借助想象，把心里话说给拓跋临风，想象他会安慰自己的情景。

就这样，皇甫唯一可以把拓跋临风的音容笑貌反复回忆。皇甫唯一相信，如今若能够再见他一次，皇甫唯一一定是笑脸盈盈。

在冰冷的夜里，皇甫唯一会想他在哪里风餐露宿？爱一个人就是在寒冷的夜里，不断地在他的杯子里斟上热茶。如果近在咫尺，皇甫唯一愿意给他加衣加汤，温暖他的心。

黑夜已经来临，黑色的手掌合住皇甫唯一的眼帘。然后，这只手指引皇甫唯一去到了梦里。

在梦里。

皇甫唯一在崇山峻岭间独行，青山翠微，草木吐芳，山涧水流潺潺。皇甫唯一心情愉悦地走向溪流，临水而立看见了水中倒映的峰峦侧影。

皇甫唯一弯腰掬水，在秀美的山水之间，闭住双眼，清洗脸庞，沉浸在美妙的享受之中。

皇甫唯一听见了风生水起的变化。她睁开了眼睛。溪流的对岸，不知何时，竟然站着一只狼。一只灰色的狼，双目怔怔，脸上的纹线里藏着抑制不住的奸恶。

皇甫唯一啊地惊叫了一声，立即想到了拓跋临风送给她的短剑，那是她藏在身上的唯一的武器。她用手要摸出腰间的短剑，却发现腰间空空，短剑不在。

"跑！"皇甫唯一想。

"不能！"皇甫唯一命令自己。小时听爷爷说过，遇见狼，千万不能逃跑，只能对峙。因为狼十分狡猾，它会在你转身而逃时，用鬼神一样的速度，扑上来，咬住你的脖子，吮吸你的血液……

皇甫唯一呆呆地站着。对岸的狼，慢慢地涉水而过，一步一步地逼近。

皇甫唯一大声呼救，与狼做坚决的对峙。

梦在这里结束了。她醒了，大汗淋漓。

皇甫唯一看见了窗外的黑夜，她听见了猫头鹰的叫声。

无边无际的黑暗包围着皇甫唯一，她需要光亮。一次，两次，颤抖的手点燃不了明灯。终于，点燃了，在萤火虫似的灯光下，她确信自己在大夏王的冷寒宫中，而不是山水之间。没有灰色的狼站在对岸。

皇甫唯一摸了一把湿淋淋的头发，按住狂跳的心脏，不住地颤抖。她在颤抖中面对真实的黑夜和无边的黑暗。

白天怎样过，皇甫唯一不在意。连日来，常在梦中看见狼，站着的狼，蹲着的狼，灰色的狼，白色的狼……皇甫唯一却是固定的，只有独自一人，没有拓跋临风，也没有熟悉的人，更没有陌生的人在皇甫唯一身边相陪。皇甫唯一看不到可以救自己于水火之中的人。

梦固然可怕，但终究是梦，可怕的是梦中醒过来后的颤抖，还有留在意识里的余悸，让皇甫唯一恐惧噩梦，恐惧黑夜的来临。

黄昏过后，黑夜就像无边的沼泽地。皇甫唯一在黑夜的边缘挣扎至黑夜的中央，再从黑夜的中央挣扎至黑夜的边缘。启明星升起了，曙光初现，渐渐地她不再挣扎。

皇甫唯一筋疲力尽，茶饭减量。这是她身体越来越虚弱的原因。

酒后的大夏王，眼睛充血，醉醺醺，魔鬼一样撞开了木门，摇摇晃晃地踏进了冷寒宫。

皇甫唯一从梦中惊醒，心要从嘴里蹦出。

"草芥一样的女子，在本王面前还不跪下！"他喊道。

皇甫唯一睁大眼睛，不知如何应对这样的场面。

"跪下！"他声若雷霆。

皇甫唯一瞪大眼睛看着他，无边的惊恐缠绕着皇甫唯一。她呆立不动，没有跪下。

他一脚踢来，她应声而倒。

他咧开嘴笑着："本王的王后嫔妃，哪一个不是出身名门望族。哪一个见了本王不是三拜九叩，只有你！"他指着已经站起的皇甫唯一："不识好歹，不会察言观色，不懂宫中规矩！"

皇甫唯一厌恶地看着他酒后的样子，心里慌乱如麻。

他摇晃着一步一步地走向她，魔鬼一样的脸上露出邪恶的笑意，他的手按在皇甫唯一的肩上。

皇甫唯一向后退了一下，他的手落空。他看了看空着的手掌，醉酒后的怒火立即燃起，从心中蔓延到脸上。

他又向皇甫唯一走近了一步。

皇甫唯一无力地向后退，他仍向前走。皇甫唯一退在床头，无路可退。他站在床尾。

他向前踏步。

皇甫唯一听见他握着的拳头有了咯吱咯吱的声响，她从枕下抽出了短剑，过程迅速。那一举一动却没有逃脱他的视线。

皇甫唯一竭尽全力用剑刺向他。他抓住了她的手。

他左拳打来，皇甫唯一的右臂震动，手中的短剑飞出，"嗖"地扎在屋梁上。

他右掌扫过，皇甫唯一倒在床上。

他一步跨上床，用脚踩在她的胸膛上。"本王只要稍稍用力，你就会口吐红血，命归黄泉！"

皇甫唯一不言不语，瞬间世界静止了似的。

"敢和本王动刀动剑！你真是无知无畏啊！"他轻蔑地笑了，"你问问宫中众人，哪一个不知本王自幼习文练武，戎马倥偬！"

他下了床，站直。

"本王不杀你，不是你有什么沉鱼落雁之容。本王宫中众多嫔妃，个个貌美如花，不比你差多少。本王不杀你，是因为本王不能让民众说本王滥杀无辜，连一个女子也不放过。饶过你才能显示本王的宽宏大量，才能显示本王有海纳百川的胸襟。这胸襟是真正的一代圣贤明君的胸襟。"

不几日，民间传着一个消息：大夏王探视皇甫姑娘，不料那姑娘没教养，不知感恩，持刀行凶。幸亏大夏王身经百战，躲过刺杀后，对姑娘良言苦劝，并不追究。这一切都是源于大夏王深知民间的诚意。只是那姑娘缺乏教养，不领旨意，不能深明大义。

十八　宝剑出鞘，萧萧而鸣

　　"族人有言，说姑娘真要是杀了大夏王，也是为魏国除去心头之患，肯定是功绩一件。但是，姑娘一定要在手起刀落时，杀大夏王于无声无迹之中，不能留下活口，不能授人以柄。如若做不到，请姑娘还是另想高明之策。这是皇甫族传达给姑娘的口令，也是姑娘独善其身的办法。"

　　"为什么你们要这样做，你们这样做的真相是什么？"

　　"真相，你还渴望知道真相。在政治事件中，真相永远只有决策者一人知道。执行者只知道现场的具体情节，永远不会知道整个事件的真实目的和意图。"

　　皇甫唯一只能明白一点。她是一把剑，杀大夏王是皇甫唯一的职责。可是，皇甫唯一没有操持过兵器，如何杀他于无形？

　　"杀了他，我就能回到拓跋临风身边吗？"皇甫唯一问。

　　"不要称他为拓跋临风，他现在的身份是大夏国的先锋官。"

　　"无论他的职位是什么，在皇甫唯一心里，拓跋只是我心中爱恋的人。"皇甫唯一想起他谈起兵败的神情。那黯然的神情，让皇甫唯一有了瞬间的震撼。

那震撼让皇甫唯一心生无限的柔情。

护城河是白昼的脸庞，恶狼一样的黑夜使皇甫唯一心生恐惧。

如果还可以试验，皇甫唯一愿意把所有的裙裾撕裂，一条一条接起来，系住太阳，不要太阳西沉，阻止黑夜来到皇甫唯一的面前。

如果没有了黑夜，梦想还能够延续，皇甫唯一期望她的短剑能够把黑夜斩断。

在长夜里，在微弱的灯光下，皇甫唯一修长的手指翻阅着淡黄的竹简，反反复复地读读写写，写写读读，还有什么能比用这种方式排遣内心的孤寂来得更快呢？

明月升起，照进窗户，枕边的书简，泛着淡淡的竹香。

战争使皇甫唯一与他相遇，战争又使她与他相别相离，天各一方。而皇甫唯一，只能割舍心里的最爱，接受心里的恐惧。从此，光明与馥郁的路途不是她的，她面临的是没有爱情的人生。

皇甫唯一的泪来自心底。

皇甫唯一做着一切可以挽救自己的准备，剪刀、菜刀藏在床下，短剑藏在枕下。

皇甫唯一的欢乐不在窗边，她的忧郁缩在床上缄默着。

夜里，她梦到了大夏王冰冷的脸孔，他说着话，她听不懂他说的什么语言，只能听出他语言里的冰冷，像一些蒙面持刀的武士，从四周逐步包围她，一步一步靠近她。

宫人抽动了门闩。伴随着浓重的酒气，大夏王推门而入。皇甫唯一看见他血红的眼睛，大夏王盯着她，像一只狼盯着一只羊，眼里闪着凶残而自负的光芒。

皇甫唯一听到他酒后沉重的脚步声，像听到了鬼魅的脚步；皇甫唯一看到他酒后的眼神，像看到了鬼魅的眼睛。

钟声"叮——当——叮——当"地响着，皇甫唯一知道那是青龙山凤栖寺的钟声。皇甫唯一的心在钟声的声波里不停地摇晃。"是他死？还是我死？"皇甫唯一在紧张地思考。

"叮——当——叮——当"，在一起一伏的响声中，皇甫唯一觉得她在前世今生里轮回的只有一个问题："是我死？还是他死？"

这样的场面，这样的遭遇，皇甫唯一虽不是第一次遭遇，但她仍束手无策，放任自己的手和脚渐渐变得冰冷。

"砰"的一声，大夏王踢飞了门边的木凳。木凳腾空而起，破窗而出，然后碎落在窗外。接着，他的大手一挥，桌上的器皿全部碎落在地，发出刺耳的声音。

皇甫唯一发现他像一只披着羊皮的狼，在酒精的作用下，总是露出真实而狰狞的心相。

而皇甫唯一，只能是一只任人宰割的羊。

是什么，让他一次次做出禽兽不如之事？皇甫唯一隐隐约约明白，是战争，是失败的战争。十多年来，他习惯了大败他军，血染西凉，击破上郡，再破麟州，他习惯了节节胜利。如今，他的军队被他的盟友攻打，溃败。他第一次认识到所谓肝胆相照不过是他一厢情愿的想法，所谓的盟友，为了利益可以相互厮杀，势不两立。他心生愤怒。如果能把天抓在手里，皇甫唯一相信他心中愤怒的力量可以把天撕开一道口子。

"你，过来！"他声音巨大，鬼哭狼嚎一般的声音充满屋子。

皇甫唯一站着不动。她的脑海中闪现出自己曾用短剑刺他，然后自己被踩在他脚下的往事。

他跨步而过，抓住皇甫唯一的双臂，要按倒她，要她跪在地上。

"我是一个物品。物品不讲礼仪。"皇甫唯一拒绝下跪，大夏王怒不可遏。

皇甫唯一扬起的手臂碰到木桌边。"咣当"的一声响，手腕处的玉镯断成几截，碎落在地。

他停下来，看了一下地上的碎玉。"好狠啊，宁可玉碎，不让瓦全！"他大声喊道。然后，拔出腰间的宝剑，凶恶地看着皇甫唯一。

这样的遭遇似乎没有尽头。

皇甫唯一不哭泣，也不呼救。是惧怕，还是绝望？

出鞘宝剑闪着寒光，像要嗜血。

皇甫唯一一脸镇定。还有比看到鬼魅令人恐惧的事吗？

还有比渴望死亡而获得解脱，这样令人庆幸的吗？

世间的人与鬼魅是一样的，总是害怕强大的，欺凌弱小的。皇甫唯一憎恶这个世界，更憎恶眼前这个鬼魅一样的大夏王。

想到这一点后，皇甫唯一抓起地上尖锐的碎玉，迅速靠近另一只手。

他看着，不动声色。

皇甫唯一想，她终于可以结束这样痛苦的日子了。皇甫唯一微笑着，右手五指捏紧碎片，要在左手腕上拉开一道口子，让她自己今生今世都改变不了的悲剧，随着全身的血液，从这道口子里全部流失、消散。

他丢下宝剑，扑过来，抓住皇甫唯一的右手。两人一起倒在地上。

皇甫唯一挣扎，义无反顾地想要了结。

他抱住皇甫唯一，抓紧她的右手。皇甫唯一的挣扎无济于事。她开始哭泣，像儿时手中的糖果被人抢走一样。

他用舌头舔着皇甫唯一的泪水，他的舌头又伸进了她的嘴里。皇甫唯一用力推开。

他仍紧抓不放。他的喷着酒气的唇，落在皇甫唯一的唇上，热烈而缠绵。

"你是寡人的，你不能死。"

"不，让我死去。"皇甫唯一要挣脱他的手。

"不准，寡人不能让你死去。"

"我活着比死去痛苦。"

"好，寡人让你看看到底是活着好，还是死了好！"大夏王半醉半醒地向门外吩咐："带皇甫姑娘上一趟断青岗。"

千里坟茔，无处话凄凉。

飞禽走兽在灯光和铃声的交织下，纷纷逃散。皇甫唯一在昏黄的灯光下看到，有野兽撕咬过的尸体，白骨和血迹，碎肉和残肢……皇甫唯一呕吐起来。

"死了，就这样拉出去喂狗。让野狗撕裂你的肝肠，啃食你的头颅。"听到这些，皇甫唯一停止了呕吐，脸上出现了宁死不屈的倔强。皇甫唯一想："死都死了，害怕什么野狗，可笑！"

"你若活着，你的家人还有奉送的衣食，不会食不果腹，不会流落山野，不会被野狼撕咬。你若自此死去，只有你的家人会为你哭得死去活来。"他看见皇甫唯一的眉毛轻轻地动了一下。

家人，家人是皇甫唯一的亲人，血管里流着相同的血液。是生她养她，给了她完整的生命与健康躯体的人。一段梦魇进驻了她的身体。犹如千军万马进驻了她的身体。战马萧萧，战鼓如雷。比千军万马更为可怕的是，明晃晃的军刀，寒冷，残酷。

此时，他给她的只有四个字：冷酷、残忍。

冷酷地让她看到人间最悲惨的一面，然后，以冰冷的眼睛看着她，看她惊愕、呕吐、难堪而不动声色。

皇甫唯一想消融这冰冷的噩梦，先给断青岗温暖，再给孤魂拥抱。但是，他生硬的手猛地抓向她。大夏王把她抱在怀里，他的粗壮的身体如一块岩石，硌得她的身体生疼。她伸展的胳膊被僵化。她想要挣开这岩石般的围堵，她的挣扎只是雪上加霜，她的身体被硌得青伤红印，一片连接一片。

大夏王继续："然后呢，不会厚葬你的，可能还会埋怨你没有为国尽忠，当然，不会有惋惜之情。然后，再选一个美女，继续进贡给本王。"

他转换了一种无所谓的口气："当然，这还要看本王想不想接受他们的心意。你也许不知道，给寡人进献美女的人也很多。"

他看见皇甫唯一黛眉倒立，怒目而视，那狠劲到了要他死几遍的程度。

"就算你狠，现在就杀了本王，你也不会活着走出去。"他眼神冰冷，看着皇甫唯一渐渐蹙起的双眉，眼睛泪光点点。

皇甫唯一哭了，眼泪落在冰冷的岩石上。经过的夜风，吹干了她的眼泪。她抓向岩石，岩石纹丝不动。她的手指被磨破，岩石上留下她的斑斑血迹，被经过的劲风剥落。粗糙的岩石依然完整如初，没有一道印痕可以被记录在身。

两个没有爱情的人却要一生一世在一起，这是人间少见的故事。而她，就在这个少见的故事里。

皇甫唯一有些哽咽："我来的时候，不知道我只是一个附属，我本不带着任何目的。倘若死去，也不过是落叶一片，无人收葬。"

"这样想也好！你的忧郁也不过是眉宇微蹙，哀伤也不过是眼里含泪。"他叹了口气又道，"你别无选择。你只能活下去，只能依赖本王活下去。看在你天生丽质的分上，本王允许你做本王华丽的附属。"风云变幻无常，他已经交出了全部的柔软与温情，只留下坚硬与冰冷。

她试图挣开他的怀抱。她的拒绝似蚍蜉撼树。他携带着他无坚不摧的力量与冰刀霜剑似的冷酷，所向披靡，长驱直入。

一块岩石塞进了皇甫唯一的心房，她的五脏六腑被硌得生疼。一块岩石压住了她的灵魂，她展开的翅膀只能徒劳地扑扇。

一块石头就算听见冰碎的声音，他也无动于衷。

她心里突然就有了尸骨遍野的场面。这是一双双死不瞑目的眼睛啊。"对，合上眼睛，对自己说，请安息。"她想。

十九　琉璃瓦，小花熊

那夜过后，皇甫唯一觉得自己的心里住着一只狼，没有羊。

以前，她的左心房住着狼，右心室住着羊。左心房的狼从左心房跳出来，竖立着短小的耳朵，恶狠狠的目光，来自两只绿幽幽的眼睛，源源不断。那夜，那只狼扑向了小羊。皇甫唯一的右心房空了，空旷而无声。她的左心房被狼占据，狼的声音穿过膈区，在空旷的右心房中传递出辽阔而遥远的音色。

最恐惧的还是黑色的夜晚。

在黑色的夜晚，皇甫唯一收到皇甫族人的传话，爷爷过世了。皇甫唯一祈求上苍，给她力量。她要用匕首、剪刀、钳子，把黑夜和噩梦重重击碎。然后，用光明把黑暗的碎片全部扫除在千里之外，让已经过世的亲人，沿着寂静的回忆，走进她孤独的梦里梦外。皇甫唯一多么想知道他们在另一个世界过得好不好。阴阳相隔，除了祭奠，她还能够为他们做什么？皇甫唯一的心记着他们，在黑夜与白昼之间，在白云与萤火之间。

皇甫唯一曾经以为自己可以在春天为他插一枝花，夏天为他摘一枚杏，秋天为他缝一件衣，寒冷的冬夜为他端一碗热汤。

可是，她什么也没来得及做，生离死别的悲剧就已设定好了。

皇甫唯一只要自己的亲人，还有她的恋人。

皇甫唯一牵着拓跋临风的手，出现在她的梦里，而这只能让她心痛不已。

生命是自己的，人生是自己的，黑夜像茫茫大海，要自己渡过。皇甫唯一担心风浪袭来，海浪滔天时，她无力应对。

在无边的黑夜里，皇甫唯一默然慨叹自己无法实现的希冀与梦想。

静默的夜空，闪烁的星辰，还有静默的银河，像文字，像图片，像扬起的霓裳、舒卷的长袖，精美绝伦的传说在此升起，在此沉沦。

夜空不会说话，只有静默；皇甫唯一不说一句话，唯有等待。

说什么呢，说皇甫唯一爱上一个人，然后一厢情愿地等待他的到来。

等待，等待，最后还是等待，就算是等到变成岩石，皇甫唯一也心甘情愿，无怨无悔，从来不知道这是悲剧的形式，从来不知这是悲剧的内核。

灯火阑珊，琴音从庭院深处顺流而下，叮咚叮咚，绕过皇甫唯一身边。

爱非所爱。这到底是悲剧还是什么？

雨点拍打着楼堂的琉璃瓦，皇甫唯一躺在卧室，听着飘忽的风吟，看着修长的手指。

皇甫唯一知道她的手指可以握住一把剑，就像她的理智可以让她有一份顾盼生姿的神态。但她的枕下却压着一把黑色的短剑。

殿内悄无声息，阶前夜色如水，皇甫唯一伸出纤纤手指，摸出枕下的短剑，紧紧握在掌上，感受剑刃的寒气。

在寂静的时刻，皇甫唯一熟练地把玩着短剑，冷冷的柄，冷冷的鞘，那是她的冷静和执着。它在黑夜没有光芒。

只有她知道它的锋利和作用。

噼啪噼啪，雨珠滑过琉璃瓦，落在玉石台阶上，犹如嘚嘚的马蹄声。

在这个雨夜，如果拓跋临风能骑马奔来，救皇甫唯一于大夏王宫深闺，她目之所及一定会精彩纷呈，她一定明白什么是不枉此生。

噼啪噼啪，雨珠滑过琉璃瓦，落在玉石台阶上，犹如"嘚嘚"的马蹄声远去，留下的痕迹在雨中瞬间消失。

皇甫唯一不相信，她所期望的天长地久的爱情，只能化成梦里的泪。

老鼠在地上、屋梁上流窜，放肆地嬉戏，一对对晶亮的眼睛里，有着皇甫唯一看不懂的快乐。皇甫唯一不害怕。她只是害怕它们在她睡熟的时候，撕咬她的耳朵，啃噬她的手指。

没有了耳朵，皇甫唯一怎么能听清那些暗藏杀机的命令。

没有了手指，她怎么能浣洗那些无穷无尽的脏衣物。

白天，皇甫唯一埋头苦洗。冰凉的洗衣水，无时无刻不在提醒，要她理智地保持着皇甫女子的身份。皇甫唯一知道，她别无选择。

夜晚，皇甫唯一害怕夜晚。她害怕黑色，那是让人恐惧的颜色，那是让人恐惧的、夜不能寐的颜色，像王妃看皇甫唯一的眼神。

皇甫唯一曾与她的眼神对接过，那一瞬间，她看到的是一只鳄鱼，一只谋划吞噬的鳄鱼，如果谋划成功，皇甫唯一必然尸骨无存。

皇甫唯一把木质的门闩紧了一次又一次，把木质的窗户关了一遍又一遍。裹着单薄的被子躺在床上，断青岗血肉模糊的情景，总是在她的面前闪现，惊恐夜夜不能平息。

皇甫唯一知道，能让自己感到安全温暖的，只有拓跋临风的怀抱。

东南风带着大海蔚蓝色的湿度，带着长途跋涉的困倦到黄土高原与河套地区之间的大平原上落脚。大平原在酣睡，黑色做了恬静的梦的铺垫和背景。

无定河动听的旋律，给黑色的夜做着和弦式的伴奏。皇甫唯一睡得昏迷不醒，多时的劳累和忧伤，使她累垮了，她的神经放牧在初夏的山间，一条也没有收进大脑里。她睡意深重，在厚重的千丈土层以下，山体覆盖着她的脑海，一朵梦的浪花也没有扑腾起来。

乌云随着东南风来到了大平原，大平原上空明亮的月轮被遮蔽，天幕上闪烁的星辰被遮蔽。稀疏的大树在黑暗里睁着眼睛，看见雨点落下，小草张开手臂，拥抱雨水。一阵风摇落一阵雨，雨点由零零星星变为密密麻麻。

一片乌云与另一片乌云相撞，带电的云层在半空炸裂，电光四射，狗立即躲进狗窝里，用前腿抱住头，不敢与眼前的世界对视，它们耷拉着眼皮，耷拉下耳朵，关闭了对村庄周围以及内部一切信息的监听通道。

小花熊从半山腰中的岩石洞里出发，一路迅捷地到了王宫墙下，没有遇到任何障碍。夜风忽东忽西，雨点忽左忽右，守卫没有发现任何疑点，他们在忽明忽暗的夜色中，看不清一只黑白相间的动物。

小花熊吸了一下鼻子，嗅到了熟悉的气味。皇甫唯一在深如井的冷寒宫里，不可救药地昏睡着。自皇甫唯一回家后又被送进宫后，它悄悄跟在她的身后，直到看到宫门守卫锋利的刀枪，它悄悄退后，藏在青竹幽幽的山坳里，等待时机。与生俱来的嗅觉告诉它，照顾过它的小主人，是世界上对它最温柔的动物，像它的妈妈。

再没有比风雨天气更适合潜进宫的时机了。它曾经思念的小主人在高墙里面。它并不着急，围着高墙筑就的王宫，转了一会儿，看准了进出的道路，确定自己进退有数，然后才一纵身，跳上了高墙，循着熟悉的气味，疾速寻找，终于看到了小主人。

她那么虚弱，那么孤单，那么洁白，雪一样冰凉。它差一点就哭了，毫不犹豫地抱着小主人，挨着她，给她温暖，回报当年她把它从山沟里抱回家的恩情。

柔和的晨光不留踪迹地穿过木格的窗户，又照进了冷寒宫，皇甫唯一不知道这些。她是被小花熊柔软的舌头舔醒了，她睁开眼睛，看到自己躺在小花熊的身边。她一把抱住小花熊亲了亲，整个冷寒宫都好像温暖了起来。

二十　用余生，掩盖忧伤

风击长空，旌旗猎猎。大夏王在旗下歃血祭天。又一场大战开始了。

大夏王把长刀指向幽邃的天空，他的声音在每个人的耳边飘荡：主战营设立在永固城，东依无定河，西接白于山，副营寨设立在无定河对岸的龙泉山上，形成掎角之势。两处战营依山傍水，又高又陡，地势险要，易守难攻。

他国强敌来犯，好在大夏王从未懈怠强兵操练，他前后召集臣僚对军事政治形势做了分析，确定了"先退后进"的作战方针。

战争进程大致可划分为两个阶段。在东西两线全面出击后又退向主营时，大夏王发动了大进攻。兵分五路，发动兵将总数在六十万以上，历史罕见。

第一路军突袭灵州关口，斩获敌首千级，乘机夺下关隘。第二路军决黄河水，淹灌敌营，致敌军死者大半，弃地而逃。第三路军劫持敌军粮食，饿死敌军一些，万人溃散。第四路军派出奸细，引敌深入沙碛水湿地区，人马多遭陷没，损兵折马，被迫撤回。

第五路军采取以逸待劳、步步为营的推进战术，向敌境逼近。大夏王以轻骑快速部队为先锋，利用夏国骑兵的优势——"铁鹞子"兵团，百里而走，千里而期，倏忽往来，电闪云飞，神不知鬼不觉地穿越毛乌素沙漠南缘，将大军云集在无定河中游两侧。

敌闻讯息，登城远望，大夏兵已麇集原野，旌旗猎猎，只能仓促应战。大夏王率领的骑兵"铁鹞子"直扑营寨，喊杀冲击未果，包围了敌方。

大夏兵占据了水寨，断了敌军的水源，许多士兵饥渴难忍，饮马尿，吮马血，最终死亡大半。活着的士兵因体力不支，最终战败。

南征北战，对西凉军，抗南凉军，不停息地讨伐周边各国，大夏王是从不变换的主角。

这次东征明州，战事持续很久。终于，明州王阵前落马，大夏王乘胜攻入。鲜红的血液染红了洁白的汉白玉。大夏王掠取了所有的财宝，俘虏了许多嫔妃。得胜的大夏王正踌躇满志时，被明州拼命而战的将军袭击负伤，只得返道回国。

王妃闻讯后，备轿出城，迎接大夏王。面见大夏王后，泪珠滚滚，哭得梨花带雨，让大夏王深感动心。

"臣妾愿意替大王调教好这些俘虏的女人，让大王宽心养伤。"

"后宫无数，只有王妃能替寡人分忧。"

"这些财宝暂由臣妾替大王保管，确保万无一失。"

"好。"大夏王安心地闭着眼睛答道。

休养了半月有余，大夏王来到了冷寒宫，站在了皇甫唯一的面前，从怀中掏出一对雪亮的银质手镯。

"记得先前给你的镯子碰碎了，今天，给你补上一对不会破碎的镯子。"他说着，给皇甫唯一戴好，把皇甫唯一揽入怀中，久久不动。

当大夏王身体复原后，点名要见那些俘虏回来的美人。王妃恨恨地回答："她们个个命薄如纸，哪有福分服侍大王？"

"本王打算召见一次她们。"

"她们个个不吃不喝，无论臣妾如何劝说，也无济于事，没几天，她们相继命丧黄泉。"王妃双膝跪地，颤抖着。

"既然这样，那就罢了。"大夏王沉吟了一下，说道。

"臣妾请大王忘记那些俘虏，以安养身体。"

大夏王面色温柔地看着王妃。王妃察言观色后，低声说道："臣妾有一事，请大王做主。"

"无妨，请直言。"

"冷寒宫皇甫姑娘不守规矩，造谣臣妾害死了那些俘虏美人，还说藏了她们的细软，摘取了她们的首饰。"

"这个皇甫，让寡人心烦。"

"下个月，宫中将进行释女。"大夏王对无数嫔妃侍女宣布后，无数女子欢呼雀跃。

"释女是谁？"皇甫唯一不解地问。

"谁都有可能。除了王后、王妃而外，宫中的女人都有可能。"女官解释。

"释女是什么职位？"

"就是被释放的女人。如果大家同意，将有女人可以从宫中走出，可以回家、嫁人、生子，再不在宫里生活了。"女官以羡慕的口气说出。

"有这样的善事？"

"有啊，大王他宅心仁厚，故有此善举。"女官肯定地说。

皇甫唯一听见自己的心跳没有缘由地加速。"这是一个机会，如果能被释放，自己将脱离冷寒宫，也许还有机会见到拓跋临风。"皇甫唯一想。

"妹妹在想什么呢？"王妃悄悄地走了进来，身后只跟着女官一人。

"没想什么。"

"怎么可能呢，看你双目发亮，双腮绯红，一定在想什么激动人心的事吧？"

"我一个宫里的女人，能有什么激动的时刻？"

"怎么会没有呢？事在人为。这是你离开冷寒宫最好的机会。错过这个机会，你就没有下一个机会了。"

"大夏王会同意吗？"

"大夏王一言九鼎。如果嫔妃都同意你出宫，他不会为难大家的。"

"嫔妃们会同意我出宫吗？"

"你有你的具体情况啊。首先，你进宫的身份特别，大家都知道你；再者，你到冷宫以后为大家洗衣洗物，勤勤恳恳，毫无怨言；还有，你是宫里少数能识文断字的女子，不应该老死在寒宫里。大家都祝愿你有更好的日子过。"王妃握住皇甫唯一的手说。

一席话说得皇甫唯一泪眼婆娑，她的双手紧紧捧着王妃的手，惭愧自己一直以来对她有误解。

"妹妹，时不待人，你要珍惜机会，不能让机会从你身边溜走。你要让每个人都知道你的愿望啊。"

王妃意味深长地说完了，带着女官悄悄地走了，正如她悄悄地来一样，没有惊动任何人。

"怎样才能让大家都知道我的愿望呢？"皇甫唯一坐在灯下想。第二天，皇甫唯一逐个说情，跪拜在每一位嫔妃的面前，请求她们同意释放自己。她们都笑盈盈地答应着。

一圈下来，皇甫唯一的膝盖跪出了血，又肿又痛。但皇甫唯一很快乐，她终于可以脱离大夏王宫了。还有什么快乐能比得上离开王宫呢？

释女开始了。大夏王询问："你们同意谁做释女？"人们一片沉默。大夏王转头问王妃："没有人愿意做释女？"

"是，大家都说大王待人宽厚有加，王恩浩荡，大家愿意服侍大王终身。"

大夏王开心地笑了，连说："好，好！"然后转向大家问："有没有人愿意做释女？"

"有。"皇甫唯一走出人群。

大夏王的笑容不见了，两眼冷冷地看着皇甫唯一问："谁同意你做释女了？寡人待你不好吗？"

"大家会同意的。"皇甫唯一说。

"大家同意吗？"大夏王问，一脸杀机。

众人看着大夏王的脸色，明白大夏王的意思，鸦雀无声。

"皇甫姑娘，本王应该如何处置你？杖毙宫外！"

"请大王宽恕她，她乃外族之女，不懂规矩。"王妃立即求情。

皇甫唯一愣住了。大家都窃窃私语："王妃真好。"

"看在王妃的情面上，本王不予追究。但规矩既然定下了，就必须执行。除了王后、王妃而外，任何一个宫女都可以出宫回家。"

"女官跟随臣妾多年，臣妾请示大王同意她出宫。"

"大家同意吗？"大夏王问。

"谁不同意？"王妃看着大家问。

"同意。"大家齐声回答。

在成群嫔妃中，皇甫唯一看见大夏王看她时，眼里闪现着另一种光。

皇甫唯一看着众人开心的笑容，心里一片迷茫。但是，她也跟着笑，她的笑容里有芳草一样的安静，她用安静掩盖了多年的忧伤。

别人不曾走进她的心房，听不到忧伤，也察觉不到忧伤。那些芳草长在她的左心房，喂养着憨萌的小花熊。那忧伤一直跟着芳草，一直播放着低低的音符，忠实地做了她青春的背景音乐。她深陷其中，不知道这样的曲调就是忧伤的音乐。

高耸的宫墙，由淡青色的石头堆砌而起。

皇甫唯一站在宫墙里，仰望天空。天空中的小鸟多么自由啊，那是因为小鸟有一对翅膀啊。"我有一双手一对脚又怎么样呢？"皇甫唯一想："如果我能逃出去，小花熊也一定能。"

在漆漆的夜色里，在人声寂寥的冷寒宫里，皇甫唯一突然变得那么勇敢。尽管皇甫唯一的轻功被胡景刀的暗器废了许多，但她运气施展，还是可以飞上墙头。墙外是一条护城河。

跳下去会湿了衣服，皇甫唯一想。

皇甫唯一趴在墙头，匍匐移动，希望能找到有小桥的地方，然后跳下去。王宫巡逻队的火把出现了，皇甫唯一静止不动，紧紧贴在墙头上。火把远了，皇甫唯一继续前进。可是，她发现，在冷寒宫这清冷的地方，压根儿就没有一座小桥。

夜色更加深重。皇甫唯一决定离开宫内。

皇甫唯一落在水里，冰冷的河水让她颤抖。她游向对岸，爬上岸边，站起来，顾不上拧一拧湿淋淋的衣服，顺着林间若隐若现的小路急速前进。

林间的小鸟被皇甫唯一惊醒，飞起来了，盘旋在半空，不时发出凄厉的叫声。那声音在她听来似乎响彻夜空。她只好轻轻地移动脚步。

半弦月升起来了，皇甫唯一翻上了山头，向南望。南面有一条宽阔的大路，那应该是军用道。只要顺利穿过官兵把守的军用道，她就回到了故乡的怀抱。

啊，故乡，还有皇甫唯一的爱情，都在南面的山河里。皇甫唯一按捺住激动的心跳。"雁南飞，是为了生存，我逃跑，是为了自由和爱情！"月光下的山河无限美好，像童谣，像亲人的怀抱。

下山，下山，皇甫唯一与大道越来越近。

把守的军人是一个年轻的男子，他看着皇甫唯一湿淋淋的样子，挥了挥手，就放皇甫唯一过去了。皇甫唯一抬眼一望，前面好像有乌云。乌云下的大道上，站着整齐的军队。

皇甫唯一无路可逃，只能向前走。

"呵，没被乱军砍死！皇甫姑娘，你知道多少出宫的女子已经死无全尸，你命大呀！"这声音像魔咒，让皇甫唯一立定如松，她不想看到大夏王轻蔑的笑容。她闭住了眼睛。

"衣服湿成这样，还在众目睽睽之下，成何体统！"

是谁拉走了皇甫唯一，是谁换了她的衣服？皇甫唯一不想明白。她就想弄明白一件事：大夏王怎么会在这里？

夜晚又来了，皇甫唯一还是站在宫墙内。

从王宫的东头，至王宫的西头，悲凉的暮色渐渐四合，皇甫唯一觉得自己就是一只瓷质的罐子，承接着无数悲凉的暮色。虽然很饿，但她毫无进食的欲望。她想，只有在远离后宫的山野，才能看到银河的清澈，天空的圣洁。

皇甫唯一仰望天河。

她想念山村的水，想念山村的空气，还有皇甫唯一留在山村的恋和爱。皇甫唯一知道，自己的所爱，自己的所恋，只不过是红尘中的昙花一现。

在苦涩的日子里，皇甫唯一觉得自己像被困在笼中的大雁，把心动的瞬间反复演练，反复回忆。

小花熊好像懂得她心里的悲哀，一声不响地陪在她身边。皇甫唯一坐下来，抱着小花熊毛茸茸的身体，下巴抵在它的圆脑瓜上，无力地问道："来这里陪着我受苦，后悔吗？"

小花熊摇摇头，好像在说："我就要陪你度过苦日子。你曾经给我的伤口敷药，为我采摘新鲜的嫩叶，喂我吃萝卜、桃子、瓜果，还带着我玩，我记着你的恩情。"

距离冷寒宫不远的地方就是牛羊骏马的圈舍。

圈舍不远处，就是草窖，草窖里的草垛有两米多高，由冬麦秆和荞麦秆绑成，一层一层摞起来，整齐地码在草窖里。

草窖的右边，辟开的小方块地畔上，红柳顶着淡紫色的花穗，地里长着两寸高的豌豆苗。豆子是皇甫唯一半个多月前撒进泥土的。再有十天左右，豆苗上将开出蝴蝶一般的花朵，白色的，紫色的，现在小花熊的牙齿在豆苗上"嚓嚓嚓"地响着。

皇甫唯一蹑脚蹑手地溜进了草窖，寻找一个藏身之处。冬麦秆淡黄色，荞麦秆紫红色，她踩着两种颜色的草垛，拽着绑在草垛上的草绳，一层一层悄悄地爬上去后，眼睛望着草窖门口，门口一无所有。她平趴在草垛上面，隐藏了自己。紫红色，淡黄色，还有门口薄薄的太阳光，皇甫唯一的视线在三种颜色里来来回回地停留，支着耳朵，等待一个声音响起来，最好是焦急的声音。

小花熊的叫声从门口传进来，皇甫唯一听见小花熊撒着欢儿蹦蹦跳跳地跳进了草窖的声音。她屏着呼吸不出声。

小花熊的声音再次响起，她听见它有些着急。她继续屏住气，不答应。她听见了小花熊在草垛下面往上面跳的声音。她一动不动。往上跳的声音又响起，"咚"——小花熊摔在地上的声音飞进她的耳朵，她立即探出头。小花熊已经站起来了，两只眼睛望着她，一副开心的样子。

二十一　秦岭以北，千里决战

大夏王要拓宽疆域。他说高大的秦岭是大夏国最牢不可破的屏障。

他先派出先锋官率领数千精兵，在夜色的掩护下，踏上秦直道，疾速前行。秦始皇修下的直道反被利用了。当年秦始皇想要了却心头之患，计划大军踩着那条宽阔而便捷的直道，源源不断地直奔九原郡，登上阴山山脉，强势碾轧敌人。

走出百里的半道上，看到打着火把寂然北行的北魏官兵。狭路相逢，勇者胜。先锋官二话不说，跑马上前就开战。对方好似早有准备，有条不紊地迎战。你来我往，敌军明显占了上风。先锋官只好命令撤退。

敌军乘胜追击，先锋官带领队伍节节败退。敌军感觉幸运降临，再加一把劲，就能一举歼灭对手。正当他们挥刀霍霍时，发现自己的军队进入了包围圈，陷入了混乱。

原来是大夏王得到细作消息，敌军出兵取甘泉。他分析了局势，认定敌军锐气正盛，应给予痛击。故派出先锋部队率军夜奔，吸引敌军进入包围圈，关门打狗。

在敌军进攻的必经之路上，他准备了一份出人意料的"大礼"。这份礼物就是五百伏兵。先锋官一行军队撤逃，他们不接应；敌军追击路过，他们也不截击。直等到敌军全部通过后，他们才在敌军身后发动突然袭击。

敌军正追得兴起，身后突然杀出一帮莫名其妙的人，杀气腾腾，连劈带砍，喊杀声惊飞山林里的各类鸟儿。

此时前面的先锋官也不跑了，他们重整阵营，又杀了回来，前后夹击之下，敌军人心惶惶，一败涂地。

大夏王的智慧几乎无人可望其项背，他小试牛刀，便让敌军知道了大夏国的厉害。

他整点集合大军，正式带兵南下。魏国的军队中传说大夏王善用兵法、诡计多端，非善类也。

穷寇莫追，是对一般人而言的。对于意志坚定、心如烈火的大夏王，这简直是负能量的话。

他大声宣布："进犯大夏国者，必诛！诸位要全力杀敌！"赏罚分明，一直是他的惯例。"带头冲锋者，赏千户！负伤者，赏银五十。"

士兵斗志昂扬，喊杀声气冲斗牛。大夏王这才慢悠悠跨上马，带着群情激奋的士兵，南下讨诛。

魏国守将站在远处的箭楼上远眺，当他看到大夏军队浩浩荡荡奔驰而来，没有丝毫慌乱。这是肯定的，大夏王野心勃勃，是司马昭之心——路人皆知，南下攻城略地，是必然的。他作为一员大将，岂能不知？当然，也有不知的，就是不知具体时辰。迟来早来都是来，早来早战，胜也罢负也罢，都是兵家常事。但是，既然早有准备，也就早把生死思索了几个来回了。英勇就义，马革裹尸，是将士的荣耀。

他满满的报国志，也给他的属下将士灌满了守家卫国的士气。所以，他有理由相信大夏王的不败传奇应该改写一次。

一见面，就开战。不用说话，说啥也避免不了动刀动枪。

魏国守城的士兵发现，大夏国的将士是一批让人惊悚的人。他们个个浑似癫狂，提着刀，猛冲过来，面对敌人的刀枪，也不知躲闪。一时间，士气满满的守城将士被这群怪异的人给唬住了。迟疑之间，被对方抢了先机，死伤数十人，密不透风的军队阵形被撕开一道口子。

守城将领见此景，并不慌张，拔出了宝剑，剑指于地，高声下令：“此地为界，越过者立斩不赦！”士气重振，他们抖擞精神，奋力搏杀，重新掌握了胜利的走向，大夏国的士兵防备不及，损失连连。

大夏王在远处冷眼观战，眼见战局不利，他跃马上前，手挥大刀，指挥战斗。士兵们的士气再次得到鼓舞，他们万众一心，竭力厮杀，挡住了敌军反扑，局势再次利于大夏国。

……

大夏王获胜归来。他预计的状况变成了现实。

君临天下，俯视苍生，那样的感觉让他兴奋。

“宣皇甫姑娘歌舞助兴。”她是他心情愉悦的一件助兴物品。

皇甫唯一穿着华丽的杂裾裙。上衣对襟，束腰，衣袖宽大，点缀着荷花图案；袖口、衣襟、下摆缀有红色的缘饰。丝质的裙裾上套着荷花形状的围面装饰，腰间用一块帛带系扎，两条丝质的飘带在身体两侧飞舞。

花容月貌有何用啊？皇甫唯一过着不能左右自己的日子，她只能木然地接受命令。

猩红的地毯上，皇甫唯一迈着细碎的步子，像一朵云，在观众的眼前飘移。淡绿色的裙摆在皇甫唯一的飘移中，微微张开，如徐徐开放着的睡莲。

皇甫唯一侧身而立，目如点漆，睫毛低垂，把心间低回婉转的娇羞齐齐遮蔽。

宾客使者，目不转睛，皇甫唯一那弱不禁风的娇柔，如仙女蹁跹。

大夏王司空见惯，看着众宾的神态，微微颔首。

皇甫唯一抬头张目，两个眸子如皎月东升，使殿堂之上每一个人的心间，镀上了一层朦胧的月色。

皇甫唯一起舞，旋转，怀念往事。起舞的皇甫唯一如春风中的细柳。

音乐在殿内环绕，鼓点在她的双脚下跳跃，低吟浅唱，所谓风情万种也就是这样的吧。

在无数迷离的眼光下，皇甫唯一感觉到一双熟悉的眼睛看着自己，迷恋而又躲闪。

多少爱恋就源于这一双眼睛啊！那是拓跋临风的眼睛。

那感觉又在眼前。

那感觉是不期而遇的缘分在衍生，犹如烟花，照亮长夜的瞬间过后，就耗尽一生，让皇甫唯一永久地沉入黑暗。

那一瞬间，皇甫唯一十分酸楚，眼角的泪，没来由地流出。等她回过神来再去寻觅，那熟悉的眼睛已不在。

在殿堂乌泱泱的人群和恢宏的场面里，没有皇甫唯一要找的人影和景物。

皇甫唯一舞动着长袖，随风而动，脸上渐渐有了寂寞的苍凉，那苍凉的表情一直持续到曲尽人散。

在无数啧啧的赞叹声里，在人们传扬皇甫唯一的芳名时，她衣带渐宽地走进了凤栖寺。

皇甫唯一说："我放不下一个人。"

住持："没有什么东西是放不下的。"

皇甫唯一说："我真的放不下。"

住持："好，你拿着这个茶杯，不要放手。"

然后，住持就往茶杯里倒开水。皇甫唯一感到了烫，但她没有松手。住持继续倒水，一直倒到开水溢出。滚烫的开水烫着皇甫唯一的手，她的手松开了。

住持："这个世间没有什么是放不下的，痛了，你自然会放下。"

她执拗地站在寺院里，一场暴雨凌空倾泻，雷电交织，皇甫唯一被淋得一身雨水。住持拿出宽大的僧衣，腾出一间禅房，让她在里面换衣。雨过天晴，皇甫唯一看到眼前的山更显青翠，绿叶亮得如水。

雨洗大地之后，水气的精灵便牵手成虹，抚慰着无数淋雨的心，那色彩、那线条，仿佛是上苍赐下的一件彩衣，有缘的目光，都会从缘分深处打捞出来，在浩瀚长空相遇相知。这些畅游狂欢的缘分，互赠爱恋后匆匆消失，然后用相思默默祈祷，重逢的时刻快点来到吧。

穿着出家人的衣服，皇甫唯一病在床上，辗转反侧。用什么去度过眼前的悲凉，除了回忆，皇甫唯一还有渴望。

她的渴望就是再见拓跋临风一次。

他是她不经意的唯一梦幻，出现在前来的路途中。他身后的山野是那么的葱茏，天空是洁净的清纯，像一面纤尘不染的银镜，倒映出一片湖泊，那该是女娲补天后的湖光天色吧。

她多么想见拓跋临风一面，却不是要回到他的怀抱里。

在这样的世间相会，她想她会惊变成一只会飞的鸟。飞翔中，她非常幸运地和妲己、蔡文姬、班婕好这些女性穿过同一个维度的天空：同样洁白的品质，同样天赐的美貌，同样绝世的仙姿，同样卓越的才情，同样高贵的气质。

皇甫唯一只是想要问他："你爱过我吗？"她要清楚：一直以来，她感受到的爱，是他内心真实的表达吗？

皇甫唯一要看着他的眼睛，听他亲口说是或不是。至于爱或不爱，这些，皇甫唯一都能接受。

皇甫唯一只是想听他亲自说一遍。

就算他回答不爱，皇甫唯一也不会心灰意冷。

就算他回答爱，皇甫唯一也不会追问："既然爱我，为何不把我留在你的身边，携手一生？"

皇甫唯一什么也不多问。她只要他站在自己面前，听他真实地说一遍，她想自己会死而无憾。她情愿相信，彩虹奇妙无比的色彩和造型，不是雨的杰作，也不是雾的才情，而是天地相爱后幸福的拥抱和甜蜜的欢笑。

有一双手，握住了皇甫唯一的手，放在他温厚的手掌里。皇甫唯一的手，忽而颤抖。迅速搜寻记忆，似曾相识，是拓跋临风吗？

皇甫唯一睁开眼睛，看见了一双沉郁的眼睛。是拓跋临风，只是曾经在他的眼睛里的星光已经沉沦不现。

"大风吹着黄土地，要把黄土吹到哪里去，哥哥想着妹妹你，可知心儿飞到哪里去？"幽咽回环的曲韵在皇甫唯一心间循环往复。"想和妹妹在一起，甚时才能拜天地？盼着咱二人能做夫妻，生生世世在一起……"

皇甫唯一感激上苍的美意，惊喜这难得的相逢。喜笑颜开间，不觉着红了脸颊。霎时，风轻云淡，红霞满天，山水皆欢，万物同辉。白云之下，山涧之上，彩虹飞渡，七色相映。

"我感觉你来了，可是却找不到你。"她像一个小女孩，脸上泛起了激动的红晕。

皇甫唯一顿悟：那雨，是天上仙女姐姐们渴望凡世生活洒落的泪水；那虹，是她们向心上人深情挥动的手势。高处不胜寒，她们的心太孤独、太荒凉，太需要人间的温暖。

"我有军务在身，原本是不见你的。得知你病得不轻，我左思右想，放心不下，决定见你一面。"他的声音十分低沉，样子十分疲惫，"我中了连环马之计。"

"连环马？"皇甫唯一不解地问。

"燕国慕容将军统率骑兵南下，与冉闵作战。冉闵勇猛过人，他率领三千铁骑，战无不胜，出入敌军如入无人之境。慕容将军连败十阵，他思忖再三，发现冉闵大军的弱点就是冉闵带领的三千铁骑经常脱离主力大军而独自作战。"

"于是慕容恪心生计谋。"

"是，他继续败退。而冉闵带着三千亲卫骑兵紧追而来。不几日，冉闵已经脱离主力近百里。慕容恪将五千骑兵用铁索相连，做成连环马，等冉闵进入埋伏圈，迅速合围冉闵大军，生擒冉闵。"

"你能破了连环马，比冉闵还英勇。"皇甫唯一想要捕捉他的视线时，他的视线转到了别处。

让雷鸣、闪电、暴雨来得更猛烈些吧！借银河一瓢，洗尽天幕，让互相怜惜的灵魂，随时闪现于洁净的天际……

"你什么时候认出我就是女扮男装的记录官？"

"你被毒蛇袭击后，晕倒在河边。我救你时，看到你的新月眉，当时就想，这个眉目我是熟悉的。"拓跋临风眼睛里的星星是忧郁的。

"那你当时为什么不相认呢？"皇甫唯一拧着眉头问。

"我说过，我在哪里见过你，可是，你说是在梦里。"拓跋临风气恼地挥着手。

"我不敢冒险，自然不想让你认出我，因为我是从王宫里逃出来的。我怀疑你是大夏王派来捉拿我的。"皇甫唯一的声音低低的。

"对，你曾被大夏王怀疑与八万精兵被害有关系。"他坦诚而言，想要进一步确定她的身份。

"也许就因为我听见精兵全部阵亡的那个消息，我落泪了。"皇甫唯一自我解释她自己也解释不了的疑惑。

"就这么简单的一个细节，大夏王怎么会怀疑呢？"他否定了她的解释。

"也许还有，因为我是一个姑娘，行为处事与别的记录官不同。"她还是解释不了发生在自己身上的事件。

"不会这么简单，应该是有重臣故意在大夏王面前诬陷你。"拓跋临风深思熟虑的样子让人惊讶。

"我一个小小的记录官，能引起哪位大人物的忌恨呢？"皇甫唯一新月眉头又拧在了一起。

"纸里包不住火，有朝一日，也许你会明白。"拓跋临风转而说，"其实，当时在书房馆，我听见你吟《诗经》里面的情诗，就怀疑你不是男孩，而是我喜欢的姑娘。可是，喜欢又能怎样？我还是不能和你在一起。"他为难地摇了摇头。灯下闲谈的开怀，挥斥方遒的豪情，决胜千里的锐气，怎么一样都看不见了？

消失了？

消失在他黑色的眼睛里，消失在时空的转换中，然后落在皇甫唯一的希冀中，使皇甫唯一彻底清醒。

他在独步苍茫，给她留下孤独的影子。他要追随踽踽山水的圣贤，她看到的是如隼般急速的黑影。最后好像追捕到了什么，实际什么也没得到。茫然四顾中，又拍着翅膀往另一处俯冲去。一样的身不由己，一样的虚度凌空，翅膀很快就被磨去了光华。结果大抵相同：飞啊飞，直到失去翅膀，停止飞行，这才有空回望身后，除了若干模糊的片段，竟是一片空白。

窗前翠竹千万，在雨中凄凄惨惨，与皇甫唯一心里的寥落一样凄凄楚楚，一片一片，暗自呼应。

拓跋临风洞察了皇甫唯一的伤心，他想用温柔的话语安慰她，却发现自己竟然说不出来，只有酸楚的滋味从心底涌出来，化作眼边闪烁的泪花。

"为什么你要这样消沉？"皇甫唯一看着他问道。

"一定要知道原因吗？"他的眼睛在回答。

"我不想知道原因。我只想要你振作起来，像一个将军一样，风度翩翩，满腹经纶，运筹帷幄。"

"国破，山河易碎，身为保国卫家的军人，我的心正在碎成瓦片。"

"为什么不想一下皇甫唯一的处境呢？"新月眉间的深情在心里凝结。

"你是柳暗花明的注脚，你是我命中的美玉，惋惜与爱恋，是我对你不能割舍的情怀。"但皇甫唯一从他的眼里看到的是孤注一掷的暴戾。

皇甫唯一看不到自己朝思暮想的那份温情。

原来她想要的和他能给她的是不一样的，两者之间的差别竟是这么大。彼此间的距离竟然如此难以逾越。

"我的作用原来如此。"皇甫唯一转过头，突然不想看见他。

"我是强国为民的一枚棋子，能否功成名就，全部在于我自己。"他进一步强调。

那轮看似很高很远的太阳，给她白昼，也总是在黑夜离开她，令她恐惧。她希望他不要做大家的太阳，给所有人白天，也给所有人黑夜。她希望他像一泓清流，融入江河但不失洁净的本色。

"我深深地爱着你，请你带我离开这里！"皇甫唯一泪水盈眶，新月眉间戚戚然。

"没有家园，爱情就只能在永不停落的飞翔中疲惫而逝。"

"我的爱情不在天上，它在地下，像地火一样，在你看不见的地方熊熊燃烧。"然后，皇甫唯一停下了，她在等待他的应答。

他没有应答，岩石一样冷漠。

"为什么这样待我？我哪里错了！"皇甫唯一仿佛看到了爱情燃尽成灰的虚无。"如今，物是人非，还有什么我不能接受呢？"皇甫唯一从腰间摸出短剑，紧握在手，锋利的刀尖指向自己的胸口，"我不是要你难过。我只是觉得厌倦，厌倦没有爱情的人生，厌倦在深宫寒冷的日子，厌倦我这样活着，还不如死去……"

"不能，生命苦短，不能始终想着过往。我们来人间只有一回，要做的事情很多，太多绕弯和纠缠，会错过很多时机。"他大喊一声，夺去了皇甫唯一手里的短剑，"请忘记我们的过往，你确实不是我人生的全部。我有我的目标。"他收回了短剑："这把剑，我暂时收回。希望我们后会有期。"他匆匆离去，孤身远影。

皇甫唯一心如死灰，喃喃自语："爱或不爱，其实对我来说，是一样的。在深宫，我只是一件注定在劫难逃的物品。"

如果说大夏王给皇甫唯一的血光之灾让她的身躯从此虚弱，那么拓跋临风给皇甫唯一的爱情是她的精神支撑。如今，皇甫唯一明白，那支撑自己灵魂的原不过是自己的一厢情愿。

再说，爱与不爱，皇甫唯一还不是要走过这一生。爱情的尽头，就像黄昏读书，白天已经过去，光线逐渐变暗，天空变得很暗，木简上明明有字，却就是看不清楚。文字好像并未存在过，眼睛也怀疑自己的意义。

"难道有了爱情，可以不走这一生，或者说，有了爱情，可以走两个一生？"皇甫唯一这样自问，"我是厌倦了大夏国王宫中的暴虐戾气，还是厌倦了波澜不断的深宫斗争？"她这是对自己的否定，还是对拓跋临风的否定？

皇甫唯一不能深解其意。

二十二　几曾识干戈

　　"把心灵敞开，让阳光进来，一切复杂的事情就简单起来，所有冲突的关系就会和谐。如此，生命才能快乐，贵气才到来，并配得上你的灵魂。"田公公眯着眼睛，一副考官的样子，"知道为什么那次选择拓跋临风做先锋吗？"

　　"因为他临战经验丰富，而且一身武艺无人能及……"听到他的名字，皇甫唯一心潮澎湃，突然滔滔不绝起来。

　　"好了，不要光拣好听的词说。听着，主要是因为他的箭术百步穿杨，百万大军中首屈一指。"

　　"是啊。"皇甫唯一急忙附和，深情脉脉。

　　"知道百步穿杨的真正用途吗？"

　　"杀敌立功啊！"皇甫唯一差点笑出来。

　　"是杀你。假若你真的是奸细，那么在你伺机脱逃时，拓跋临风的利箭就会穿透你的后背，让你看到带血的箭，自你的心间飞出……"

　　瞬间，皇甫唯一感到锋利的宝剑穿过了自己的心。

　　心里的感情正从心上的缺口，匆匆流失。

"不要说了。"皇甫唯一不由得大声呼喊，涨红了脸。

皇甫唯一的心间，骤然，空空荡荡。

原来，他说让皇甫唯一随他左右便于保护的真相，是便于他准确无误地射杀。

他做得滴水不漏，无懈可击啊。他就是皇甫唯一魂牵梦绕的人啊。

皇甫唯一从来就没有入驻他的心房，是皇甫唯一的虚幻让自己自作多情。

现在，霞光绯红，皇甫唯一的心间空无一物，只有空荡荡的声音四处乱撞。

"拓跋临风已经娶了潘阳公主，是王做主成的婚事。"听到田公公说出这样的消息，皇甫唯一摊开了双手，旋即又紧紧握住，双手颤抖。

怪不得母亲对她言之谆谆，想必她也知道。而她自己必须放手，彻底放下她对拓跋临风的执念。

然后，皇甫唯一听见自己的心房回音四起，完全是万念俱灰。

"为什么这样待我？"

皇甫唯一忘记了哭泣。

"就是你总是和别人不一样，好像和大家不是一类人。"

"女子与男子，本来就是上苍创造的两个不同的个体，思维和行动方式有着不可模糊的分界，当然不会成为一类。"

皇甫唯一的眼泪被火灼伤，被风带走。

皇甫唯一愤然："就因为我不是男子，没有与他们走得很近，说得很多吗？还是因为我寡言少语？"

皇甫唯一不要答案，只是径直走开。

什么样的答案已无济于事。皇甫唯一已经听着空空的回音，想着遁入空门后彻底解脱的快乐。

田公公站在皇甫唯一的面前，挡住皇甫唯一的去路。

"就算你是一根木头，想要消失，也要消失在宫中的炉膛里；就算你是一块废铁，想要消失，也要消失在宫中的炉膛里。你是一个女人，王宫里的女人多如草木，但是王宫还有一个规矩，那就是女人只能进，不能出。要出，也只能横着出去。公主除外。"田公公在念王宫的经。

皇甫唯一不想听。

皇甫唯一只是在想：我就这样失去我自己？在理想与现实的错位中，在痛感永恒的爱恨间。

"王，就是这样，一横，再一横，一竖，然后一横，本质完成。往透彻里说，王就是可以三横一竖。横就是横着来做的意思。"

皇甫唯一不想听，一对新月眉拧在一起。她厌倦地闭上眼睛。

皇甫唯一心里在想：我是一只被线牵引着四处爬行的蚂蚁，或者说是线在别人手中四处飘荡的风筝，我以为自己至少可以找到至死不渝的爱情。不曾料到，我只是大王手中的一个蚂蚁、一个风筝，并且彻底失去了对爱情的渴望。

"知道救你的黑衣人是谁吗？"田公公笑眯眯地问皇甫唯一。

"谁？你知道？"皇甫唯一睁开眼睛问。

"我——我当然知道，我是大王指派跟踪你的唯一人选啊。"

"啊？"皇甫唯一表情惊讶。

"我忙里偷闲，跟踪着你。当我知道了你在南凉国的危机后，我就汇报给大夏王。然后乱中取胜。"

"大恩没齿难忘，谢公公的救命之恩。"皇甫唯一低头而拜。

"知道你的黑曜石在哪儿吗？"

"啊，它……"皇甫唯一捂着脸哭了。

"它是我大夏国的战马，怎么能被买卖呢？"

"我是错了，我走投无路啊，对不起黑曜石……"她继续哭泣。

"我是食君之禄，为君分忧。救你只是举手之劳。我也赎回了黑曜石。你若铭记，就听我一言好了。"

"请讲，皇甫唯一愿赴汤蹈火。"

"不要那么严肃。尚书安英君大权在握，你不要惹祸上身。我求情，王免你欺君不死之罪，但要将功补过。"

"噢，安英君，他怎么会那样？"

"多行不义必自毙。就是他，向王暗示，是你泄露了机密，导致损兵折银……"

蓦然再回首，几曾识干戈。

"我与安英君无冤无仇，他为什么要置我于死地？"

"这个一言半语说不清。也许只有永恒的利益，没有永恒的友谊。"

"我是安英君满盘棋中的一枚棋子。也许是围棋中的一枚黑子或者白子，也许是象棋中的一个边角卒子。可有可无，全凭局势而定。"

"他的利益里面没有你。"

"如果不确定，那么我可以肯定，我就是一个小角色。他只是用牺牲这个小角色来探知对方虚实。我死不足惜呵。"

"是上苍有好生之德，让你躲过重重劫难，能够重返你母亲身边。"

"我珍惜这样的劫后余生。回到亲人的身边，陪爷爷说话，给母亲梳头，为他们洗衣做饭，让他们的脸上有笑容出现，并且有机会回报那些相救之恩。"

"皇恩浩荡，你首当感恩。当你在为你的皮肉之伤而涕泪交零时，王已经在为江山社稷而夜不能寐。"田公公深思竭虑为大夏王掩饰着。

"我不想听什么江山社稷，那是男子的领地，经常在历史里流传。假若每个人都有一份江山社稷，我的爱情就是我的江山社稷。"

"当大家还在朗诵'合抱之木，生于毫末，九层之台，起于累土，千里之行，始于足下'的年岁时，王已经在旷野上看横尸遍野、血流成河了。"

"我粉妆玉雕的江山经不住风雨侵蚀，会在现实里支离破碎。"

"所以，王才是王。"

"我想，我应该是院墙边角那枝凌空的梅花，在红尘纷扰的人世里，一厢情愿地仰起头，孤傲的情感，始终走不到精致的温情里。"

"天下人都以为王被失败击败了，无处发泄，用举国之力，缉拿一个奸细。哪里知道这不过是一个幌子，有了这个幌子的遮掩，王周旋于天下，周密部署，调兵遣将，一举夺取了南凉国。"

"不要说了。"一个爱情被瓦解的女子，会对什么感兴趣呢？皇甫唯一不想听什么来龙去脉。

"听不听，你可以决定。但是，倘若你一直抗旨不从大夏王，那可不是你能决定的事。"田公公语重心长。

"唯一铭记您的教诲。"

皇甫唯一还能怎么样呢？

皇甫唯一自己选择要感恩戴德。

皇甫唯一听见自己的心说：不要，不要，我不要这样的生活。

当然，皇甫唯一回答：我知道，我与他之间，没有我想要的爱情，永远不会。我于他，只是一件附属；他于我，是别无选择。我明白得太迟，从我进宫的那一天起，这些，就已注定。

爱情未燃，蜡炬成灰。皇甫唯一深深地低下身来，向大夏王施拜礼。在他的六宫粉黛中，皇甫唯一亦无颜色。

皇甫唯一听见，自己的声音袅袅而起，在纷纷扰扰的尘土里，不知是客，组建一处华美的水苑。

"请大夏天王答应臣妾一个请求。"

"准予"的回音在大殿回荡，余音传出，草木芬芳，让倦怠的心，一晌贪欢。

皇甫唯一来到了许素颜的陵墓前，命令工匠挥舞刀具，在光滑的良玉上，深深地雕刻下她和黄蓝颜的名字。皇甫唯一在普照四方的阳光之下仿佛看到他们的笑脸。

皇甫唯一转身而回，眼前一片明媚。

皇甫唯一坐在冷寒宫内，挥动竹管默写，许素颜冤屈大白天下，把大夏王一统天下的事迹写进史记。

情非得已。让皇甫唯一把别人的江山写进历史，把自己的江山，尘封于心底。

除了日夜不停地书写，在这个世间，皇甫唯一还能怎样？

二十三　红豆杉不说相思

一些人以为她无疑是大夏王的新宠。只有她自己知道，她眼里的大夏王和大夏王眼里的她是什么样子的。她多么希望天空能给她神谕，教她该怎样逾越这折磨人心的局面。她甚至想象大地给她力量，让她拥有质朴的智慧，可以开启绝地逢生的生活。在这个雨骤风急的时代，她要一丝不苟地安顿自己的命运和灵魂。

她站在花园里的石头上，面水沉思。水是清澈的，可以照见自己的模样。她的心逆流而上，飞啊飞，从宫内飞向原野，从低处飞向高山。在无定河的源头—— 一条山溪边落脚。

光洁的溪水洗涤着清凉的鹅卵石。一尘不染的水咕嘟嘟地冒着，好像是从银河渗漏地下的。

池塘里的荷花竞相绽放，缕缕荷香借助阵阵风儿吹送，沁人心脾，令人沉醉。亭亭净植，这香气清新，好像是从仙界飘下，闻一闻就让人沉醉。

花香似酒，酒是从瑶池溢出的美酒。世间万物都寂寞，都是美酒的饮者，都留不下姓名，白昼与黑夜也都加入饮者的行列。

花不舍昼夜地释香，水不舍昼夜地流淌。水面上游着一群小鱼儿，漂着几片花瓣。草在舞蹈，鸟在歌唱……

皇甫唯一望着碧叶间的荷花，不由得生出浓浓的情意，好像那些盛放的荷花开在她的心里。随着绵绵小雨轻轻滴落，落在碧绿的荷叶和娇艳的花蕊之上，荷花越发显得秀色绝世，馨香寰宇。

夜色四合，雨云低垂，淡淡的白雾笼罩着冷寒宫，一切都显得不太真实。喝过葡萄酒的大夏王路过冷寒宫，远远望见皇甫唯一穿长袍大衣，腰系锦带，现出一种清瘦之美。他踱着步子，走进冷寒宫，眯起眼睛看着皇甫唯一。眼前的她发如瀑，颈细长，面椭圆，眉目清秀，略呈忧郁，让他心生怜惜。微醉的大夏王抱起了皇甫唯一，她没有反抗，温柔得像一朵水莲花。他把皇甫唯一放在了她那张并不宽大的睡床上。

"请答应我一个请求。"皇甫唯一恳求。

"讲！"他用不耐烦的口气。

"请允许皇甫陪大王喝杯烈酒。"

"准予！"

"醉酒的感觉真好……"皇甫唯一喃喃而语。在恍惚之间，记忆在一步步倒退，倒退，回到了皇甫唯一和拓跋临风执手相依的时光。

皇甫唯一感觉得到他的快乐和激动，那激动与快乐像一片海。皇甫唯一是海中央的孤岛。

他问："快乐吗？"

"爱我吗？"

没有答案，静默横在两个人的面前，如高山，难以逾越。

没有答案，就是没有爱情。

皇甫唯一软软地躺在他的身边，背过脸，止不住的眼泪悄悄落在枕上。她躺在他身边，伤感已经入骨蚀心，无药可救，无医可为，眼睛却要睁开，而且还在流泪……

冰凉的眼泪来自银河，携带着无边的孤独，在瞳孔的深处汇成湖泊，从眼眶里溢出。悲凉如冰泉，带着冰川纪的寒冷，从胸腔涌出来，在干燥欲燃的时刻，冲破闸门，泉涌般而出。

皇甫唯一多想骑上一匹快马，绝尘而去，远远离开这个爱恨纠葛的世间。她骑上一匹快马，奔向辽阔的草原，让马的轻蹄溅起花香，溅起清流，把无数烦恼抛在身后，抛在千里之外。他均匀的鼾声，和着窗外的雨声，产生了更多的阴影。月色早已消失了，穿走了光的衣裳。黑暗，越来越多。她想：我的快乐很薄，就像一层月光，只要一片乌云遮住月亮，就会消失。

夜雨下了半夜，窗外的鸽子咕咕地叫了半夜。她听着咕咕的声音与哗哗的声音，半宿未眠。夜雨太小，浇不灭她胸口上旧伤里的火焰。她发着烧，她的心在滚烫的夜火里被煨灼。她想：上苍已经知道我心苦，所以才落了一夜的雨。这一定是上苍的眼泪，整个夜空已经代替我哭了整整一夜。

大夏王醒来后，说："寡人讲一段你没有听过的故事。"他看着眼睛红肿的皇甫唯一说："国王新立，邻国强盛。邻国乃遣使谓国王，欲得千里马。国王问群臣，群臣皆曰：'千里马，宝马也，勿与。'国王曰：'奈何与人邻国，而爱一马乎？'遂与之千里马。居顷之，邻国以为国王畏之，乃使使谓国王，欲得国王爱妃。国王复问左右，左右皆怒曰：'邻国无道，请击之。'国王曰：'奈何与人邻国，爱一女子乎？'遂将爱妃予邻国。邻国国王愈益骄，入侵占地。国王大怒曰：'地者，国之本也！'遂袭击邻国。邻国轻视国王，不为备。国王以兵至，击大破，灭邻国。"

他拭去皇甫唯一不住流淌的眼泪："在大夏国，在今生，你没有拒绝的权利，只有承接的义务。"

皇甫唯一的眼泪又落下。他视而不见，很不高兴的样子："你走进后宫，不就是为了给寡人生儿育女，然后母凭子贵，活出尊严和尊贵吗？"

话已至此，就看见了爱情的尽头。再谈论，就是在瘦骨嶙峋的石头上刮肉吃，不是石头要喊痛，而是自己不人道。

还是下一场大雪吧，白茫茫真干净。石头变得白白胖胖，石头上的雪，白净也干净，适合吃一点，再吃一点，凉彻心扉。以毒攻毒，以痛止痛，以凉制冷多奇异啊。

眼前的这个人，确实不是她想要的人，也确实不是她能托付终身的人。皇甫唯一明白，从今以后的日子，别人眼里的荣华富贵，不过是把自己托付给了白雪皑皑的高山，如何度过饥寒交迫的日月，除了不胜寒地支撑，剩下的就是夜以继日的磨炼了。

王宫很大，但真正属于自己的却少得可怜，连思想都没有独立存在的可能。一张小床还不完全属于她，她是王权边缘以外的原始森林，吊睛虎可以骄横捕食，盘锦蛇可以肆无忌惮，红豆杉不允许说出相思，独叶草是孤独中的孤独存储。她自己可以循着斧头砍伐的痕迹，走出森林，来到城郊，草木还没有完全郁闭的地方，那里还是不属于她的地盘。

权力的顶峰，都是冰天雪地，北风如刀，四周没有一点温暖。忠臣良将，勇士侠客，文人墨客，美女良人，他们忍受不了这样的冰冷无情，一寸寸地远离权力。

她站在权力陡峭的山岩上眺望苍穹，眼睛里尽是茫然和凄怆。山下一缕缕炊烟飘上来，使她对大夏王的仇恨滋生蔓延，总是蛮横霸道地在圈养女人，名曰嫔妃，不过是用权力蚕食她们的智慧，耗尽她们的年华，却从来不顾忌她们的感受。

这些悲凉的由来，她都明白，她不能为自己做点什么，也不能为嫔妃做点什么，更不能为天下百姓做点什么。她的心里唯有悲伤，眼里唯有眼泪……

他赤身而坐："其实，乱世之中的王，是拼生死拼出来的。例如刘裕，他打算趁后秦混乱，一举将其灭掉。于是统领水军沿黄河西进。而此时的北魏深感威胁，遂遣骑兵尾随刘裕大军西进，但凡上岸的士兵皆被魏军所杀。刘裕看清地形，命数千勇士，车百乘，携带强弓利箭，登上黄河北岸，列阵而进。阵法形似弯刀，两头抱河，以河岸为月弦，名为'却月阵'。布阵后，再派两千士兵上岸接应，携带大弩百张，每辆战车上各加设二十名士卒，并在车辕上张设盾牌，保护战车。魏军三万，被刘裕大军三面围攻用弓弩和长矛击杀无数，可谓尸横遍野。'却月阵'因此闻名天下。"

皇甫唯一泪眼蒙眬地看着他身上的伤痕，说："皇甫明白这些。"

"这是战争留给我的纪念。我出生人死，就是为了坐拥天下。"

"马踏天阙，风云变色，就可以成就帝王霸业吗？"

他一怔，若无其事地用手指抬起皇甫唯一的下颌："倘若墨守成规，只能使你朝不保夕，你还会遵守吗？还有，本王喜欢你，本王要你陪在本王身边。这个世间，没有人让本王心生怜悯，除你而外，没有人。知道吗，没有人。"他强调着没有人。

"你念念叨叨的拓跋临风也一样，不会为你而置国家利益于不顾。"他肯定。

"你爱我吗？"

"说什么爱情，翻阅所有的史册，哪一个王朝的君王会为爱情奋不顾身呢？"

"你爱着谁？"

"不要和寡人谈情说爱。寡人只爱江山。爱着粗犷的高原故土，也爱锦绣的河套平原。"他皱了一下眉头，"寡人只要忠心，只要可以传承江山社稷的子嗣。"

皇甫唯一闭上眼睛，心里的语言无声倾泻："你这被人赞美和崇拜的恶魔，应该满足了吧！当然没有谁相信你的谎言。大家都看到了，你正在窃笑，为自己又一次得手，又一次强大。可是，你是否想到，当你猎尽地上想猎取也能猎取的生命，你的生命也会被苍天猎取。求求你，立地成佛，化剑为犁好吗？天地间永远没有霸主，只有怜悯和慈悲才是王道。"

皇甫唯一感觉到阳光是淡红色的。眼前一片红光，她的两手自胸前向上扬起，在空气中划了一个弧形，与拥抱自己肉体的手臂相似。两手又以落花的姿态，回到胸前，与她落进大夏王的胸怀相似。

"大王夜夜不离冷寒宫，是我这个做王妃的不好。"王妃来到冷寒宫，依偎着大夏王，双目含笑，语气谦和。"还是及早建成高台楼，供大王休憩。既彰显大夏国富足，也扬大夏王优待后宫美名。"

"甚好，烦劳王妃协助筹建。"大夏王说，"建成高台楼，名叫永安宫房。还有，需要明令的是高台建筑并不是筑高台，然后在其上立建筑。而是夯土台与木构房屋浑然一体而形成的高大建筑，从底层设阶梯可登临上层楼阁，登楼阁可俯视周围，并可看到城外情况。"

话刚说完，就听到尚书安英君报请大夏王商议国事的声音，大夏王与安英君离开了冷寒宫。

王妃端坐在皇甫唯一的面前，故作姿态地对皇甫唯一说："我前几日就奏请大王，请大王为皇甫姑娘修葺楼堂馆舍。昨日，早朝之上，由尚书启奏此事，大王欣然准奏，指定由尚书大人负责此事。我这样费尽心思地与大王周旋，可全都是为了给你一个栖身之地啊。"

"皇甫在此谢过。"皇甫唯一知道王妃并不是为了她的这句话来的。

"哈哈哈，你并非哪国公主，却要住进大夏国的王城宫殿。"王妃笑了，那笑声，像突发的洪水，让皇甫唯一觉得天地间都是浑浊的滔天洪浪。

"大夏王宠爱你，其实也是他宠爱他自己，哈哈哈。"王妃笑得头上的金枝银叶乱颤。

皇甫唯一想，她需要安静。皇甫唯一害怕风声雨声，更害怕王妃夸张的笑声。

王妃一路带着抑制不住的笑声走了，消失在短亭与长亭之间，皇甫唯一悲摧地看着宫墙红色的一角，恨不得化成飞鸟，从此遁离这里。

两个月后，永安宫房建成，皇甫唯一听说，这个永安宫房是历经了两次建造后完成的。最初的角台设计为独立的台体，与南侧马面与城墙的关系相同。大夏王提议后，做了变更，将角台宫房与城墙连为一体。

"永安宫房在修建过程中，衬木与夯土同步铺设，在夯土台内置韧木，使建筑更加稳定。夯土台内衬木，夯筑后期按照大王喜欢的模型削去多余部分。就这样，一座别具特色的夯土加木衬的基台便修筑完成了。"宏伟的楼阁建筑出现在眼前，大夏王沉稳地走在尚书安英君的身边，尚书一板一眼地描述着，"永安宫房的木结构分为角台上部的楼阁和角台侧面的阁道两部分。阁道分为三层，最下面一层的柱脚与撑孔，距地面三十多尺，在悬空的陡壁上搭建阁道。"

大夏王边走边看边听。

"永安宫房是大夏统万城的主要宫殿，于西城南城墙内，略偏东部位，用夯土作基地，以夯土台为结构主体。夯筑用土取自当地的黄土、白灰和特殊的白色黏土，白灰以当地传统用料白云石焙烧而成。"

皇甫唯一不想听这些，新月眉下的眼睛里现出厌烦的神情，但是尚书并不在意她的表情，而是继续侃侃而谈。

"夯土台上规则布设各类柱洞、梁孔、椽眼位置。周边和台子上部搭建木结构廊坊的高台建筑。一层为南北五间，东西三间带围廊的木构楼阁。高应为三层，上部屋面为灰陶瓦屋面，这是秦汉时期盛行的高台建筑。"

皇甫唯一看着新栽的花草，走在青石铺成的小路上。转眼，一座气势恢宏的大门呈现在面前。"皇甫楼馆"四个字，是潇洒的草体，黄铜一样的颜色，在晚霞的辉映下，散发着一层昏黄的光晕。

跨进大门，皇甫唯一首先看到了各色的小石盆景，造型千奇百怪。她看到一盆叠生的朽木盆景，似乎久经阳光曝晒，觉得很有趣，伸手摸去，有滑润质感，轻轻一敲，却是铿然有声，原来是用木化石做成，是一盆珍贵的盆景。

皇甫唯一不由得感叹做盆景之人的匠心独具，眼光独特。

独具匠心的是怎样一个人呢？皇甫唯一低头而行，看见脚下的甬路是小卵石铺成。不同颜色的卵石，组成不同的图案，有鸟兽，有人物，使皇甫唯一感到妙趣横生。

很快，图案消失了，甬道两边的叠石垒池也消失了。皇甫唯一抬头看见三座楼相连在一起，楼高百尺有余，门窗精雕细刻，涂以红绿黄为主的色调。楼顶全覆盖着绿琉璃瓦，给她一份淡淡的宁静。

三座楼形成弯月形，新颖且雅致。

"爱妃，喜欢吗？这里的一砖一瓦，都是干净的，不能沾染一点点血腥之气。待我年老退位后，要和你在这里颐养天年。"大夏王看着皇甫唯一，古铜色的脸上洋溢着炽热的感情。皇甫唯一点了一下头，表示喜欢。

　　皇甫唯一看见他眼中有着强烈的自满。

　　"这是春雨室。希望能像春雨一样，滋润我大夏国的君王。"尚书介绍。

　　"这是你的寝室，这里的家什都是奇花异草装饰的。"大夏王充实尚书言语的内容。

　　春雨室位于楼馆的右侧，房间对称，左右呼应。那格局，似曾相识，皇甫唯一有些喜欢。

　　皇甫唯一脸上的表情被大夏王捕捉到。大夏王不动声色地说："爱妃善舞，楼馆旁，专为你建造了凤舞台。"

　　他们沿着迂回曲折的小路，来到了一片开阔的场地。场地中央，一个扇形的舞台独立而建。台上的建筑，纤巧秀丽，疏密合度，确实适合歌舞宴乐。

　　"木结构阁道是怎样建成的呢？"皇甫唯一小声地发问。

　　大夏王捻须说道："从外观看，夯土壁面规律整齐保存的支撑孔是借夯土地面的收分斜度垂直开凿的一个底面水平的柱坑。支撑阁道的柱子就搭在这些柱坑里。这样的柱坑分布于三个高度，除最下层的柱坑外，上部几层圆形孔洞都是横向梁栿埋入夯土，端头伸出支撑悬挑阁道。"

　　皇甫唯一想，她独自一人穿过了无数黑夜，人生中许多东西她都可以一眼明了。皇甫唯一的黑眼睛是黑夜留给她的痕迹，她的冷静是黑夜留给她的纪念。

皇甫唯一想，大夏王也许没有想过，宏伟壮观的楼台，是尚书大臣和王妃的建议，他们把他安置在楼台上，他就只能是祭品，只能按照他们的意志表演。他难道不知道国库的银子在不断地流失着？

尚书安英君继续说道："搭造悬挑着夯土台壁外的阁道，各层柱之间有连接构件及横向拉结构件。下部支柱的顶部与上层支柱的底部相连接形成横梁。横梁上搭板形成阁道，阁道可周绕角台三面建造。战争时期也可作为敌台使用。角台上部有木构楼阁。上建有面阔五间，下带辅阶周箍的二层楼阁。楼阁建筑的斗拱采用五铺，作斗拱补间用蜀柱。屋面为庑殿顶形式灰陶筒板瓦屋面，脊为简单的叠瓦脊。"

他看了一眼低头不语的皇甫唯一，接着说：

"二层设平座，歌舞尽兴后，可凭栏眺望，吟诗作画。"

皇甫唯一忽然有一种感觉，那就是大夏王已坠入一种看不见的圈套。那圈套初觉柔软。有一天，等他觉得不适时，会发现脖子卡在绳索里，脚不着地，手不能动，只能等着自己气绝身亡。

无从更改，这些是早一刻与晚一刻的事。作为局外人，皇甫唯一能说什么呢？

"春雨室已经建成，爱妃即日移居。"大夏王微笑着说。

"是。"皇甫唯一低头谢恩，心里想的却是"多一分自由，也好"。她心里已经生出了一定要杀死安英君的杀气。杀意来得那么迅猛，皇甫唯一恍然大悟，原来报仇雪恨的愿望一直在心底压着。

王妃听到大夏王准予皇甫唯一乔迁新居后，杀气腾腾地命令侍从速到冷寒宫，杀死皇甫唯一。侍从得令，奔向冷寒宫，看到一只小花熊咆哮着扑向他们……

皇甫唯一一边走，一边思索着如何将安英君一击致命。她慢悠悠地回到冷寒宫，小花熊却不见了。她立即跑进房间，没看到小花熊，却看到了一张小花熊皮，只有小花熊喊痛的声音隐约在她耳边回响。

皇甫唯一伸手去抚摸，失去温度的皮毛好像还记得她曾经给予的温暖，并没有完全冰凉下去，还有一丝丝的温暖留给她。

二十四　历史在此沉淀

迷雾茫茫，大夏国界人马汇集，魏国的军队兵临城下。

盔甲，刀枪，战马，这些是埋伏在大夏王血液中的兴奋点，兵临城下，他没有惊慌失措，反倒信心十足，暗暗鼓劲，是老天爷让魏国自己送上门来的，怪不得他。

大夏王知道来者不善，既然大部队能悄无声息地来到他的面前，那就是说暗处的敌人就在他身后。这又在挑战他的智商，但他并不消沉，反倒有一丝暗喜。他要找出身后的那支暗箭。

他毕竟不是一棵温室里的树，他是一个久经沙场、沉稳多谋的君王。怀着这样的心思，他快步登上城头，但见敌军队列整齐，并未气势汹汹，好像让他阅兵似的。他决定谨慎一次。他一面命令守城将领随时听候命令，迎击敌人。一面发布急诏：

"调毛乌素总兵林虎飞、朔州刺史李鹏程、榆河太守常荣风，京郊中将牛万里分兵一半，前来助阵，以上部队务必于三日内到齐，随时听令！"

田公公拧着眉头，他在思考，总觉得哪里不对劲。敌人在城前只负责摆阵，好像不是来攻城的。也许是大夏王的威名太盛，敌方临阵胆怯了？但愿是这样的。

大夏王部署后，走进后宫，照旧休息。年龄大了，他需要养精蓄锐。

他闭目养神，很快就打起了鼾声。王妃带着宫女来到门前，看见田公公在一边站着，静悄悄的。她低声说："大王应战，补给要精，我吩咐御厨做了一份滋补汤。"宫女端出精美的餐具，浓郁的香味溢出，大夏王睁开了眼睛。

"大王，您躺着，臣妾给您喂汤。"王妃温软的口气如醇酒飘香，大夏王温顺地张开了嘴。"大王，这汤是由牛奶、木瓜和红枣熬制的。木瓜是在无定河发源地的山崖上摘的，这红枣来自黄河的乾坤湾。"

"爱妃，你是上苍赏给寡人最好的礼物！"大夏王听闻，一把抓住王妃的手，紧紧相握。"本王待你不够好，至今都没有把王后的名分给你。"他双目含情地看着王妃说，"本王不该设防于你，你不是贾南风，大夏也不会有'八王之乱'。"

"今生今世，能遇到大王，是臣妾的福气。每次大王外出作战，臣妾都在烧香祈祷，向苍天和大地，祈祷大王攻无不克，战无不胜。"王妃说到这儿，眼泪在眼眶里打转。大夏王看到了，忍不住动情地说："这次战罢，本王封你做王后。"

王妃的眼泪如雨落下，她颤抖着把勺子里的汤药不停地喂进了大夏王的口里。"大王，您知道吗，每晚我都跪在地上，向北斗星祈祷，护佑大王，吉星高照！"

"爱妃的这碗羹汤，滋味非同一般。这让本王想起晋人张翰辞去官职，归隐田园。"

"他说他思念江东鲈鱼莼羹，弃官而去。鲈鱼脍和莼菜羹确实是鲜美的菜肴。"王妃没有擦拭眼边的泪痕。

"他弃官的主因是八王之乱，洛阳朝野诡谲。"

魏国的将士十分勇猛，一出手就竭尽全力，发动全军冲锋。这种不要命的打法迷惑了大夏王，他做出了错误的判断，没有立刻发动总攻，给了魏国将士活命的时间。

双方在统万城外杨桥畔激战，打了整整一天，到了下午，迷雾散去，大夏王发现自己上当了。

对方转来转去，也就五万人，自己居然被忽悠了这么一整天。他十分愤怒，但已经快到傍晚，为了防止意外情况出现，他命令部队包围魏国军队，等到第二天，再把他们大卸八块。

第二天，依然大雾弥漫。

魏国将士借着这个机会，坚持好汉不吃眼前亏的真理，溜进了树木森森的白于山，在浓雾的掩饰下，悄悄撤退。

等到大雾散开，大夏王才发现，自己的大军一整夜空守着一片迷雾，还摆出剑拔弩张的架势。大夏王气得暴跳如雷。

他集结部队，准备追击。可还没等他准备好，麻烦又来了。西凉的军马正在发动攻击，大夏王急忙迎敌，而他很快就发现，西凉军队似乎与魏国军队有联系，他们互通信息，一进一退，消耗大夏国。

榆河太守常荣风、京郊中将牛万里来得正是时候，大夏王得知后，立刻下令他们前后夹击西凉，他好像看到了一丝胜利的曙光。

不过很可惜，只不过是曙光而已，魏国的军队并未撤离，他们从森林里杀出，还带着森林的猛虎和黑熊。许多士兵不是被刀剑所伤，就是被虎啸和熊吼声吓瘫在地。这老虎和黑熊都上战场了，魏国的军队自然是精悍无比了。

大夏王是卓越的军事将领，他的名声不是白得的。他没有被这种人兽合围的作战方式吓倒。他在极短的时间内，已经做出了准确的判断：敌军兵力不足，故才驱虎逐熊，用险兵。

他冷静地发布命令，将军队分成两部，分别应敌，并保持相当距离，防止魏国和西凉的敌军双剑合璧。

他的这招获得了奇效，投机取巧的西凉军队抵不住厮杀，反复冲击之后，他们被分割包围。

正在打得难解难分时，朔州刺史李鹏程，前来助阵。

大夏王大手一挥，脸上的威风变成满面杀气，大声对大雨瓢泼的天空说道：

"暴风雨，停一下，轮到我扬眉吐气了！"

大夏王的策略是这样的，首先派出少量部队吸引敌军前来会战，之后采用添油战术不断增加兵力，拖住敌军，并集结大股部队，进行最后的决战。

事实证明，他的计划成功了。在他的世界里，从来都是他率领军队到他国兵临城下，如今天空还没有塌下来，怎么竟敢有人在他的国度中，给他来一招兵临城下，简直是欺人太甚！他复仇的心情已经迫不及待了。

魏国的元帅也算是久经战阵了，可他这次也被折腾得够呛，从绝望到希望再到失望，一日三变，烦不胜烦。事到如今，西凉军也到了，黄虎黑熊也上阵了，仍然无济于事，他扳着指头数，也没有发现还有哪支部队能来救他。

当然了，他是不敢指望大夏王下手仁慈的，因为这位大王是个不怕死的战神级人物。

天亮了，大夏王发动了总攻，西凉军队拼死抵抗，但仍然难以支撑不利的局面，就在他即将支持不住的时候，魏国这边已经开始溃退！

大夏王见好就收，没有发动追击，而是命令全军就地扎营，现在他手上已经有七万人马，足以和对手好好较量一番，他相信，来者不善的敌人是不会就此退走的。

魏国算是被彻底打蒙了，明明是有预谋的联合进攻，至今没联合成功，还让大夏国给打得落花流水，怎么回去复命呢！无论如何，不能就这么算数，先看看西凉军的本事吧！

西凉军抓紧时间，布好阵形，准备发动最后的冲击。雾渐渐散去，他们这才惊奇地发现，大夏军列着整齐的队形，就在前方不远的地方等待着他们。

西凉军人自小向往金戈铁马的生活，也听过那些伟大祖先的传奇故事，但当剽悍的大夏骑兵真正出现在他们的面前，叫嚣声不绝于耳，闪亮的刀锋映成一片反光，晃花了他们的眼睛时，他们这才清晰地意识到，这一仗迟早都会打。

大夏王也在等待这样的时刻，他握紧了刀柄。横扫天下，纵横无敌，那些年轻时曾经做到的事情，现在为什么不可以？

尚武的精神在他的身体里复苏，勇气又回到了他的身上，在所有士兵的注视下，他拔出了佩刀，发出了声嘶力竭的呐喊："冲啊，正义之师，所向无敌！"

战斗再次开始。

看见大夏军出人意料地发动了进攻，西凉军也拼了命，发起了总攻令，总计十多万人在统万城城外反复厮杀，你来我往，双方来回交战百余回合，相持不下。

大夏王是一个优秀的指挥官，在战乱之中，他保持了镇定，还在阵中来回纵马狂奔，鼓舞士气。他这一无畏的举动大大鼓舞了大夏军的士气，士兵们英勇奋战，向西凉军发动了无数次攻击。

战争就这样进行了一天，双方也不讲什么策略诡计了，就是拿刀互砍，谁更能玩命谁就能赢！就这么折腾到了下午，看着无数如狼似虎的大夏将士，西凉军队顶不住了，魏国军队也撑不住了，他们在无奈之下，只能发出命令："退兵！退兵！"

大夏王不喜欢斯文，也不讲究什么战争礼仪，看到两边退却，他便下令全军追击西凉军队，一路赶到了黄河边，才打道回府。

残阳如血，大风卷起了王的帅旗。注视着敌人仓皇退走的方向，大夏王得意地掉转马头，班师回宫。那一刻他觉得无上的光辉和荣耀还在他的身上持续发光。

大鹏在天空翱翔，它为林虎飞巡视。一群花熊跟在尼姑的身后，它们如整装待发的军队，来势颇有气场。大夏王登上城楼，布置兵力，严阵以待。突然之间，他感到胸腔一阵隐痛。他摩挲了一会儿，隐痛变成了剧痛，好像是有一把把锋利的小刀在他的胸膛里游走。他抓缰绳的手开始颤抖，接着面部痉挛。他从马背上跌下来，说道："我好像中了邪！"

拓跋临风是主帅，他本来就是魏国人。

双方相持不下。

拓跋临风站在高处，侃侃而谈：

"我做到了知己知彼，然后才敢想百战百胜。我熟悉这座城的一切：它由外郭城和西城两大部分组成，城垣、马面、瓮城、墩台是重点部分。参照长安城的模式，营建都城与宫室，其中宫城位于西南部，东宫位于东南部。宗庙社稷位于东北部，苑囿区位于西北部。苑囿区有大海子、别殿及游牧帐篷。圈定的范围内畜养禽兽，轮息草木，供帝王狩猎游玩，称囿。这样的场所与宫室结合起来，以复道相连，称苑。"

风传送他的声音："应大夏王的旨意，乃法玄象以开宫，拟神京而建社，启先王之徽号，备中国之礼容。"

"说得好！"大夏王忍着全身如烈火炙烤的邪症，站在城头。数百名骑兵在他的授意下，呐喊助威，鼓舞士气。他向远处望去，见敌军旌旗曜日，把城围得水泄不通，统万城好似孤岛一座。还没多想，腹中又是利剑划过，痛得他不由得心想："我这是得了邪症吗，这是天要亡我的征兆吗？"耳边只听城外的将士齐声大喊："打开城门，速速投降！"

转眼城门打开。

战马嘶鸣，兵器交错，无数闪耀的盔甲在奔跑，理不清的厮杀，从江边到山头。鲜血染红的是战旗，兵败如水，水流般直奔大夏王宫。大夏王宫犹如汪洋大海里的一叶扁舟，转瞬就被淹没。

大夏王在护卫的搀扶下，向深山逃离。

拓跋临风的军队挡住去路。大夏王环顾四下，看见魏国的兵马漫山遍野。再看自己身边，只有七八人马。胜负将重新书写。

大夏王仰天叹息一声，要横刀自刎。皇甫唯一抓住锋利的刀刃："大王不可！"

"你可以到魏国，与拓跋临风缠绵恩爱，这是你一直以来的愿望啊。"大夏王脸如青石，冷静地说。

"不，我要归隐山林。"

"何出此言？"

"是时间改变了一切。"

皇甫唯一忘记了那是怎样的一段时间，她开始抚摸大夏王小小的乳头，米粒一般大小，红红的质感很明显，镶嵌在他宽阔而又洁白的胸膛上，让人迷离，让人流连。

那时，皇甫唯一的脸伏在他的胸膛上，大夏王有力的手指抚摸着皇甫唯一的后背。

皇甫唯一问："你这样温柔，是为什么呢？"

"我在抚摸你。"他故意把抚摸加上重音。

"为什么要这样呢？"

"因为我喜欢你。"

"你还喜欢过谁？"

皇甫唯一仰着脸问，在淡淡的灯光下。

他撤离了游离在皇甫唯一背上的一只手掌，在皇甫唯一的面前展开，一番深思熟虑后，口里念着"一、二、三、四、五"的时候，依次把五个指头弯曲在手掌里。

皇甫唯一盯着他由手掌变成拳头的过程，有一丝紧张。

　　他没有看皇甫唯一，接着，顺其自然的样子，把另一只游离在皇甫唯一背上的手移动到皇甫唯一的面前，伸开，口里接着念"六、七、八、九、十"，依次把五个手指弯曲在手掌里。然后，他的眉头紧蹙，一副竭力思索的样子。"还有，十一个，十二个……"

　　"数羊吗？"皇甫唯一问。

　　"作为一代君王，没几只羊数数，流传历史，岂不贻笑大方？"他振振有词。

　　他给皇甫唯一的温暖就这些。

　　皇甫唯一看了看银色的手镯。手镯正泛着冷冷的光芒。

　　皇甫唯一缓缓走过交叠的刀枪，走近拓跋临风："请先锋官网开一面。"

　　"你爱上了他？"拓跋临风眼里有星火乱飞，每一颗星星都是在冰雪中孕育生成的。

　　皇甫唯一穿着一件曲裾袍，长裙拖地。拓跋临风觉得眼前的皇甫唯一变了，变得端庄稳重，不再是那个隐藏在山林里的妙龄少女。

　　"不！皇甫唯一懂得放手。放弃爱情，也放弃了怨恨。因为上苍有好生之德，所以皇甫唯一请求将军放他一条生路。"皇甫唯一低着头，她的眼睛盯着手腕处的银镯。那是大夏王为皇甫唯一戴上，又把皇甫唯一揽抱在怀的物证。

　　如今，宫殿被毁，火树银花不见，皇甫唯一可以忘记他的呼吸，他的温存，以及他封赏给皇甫唯一的名分，却不能卸下这银色的手镯。

就让它随皇甫唯一生死与共吧。

皇甫唯一不是爱银色的冰冷，也不是习惯于手腕的冰凉。就是那么一个瞬间的感觉，让皇甫唯一顿悟到一个女子被爱的美好。就这样，皇甫唯一不能忘记他带给她的温暖。就把冷酷留在心底，就把温暖记在心头吧。

"为什么你要这样？"拓跋临风眼里全是疑惑不解。

"因为我是一个罪人，只爱身不由己的悲悯。"

"花容月貌是上苍赋予。你没有利用容貌去蒙蔽什么，也没有利用容貌去鼓动什么，你何罪之有？"拓跋临风眼里的寒星在不断坠落。

"因为我是一个女人，爱上了无处不在的孤独。"新月眉下的眼睛里，盛放着整个寰宇的孤独。

拓跋临风笑了，眼里下坠的星辰摩擦出纷乱的火花："你夸大了女人的能量。大夏王宫的毁灭，源于尚书和王妃的贪婪之心。"

"有据可查吗？"她的眼睛看着地面，"不是不相信你，也不是我要疑神疑鬼，我如今连我自己都不相信。"她的声音低下去了，"我也不相信，我还能活着与你见面。"

"其实，我不但是魏国的兵部尚书，我还是一个精明的商人。我做着各种交易，最主要是军械、粮食与建筑。你住的皇甫楼馆就是我承接建成。你不喜欢我做的设计？"细雨开始在他的眼睛里落下。

"喜欢。原来是你做的！"细雨淋着她的全身。

"那是举手之劳。把你送回大夏国，是我无计救国时的下下之策。但我一直希望你快乐。也希望有朝一日，接你回家。"拓跋临风眼里的雨，越下越大。

"其实你应该告诉我你的策略。"皇甫唯一的眼里飘着细雨。新月眉下的眼光正在像一条河流一样冰冷。

"告诉了你，你会接受吗？你不会！我可以肯定。"拓跋临风的答复犹如流动的铁马冰河。

"你不择手段。"皇甫唯一闪电般颤抖了一下。

"是。为了理想。我做交易的最高目标是消灭大夏国。我把黄金装进了尚书的腰包，购买了尚书的心机和忠心。"拓跋临风眼睛里奔涌着暴雨般的星光。

"王妃呢？"皇甫唯一抬头，眼里的河流倾倒回流在心中。

"王妃只想立子成王，做高高在上的太后。我能顺利攻进大夏国，与她的密切接应相关。"两军胶着在他的眼里如微风和细雨相遇，天地都是风和雨。

"王妃没有兵权，如何接应？"皇甫唯一的眉目像一张绷紧了的弓弦，瞄准了一个圆点。

"王妃委托女官招兵买马，并且购置了大量兵器，藏在女官家中。她给大夏王喂了慢性毒药，使得大夏王指挥作战，一败涂地。她安排得天衣无缝，可以一呼百应！"拓跋临风的眼睛眯成一条缝，那缝儿窄得没有自己，也容不下敌人。

"王妃为何要相信你？"她感到自己心生河流，涓涓汇集奔向大海。

"因为共同的目标。"拓跋临风的回答使大雾消散。她语言里的风暴刮进他的内心:"你利用了王妃。"

"是,如果我不利用她,就只能是她利用我,没有第二种。"好像闪电被风吹进了拓跋临风的心房,他颤抖着又补充了一句话,"战争是无情的。"

"这不像你的为人处世。"皇甫唯一矛盾的心情是一片片的落叶,落在不同的季节里,给她不同的萧瑟。

"她做了一件事,让我对她憎恶至极。"

"哦?"皇甫唯一的声音像浮云缥缈的远山。她新月眉下的眼睛布上了重重迷雾,让拓跋临风一时间看不清也道不明。

"她亲自安排建筑工,要把你住的春雨室的顶梁支柱换成朽木,要你死在事故之中。"皇甫唯一没有惊讶,曾经心碎的感觉顺着记忆的纹路,自上而下完全开裂。皇甫唯一知道她所处的环境是什么。

皇甫唯一不想谈论王妃这些再正常不过的算计。"战争没有意义。"她转换了话题。

"是,战争让土地从一个国家换成另一个国家的。确实没什么意义。"

"只有流离失所的百姓,过着惨绝人寰的日子。在这样的日子里,随时会丢了永远也找不回来的性命和幸福。"皇甫唯一补充道。

拓跋临风说:"这是大罪。倘若以后有机会,我要做一个富商,疏散钱财,救济贫困,救赎我的罪过。"

皇甫唯一说:"我不会经商,也无法救赎。"

"我们不想这些。我想告诉你，大夏王并不爱你，不值得你与他同生共死。"

"我知道。"皇甫唯一一点也不惊讶，"这些，我一直都明白。"在晶莹的泪光一闪的瞬间，皇甫唯一垂下了眼帘，她不要拓跋临风看见她眼里的泪光。

"你不明白。大夏王疏于管理，致使大夏国文官爱钱，武将爱权，后宫爱财。王妃要名分，大臣要地位，只有你，不懂权势，他在你这里获得了安宁，所以，他宠爱你是为了他自己，不是为了你。因为你是他治疗烦躁的一剂良药。"

"我知道。"皇甫唯一说，"只有孤独和黑夜，让我恐惧难挨。爱与不爱，于我而言没有意义。"

"你不能这么说！"

"我不想说什么，只是请你放我和他一条生路。他失去了你这样的将士，也失去了你这样的女婿。他没有卧薪尝胆的壮志，永远成不了魏国的隐患。让他善终吧，我将削发入寺。"

"留下他，会留下隐患。"

"他还有一个身份，他是你的岳父。"

"我不杀他，不会模仿他的手段，我只是身不由己地当了他的女婿。虽然我不爱公主，但是，是我选择了她，我不会亏待公主的。我本身不是一个罪人，但是我却身在杀伐之中沉沦；我本是一个生性凉薄的男子，却有一颗命不由己的慈悲之心。"

交叠的刀枪撤离了。

皇甫唯一在白于山中站定，面前是一株历经沧桑的云杉，山峰原本是它的家。它是怎样长在这里的，是风带来它，还是鸟带来了它？也许它的祖辈就在这里生活。它也就在这荒凉的山中安了家。它不是一棵平庸的树，从一株小苗开始生长，经过长年累月向下扎根向上生长，终于，在一座雄伟的大山中顶天立地，除了根系繁茂的原因外，一定是心中还有吞天吐地的大气象。

刀剑如光一样地落下，胜败就已经成为定局。大夏王朝的春与秋，是黑夜里一道注满杀伐的魔咒。统万城是魔咒的开始与终结。

皇甫唯一在魔咒里鲜艳明媚，像凝结在万丈冰层的万年琥珀，呈现的是倾国倾城的惊艳，还是窒息在寒冰里的感觉，也许，只有皇甫唯一自己知道。

在劫难逃，从来不是大夏王的名字，但却与他形影相随。不能用披星戴月，也不能用八千里路云和月，他走的是火焰与溺水的路途，竟被说道成千秋功名与霸王的传奇。

暮色即将来临，干旱与铁蹄蹂躏过的河山，满目疮痍，像秋风中破旧的蓝衫。皇甫唯一和大夏王一行渐行渐远，身后无数的刀枪雪花一样落下，消融在重峦叠嶂的背景里。

又一场战争尘埃落定，纷争的历史在此阶段沉淀了。